RUTH M. LERGA es de Sagunto. Hija de maestros, se aficionó a la lectura gracias a su madre. Lectora voraz y aficionada a las historias de amor, empezó a escribir en 2010, cuando un problema de salud la obligó a permanecer postrada durante muchos meses. El resultado fue *Cuando el corazón perdona*, una novela con la que ganó el Premio Vergara-El Rincón de la Novela Romántica. La serie que comenzó con aquella novela, continuó con *Cuando el amor despierta* y tuvo su conclusión en *Cuando la pasión espera*, todas ellas publicadas en Ediciones B. A ellas hay que sumar *Atados por error* y *Una última temporada*; en esta, Ruth M. Lerga nos deleita con la arrebatadora historia de amor entre dos de los vástagos de Julian y April (*Cuando el amor despierta*) y James y Judith (*Cuando la pasión espera*).

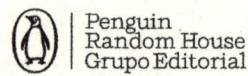

Primera edición en B de Bolsillo: febrero de 2013
Cuarta reimpresión: febrero de 2024

© 2012, Ruth Moragrega Lerga
© 2012, Penguin Random House Grupo Editorial, S. A. U.
Travessera de Gràcia, 47-49. 08021 Barcelona
Diseño de la cubierta: Penguin Random House Grupo Editorial
Fotografía de la cubierta: © Thinkstock

Penguin Random House Grupo Editorial apoya la protección del *copyright*.
El *copyright* estimula la creatividad, defiende la diversidad en el ámbito de las ideas
y el conocimiento, promueve la libre expresión y favorece una cultura viva.
Gracias por comprar una edición autorizada de este libro y por respetar las leyes del *copyright*
al no reproducir, escanear ni distribuir ninguna parte de esta obra por ningún medio sin permiso.
Al hacerlo está respaldando a los autores y permitiendo que PRHGE continúe publicando libros
para todos los lectores. Diríjase a CEDRO (Centro Español de Derechos Reprográficos,
http://www.cedro.org) si necesita fotocopiar o escanear algún fragmento de esta obra.

Printed in Spain – Impreso en España

ISBN: 978-84-9872-784-5
Depósito legal: B-23.118-2018

Impreso en Liberdúplex
Sant Llorenç d'Hortons (Barcelona)

BB 2 7 8 4 B

Cuando el corazón perdona

RUTH M. LERGA

Para Olalla, por comprender mis dudas, por devolverme los miles de mails que le mandé repletos de inseguridades, por hacerme reír con mis fallos. Porque esta novela es casi tan suya como mía.

Te mereces vivir la mejor historia de amor del mundo.

Te quiero, xiqueta.

Agradecimientos

Sois tantas las personas a las que debo agradecer vuestra ayuda que necesitaría miles de páginas para mencionaros a todos, así que perdonadme si me dejo a casi todo el mundo.

Gracias a Ediciones B, a Marisa Tonezzer y a todo el equipo de Vergara, por creer en mí, por darme esta increíble oportunidad, por hacerme la mujer más feliz del mundo cuando más lo necesitaba.

Gracias al Rincón de la Novela Romántica por organizar un certamen de novela romántica, por creer en la novela romántica y en el amor. Si no es por vosotras mi novela seguiría escondida en una recóndita carpeta de mi ordenador. Gracias por elegirme, por apoyarme, por guiarme. Sois maravillosas y hacéis un trabajo increíble. No lo dejéis nunca, por favor.

Gracias a las foreras del RNR, por los consejos compartidos, por las «neuras» soportadas. No caben todos vuestros nombres, pero de sobra sabéis quiénes sois. Os llevo en mi corazón a todas, y a pesar de ser tantas, la carga es liviana.

Gracias a Charlie, porque siempre que recuerdo cualquier anécdota del pasado, por antigua que sea, él siempre está allí, a mi lado, apoyándome. Y a su maravillosa esposa, que me lo soporta todo.

Gracias a mi madre, por inculcarme el amor por las palabras y por las historias de amor. Y a mi padre y a mi hermana y cuñado, por apoyarme y darme fuerzas.

Gracias a Mar, por todos los besos y abrazos que me manda, por quererme tanto.

Y gracias a Ángel, quien me enseña todos los días, incluso en los que discutimos como locos, lo que es una historia de AMOR.

1

Londres, finales de marzo de 1823

Nicole era consciente de que su comportamiento de ese día solo podía tildarse de grosero. Pero la culpa no era suya, reflexionaba, sino del maldito vizconde de Sunder, que sacaba lo peor de sí misma. Cuando el mencionado vizconde no estaba presente, ella se conducía con la elegancia debida. Pero en cuanto el caballero en cuestión aparecía, la actitud de ella se volvía beligerante.

Se incorporó en la cama, a sabiendas de que esa noche le costaría dormir, como cada vez que coincidía con él. Y, dadas las circunstancias, eso se estaba convirtiendo en algo cada vez más frecuente. Deslizó sus esbeltas piernas hasta el enorme armario ropero situado en un lateral de la habitación y sacó del fondo una licorera con whisky y un vaso. Si su madre, lady Evelyn Saint-Jones, la duquesa viuda de Stanfort, supiera que tenía una pequeña provisión de aquel líquido ambarino oculta en su alcoba, la despellejaría viva. Su progenitora era muy estricta en lo que a protocolo se refería, y el whisky no constaba entre las bebidas que podían tomar las damas de bien. Ni su comportamiento de ese día había sido tampoco el que la etiqueta exigía, ya que estaba.

Se sirvió una pequeña cantidad y volvió a guardar la botella tras las cajas de los sombreros, diligentemente escondida. Regresó a la mullida cama, se acomodó bien y dio un pequeño sorbo. El licor le quemó la garganta, pero su calor la relajó casi al instante.

Esa mañana había sido bautizado Alexander, el heredero de su hermano James, el duque de Stanfort, y de Judith, su cuñada y amiga. Nicole era la orgullosa madrina, y había estado al lado de los felices padres en la pila bautismal de la catedral de Saint Paul, donde habían recibido bautismo todos los Saint-Jones nacidos después de 1710, año en que se inauguró el templo. Justo al otro lado de la pequeña comitiva, acompañando a su hermana Judith, se había situado el padrino, lord Richard Illingsworth.

Incluso el rey, Jorge IV, se había percatado de su actitud durante la ceremonia. Y si Prinny se había dado cuenta de la tensión que fluía entre los padrinos del nuevo marqués de Wilerbrough, toda la nobleza allí congregada se habría dado cuenta también. Y probablemente ambos serían objeto de comentarios malintencionados. Ese parecía ser el deporte nacional, la especulación. Nicole gozaba con un pequeño cotilleo, como cualquier otro ser humano, pero detestaba las invenciones malintencionadas, que parecían proliferar en los salones de la nobleza en los últimos años. Herían gratuitamente.

Volvió al presente. No debería ser tan impulsiva, pero es que... sí, ya lo había dicho, pero era cierto: Richard sacaba lo peor de ella. Aunque, pensó tristemente, no siempre había sido así.

Sacudió la cabeza, alejando de su mente cualquier recuerdo de tiempos mejores con él. Volvió a colocarse un rizo rebelde tras la delicada oreja, y tomó otro sorbo.

Dado que el matrimonio de los duques se celebró en la intimidad y por sorpresa, todo el que se consideraba alguien en Inglaterra había acudido presto a la invitación para ver cristianar a su primer vástago, que la casa ducal había extendido a la práctica totalidad de la gente de alcurnia del país. No haber ido a la boda era tolerable, no acudir al bautizo hubiera sido imperdonable. Así, a pesar de que en marzo todavía no había arrancado la temporada, la práctica totalidad de la nobleza se había trasladado ya a la capital. Y era pues la práctica totalidad de la nobleza quien, por tanto, la había visto comportarse con la peor grosería.

Eso la devolvía de nuevo al principio: no debería haberse comportado así. Ni su hermano James, ni Judith, le habían reprochado nada más tarde, durante el copioso banquete que habían ofrecido en su residencia en Park Lane. Ellos conocían la desafortunada historia de sus respectivos hermanos, y se sentían en parte culpables. Pero ella había abusado de su comprensión. Debería haber sido más discreta. Maldita fuera su impulsividad.

Su madre, en cambio, siempre pensando en el qué dirán, se había pasado todo el camino hasta su nueva casa, en Grosvenor Square, donde se habían trasladado ambas tras el matrimonio de James para dejar espacio a los nuevos duques, reprochándole su falta de acuerdo con lord Richard, y su tendencia a airear en público su poca comunión con él. Si su madre supiera... si su madre supiera algo de aquella historia le habría dado una apoplejía. Y si supiera todo lo que ocurrió la temporada anterior entre sus hijos y los hijos de lord John, el conde de Westin, se habría querido morir directamente.

No pudo evitar que su mente volviera a los besos que Richard y ella habían compartido. Él la había hecho sentir diferente, respetada, maravillosa... mujer. Con Richard Illingsworth, Nicole se había sentido mujer, como con ningún otro caballero se había sentido.

Cuando supo que Richard la había estado cortejando para vengarse de James, porque este tenía una aventura con la hermana del vizconde, Judith, Nicole se sintió humillada. No podía creer que toda la magia, todas las indescriptibles sensaciones que había vivido con él, hubieran sido una mentira. Saber que para él no habían significado nada aquellas dos semanas, en las que ella había experimentado tantas emociones nuevas e increíbles, la desgarró.

De nuevo la embargó la vergüenza de saberse engañada. Todos habían sido conscientes de lo que ocurría, James, Judith y Richard. Solo ella había estado en la más absoluta ignorancia. Su hermano había tratado de advertirle, pero ella, orgullosa, se había negado a escucharle.

Había sido una estúpida, ahora se daba cuenta. Afortunadamente no se había enamorado de él. En caso contrario el golpe hubiera sido brutal, sencillamente insoportable. Sin embargo, en su fuero interno debía reconocer que le había faltado poco para desfallecer de amor. Muy poco.

Y desde luego, si en esa relación debía reconocer que era cierto que ella no había puesto amor, sí había apostado muchas de sus esperanzas. Richard había definido por primera vez el tipo de hombre que ella deseaba. Hasta ese momento la idea de un marido había sido abstracta, pero con el vizconde de Sunder se había convertido en una posibilidad real. Un hombre inteligente, poderoso, con título y riqueza, responsable de los suyos y que la viera como algo más que una debutante cabeza hueca. Todo ello se había convertido en imprescindible para casarse. Y todo se había desmoronado ante ella como un castillo de naipes por su dichosa costumbre de escuchar cuando no debía. No, se corrigió, se había destruido porque él había sido un mentiroso, un tramposo, y había jugado con ella.

Bien era cierto que Richard había tratado de disculparse, al menos al principio, pero ella se había negado a recibirle o escucharle en las ocasiones en las que habían coincidido. Y él había dejado de intentarlo cuando vio que ella no pensaba desistir en su enojo. Su maltrecho orgullo no dejaba de susurrarle que él había renunciado a buscar el perdón de ella demasiado pronto. Y antes de que acabara la temporada, ya ni siquiera habían coincidido. Había sabido que él estaba en la ciudad por los comentarios de sus amistades, pues todas la mujeres de edades comprendidas entre los diecisiete y los cien años andaban medio prendadas de él, más ahora que el otro soltero de oro, el duque de Stanfort, se había casado, y por amor nada menos. Le resultaba irritante ver a todas las muchachas abanicarse con fuerza cuando él entraba en cualquier estancia. Muchas la miraban a ella con curiosidad, pues nadie sabía por qué Sunder había abandonado el cortejo de Nicole Saint-Jones tan repentinamente como lo iniciara. Por acuerdo tácito, ninguno de los dos había querido hacer confidencias al respecto.

Cuando finalizó la temporada, las dos familias se trasladaron a sus respectivas fincas familiares. Pero como se daba el caso que ambas estaban a apenas quince minutos a caballo la una de la otra, había sabido de él casi a diario, bien a través de su hermano y Judith, bien por comentarios del servicio. Por tanto, aunque no le había visto hasta el nacimiento de su ahijado, casi cinco meses atrás, había estado informada en todo momento de qué hacía y con quién. Así era muy difícil superar lo ocurrido y seguir adelante.

Y por eso hoy se había comportado así de mal.

Volvió a coger el vaso de la mesita de noche, y dio otro traguito. Se había pasado toda la ceremonia fulminándolo con la mirada, como ya hiciera cada vez que coincidían en casa de los duques, yendo a ver al bebé. Ambos visitaban a sus hermanos y al pequeño a menudo, por lo que cada vez se veían con más frecuencia. Estaba claro que Richard adoraba a ese niño. Era increíble que un hombre soltero mirara así a una criaturita, por adorable que fuera. A ella nunca la había mirado así.

Diablos, ya había vuelto al tema. Que no, que no. De ninguna manera Nicole quería que el vizconde la mirara con adoración. Ella no deseaba que la mirara en absoluto, de hecho. Como riéndose de ella, su estómago se encogió de deseo al pensar en que él le pudiera dedicar una mirada de idolatría.

El deseo era otra de las cosas que añadir a la lista de lo que había aprendido del vizconde, además de la humillación, la falsedad y la rabia.

Pero la pasión había sido real. Estaba segura de que mientras la había besado, él no había estado interpretando nada. Había podido sentirlo. Y no solo por la evidencia de su deseo, que había apreciado contra ella envuelta en un tórrido abrazo, sino porque así se lo decía su instinto. Una mujer podía notar eso, había reconocido. Y Richard la había deseado a ella, quisiera o no.

Aunque el problema no era lo que él hubiera sentido, si no lo que le había hecho sentir a ella. Había sido besada con anterioridad en alguna ocasión, pero nunca había sentido ese apremio de... de no sabía exactamente qué, pero seguro que era la razón por la que la gente era sorprendida en flagrante delito todos los años en el jardín de los Tremaine. Ahora Nicole estaba intrigada. E incluso ella tenía que reconocer que su curiosidad no solía ser buena consejera, pues la había metido en líos en más de una ocasión.

Suspiró. Si el desvelo de esa noche era muestra de lo que le iba a ocurrir cada vez que coincidiera con él durante la temporada, algo le decía que ese año iba a dormir bien poco. Apurando el poco whisky que le quedaba de un trago, se metió de nuevo en la cama, esperando que los brazos de Morfeo la abrazaran.

Lord Richard George Illingsworth, vizconde de Sunder y heredero del condado de Westin, cabalgaba como alma que llevaba el diablo hacia su finca de Berks en aquel mismo momento. A lomos de *Fausto*, un hermoso zaíno que él personalmente había domado, repasaba el bochornoso día que se había visto obligado a soportar. El que tendría que haber sido un día festivo se había convertido en un verdadero infierno por cortesía de la cuñada y amiga de su hermana Judith. O lo que era lo mismo, la hermana de James, duque de Stanfort, y su mejor amigo. Nicole Saint-Jones.

Debería haberse quedado a dormir en la ciudad, y haber salido hacia Westin House a la mañana siguiente. Pero la idea de estar en la misma ciudad que esa bruja de ojos verdes y pelo de fuego le hacía arder de furia. Londres se les quedaba pequeño. Ni Inglaterra parecía lo bastante grande para ambos.

Tenía que reconocer que gran parte de la culpa de la insostenible situación en la que se encontraba con la dama era suya, si no toda. Cuando supo que su mejor amigo, James, había seducido a su hermana Judith, y que esta se negaba a casarse con él o a terminar con el romance, se había acercado a Nicole a modo de advertencia. Si el duque no se comportaba de forma honorable con su hermana, él tampoco lo haría con la hermana de él.

Pero se había mantenido en los límites. Maldito fuera si no lo había hecho. Se había comportado como un caballero, y no había pasado de un par de besos, aunque eso casi le costara la cordura. La muchacha había resultado exquisita, y no desnudarla para sentir su piel, y besar cada centímetro de esta, había sido una tortura.

Su miembro se despertó en cuanto sus pensamientos se salieron de la línea que tan férreamente se había trazado respecto a la dichosa dama. Incómodo, se revolvió en la silla, obligándose a relajarse.

Quizá no debió emplearse tan a fondo con ella. Quería

que Stanfort supiera que su hermana Nicole estaba prendada de él. Aunque debía reconocer que sabía que una debutante virgen era una presa fácil para alguien tan experimentado como él. Desde el principio tuvo en cuenta que podría causarle dolor, aunque asumió el daño como algo probable.

Pero por mucho que hubiera sabido lo que a ella podría dolerle, no había estado preparado para la mezcla de sentimientos que vio en la cara de la joven cuando supo de su perfidia: horror, incredulidad, y desesperanza. Esa expresión le perseguía a menudo, espoleando su culpabilidad.

Había tratado de disculparse, pero la constante negativa de ella a hablarle siquiera, le había hecho abandonar. Si Nicole no quería aceptar sus disculpas, poco más podía hacer él. Aunque eso no significaba que ella le ignorara. Ni de cerca. Eso hubiera sido demasiado fácil. Tal como había hecho ese día, cada vez que coincidían le atacaba con su mirada furibunda. James no podía tener una hermana débil de carácter, no. Tenía que tener a una auténtica fierecilla.

Su actitud belicosa les había tenido en boca de todos durante la temporada, haciendo las delicias de las peores cotillas de Londres. Todos los dragones, como él las llamaba, se habían hecho eco de la extraña relación de ambos, y habían hecho circular rumores infundados sobre la muchacha y él mismo.

Tras tantos desplantes el año anterior, había optado por conocer su agenda, y huir de ella como de la peste. Pero en los acontecimientos familiares coincidían necesariamente. Y en las visitas al pequeño Alexander también.

Pensar en su ahijado mejoró su humor al instante. ¿Cómo se podía querer tanto a una personita tan pequeña que no había hecho absolutamente nada por ganárselo? Ese bebé no hablaba, y apenas lloraba, comía y dormía. Y a pesar de ello, Richard era consciente de que moriría por él sin pensárselo.

Tenía que tener hijos. Y no solo porque su condición de

heredero le obligara a tenerlos, sino porque realmente lo deseaba. El regreso de su hermana de América dos años antes había despertado en él un sentimiento de hombre de familia que desconocía tener.

Pero para tener hijos debía casarse. Bueno, no era estrictamente necesario, pensó irónico, pero sí muy, muy recomendable.

Y para casarse debía acudir a los bailes de esa temporada y buscar una hermosa joven a la que convertir en su vizcondesa.

Y si lo hacía, tendría que coincidir con la maldita hechicera de ojos verdes y pelo de fuego. ¿Había dicho hechicera? ¡No! Esa joven era una auténtica bruja.

Muy bien. Reconocía que merecía cierta censura por parte de Nicole. Pero no pensaba seguir cargando con ella. No así, en público y de forma notoria, y no durante tanto tiempo. A lady Nicole Saint-Jones se le había acabado el período de gracia. Si quería guerra, él presentaría batalla.

Hoy había sido su última ofensa.

2

Dos semanas después

El silencio reinaba en la alcoba mientras Nicole se ponía un vestido de mañana de color lavanda corte imperio con un lazo enorme. Aunque no era nuevo, era uno de sus favoritos, y se lo ponía cuando necesitaba infundirse valor. Había pedido a su doncella que saliera. La prenda se abrochaba por delante, así que no precisaba ayuda alguna. Y necesitaba estar sola para pensar. Se sentía como una condenada camino del cadalso. Aunque en realidad se dirigía a casa de su hermano James, el duque de Stanfort. Miró distraída a su alrededor. Su nueva habitación, en tonos ciruela, le encantaba. Era la habitación de una señorita, en contraposición a sus aposentos casi infantiles en la residencia familiar de Londres. La enorme cama con dosel, el armario dentro de la habitación, al margen del vestidor, y una otomana constituían el mobiliario. Había llevado allí su secreter. Aunque no era del mismo color, y desentonaba abiertamente, le tenía especial cariño, y había decidido trasladarlo. Quizá más adelante pidiera que lo tintaran.

El aposento contaba además con un balcón que daba a un patio interior, lo que confería un agradable silencio a la estancia. Las ventanas de la casa que daban al exterior tenían que permanecer cerradas para evitar que el jaleo de la ciudad alterara el descanso. Y a ella, en verano, le gustaba dormir con la ventana abierta de par en par. Aunque de momento las mantenía cerradas a cal y canto, porque a mediados de abril todavía hacía mucho frío.

Hasta el año anterior James y ella habían vivido bajo el mismo techo junto a la madre de ambos, lady Evelyn, en la casa que la familia poseía en Bekerley Square. Pero cuando él se casó con Judith y partió de viaje de novios al continente, su madre ordenó al señor Croche, el asesor de su hermano en la ciudad, que buscara de inmediato una vivienda en Londres digna de una duquesa viuda, y se habían trasladado. Su cuñada, Judith, había protestado mucho al enterarse, pero todos los Saint-Jones habían estado de acuerdo en que era preferible que los recién casados tuvieran su espacio al principio de su matrimonio.

Volviendo al presente, Nicole recordó que tenía que hablar con James sobre su actual situación. Antes de que él la llamara para exactamente lo mismo. O, diciéndolo de otro modo, lady Nicole Callista Saint-Jones tenía que casarse. Era una cuestión que no podía dilatarse por mucho más tiempo. Esa era la razón por la que había concertado una cita con él para ese día.

El anterior duque, su padre, había muerto cuando ella iba a cumplir los dieciocho años, lo que retrasó dos años su entrada en sociedad, pues el luto fue muy estricto, según marcaban los dictados sociales. Preocupada con veinte años por su tardío debut, había hablado con James al respecto de las expectativas que la familia tenía en su casamiento. Él la tranquilizó presto en ese extremo. Deseaba que se casara bien, pero sobre todo que se casara feliz. Su hermano le aseguró que no la presionaría en absoluto durante su primera temporada, a pesar de su edad y de las exigencias de la duquesa viuda, para que ella se aclimatara a la alta sociedad de Londres, a sus costumbres y estridencias, antes de tomar esposo. Y había cumplido fielmente su palabra.

Era una suerte contar con alguien como James, que tanto la quería, aunque la mortificara siempre que tenía ocasión, fastidio del que ella secretamente disfrutaba. Se enorgullecía de poder contar con el amor y la confianza incondicional de su hermano. Afortunadamente en nada se parecía al padre de ambos, que había tratado a su heredero con una dureza extrema mientras ignoraba a su hija sencillamente porque no le podía reportar nada.

En cualquier caso, la primera temporada ya había pasado. Y también la segunda, donde Richard apareció en escena y lo puso todo patas arriba, justo antes de que James y Judith se casaran. También aquí James había sido comprensivo y no la había obligado a volver a Londres en octubre para la pequeña temporada. Nicole consideraba que el mercado de invierno, como ella lo llamaba, era para damas desesperadas. Y ella no había llegado a ese extremo. Aún no. Su orgullo se habría visto castigado de haber pasado las navidades en Londres. Aunque no se quitaba de la cabeza que poco después de la presente temporada, que comenzaba la noche siguiente con el baile de lord y lady Restmaine, cumpliría veintidós años, edad peligrosa para una dama casadera. Muchos podrían comenzar a pensar que había algo malo en ella, como su madre no dejaba de repetirle. Afortunadamente su hermano había evitado en la medida de lo posible peticiones de mano en su debut, alegando que era temprano para decidir nada, y había frustrado cualquier intento el año siguiente con su precipitada boda a mitad de temporada. Rechazar a muchos pretendientes tampoco estaba bien visto. Y era impensable que Nicole Saint-Jones, hija y hermana de duque, no se casara bien.

Así que ese año se casaría correctamente. El maldito problema es que no tenía ni idea de con quién hacerlo. No tenía ninguna preferencia. Y salvo que apareciera algún forastero ese año, difícilmente conocería a nadie nuevo. Tendría que elegir de entre todos los caballeros disponibles a los que ya conocía, a pesar de que ninguno le agradaba especialmente. Bueno, uno sí, pero estaba descartado. Así que se encontraba, tras dos años de vorágine social, exactamente en el mismo punto que el día de su debut. Sin idea alguna de con quién debía desposarse. Y con una sensación creciente de pesimismo.

Una vez, el año anterior, había hablado con James sobre el tipo de hombre con quien le gustaría casarse. Básicamente alguien a quien respetar y que la respetara a ella. Si no iba a casarse por amor, idea que, incluso entonces, ya se le antojaba cada vez más complicada, lo haría con alguien que le agradara y con quien tener hijos y envejecer de forma plácida.

El problema era que creía haber encontrado a un varón que podría haber hecho de su vida una fantástica aventura, y había sido todo una mentira. Ahora el resto de los pretendientes languidecía a su lado. Ninguno de ellos era lord Richard Illingsworth, el vizconde de Sunder.

Confiaba en no tener que verlo en las mismas veladas. Por todos era sabido que a Sunder no le gustaban las jóvenes casaderas. Él prefería a actrices y cantantes de ópera. Incluso alguna viuda respetable había sido su acompañante en alguna ocasión. Al parecer una actriz de Drury Lane era su amante desde hacía más de dos años.

Así que cuando la temporada anterior pidió bailar a Nicole en varios bailes y solo a ella... bueno, y a las hermanas Sutherly, se obligó a reconocer, pero a petición de James, y este a petición de ella, por lo que eso no contaba, las matronas comenzaron a especular sobre un posible enlace. Idea que de un día para otro se esfumó, pues dejaron de coincidir abruptamente en los acontecimientos de la temporada, obviamente de manera intencionada. De hecho hubo apuestas en todos los clubes de caballeros, sobre si se les volvería a ver juntos o no antes de que julio y el fin de las fiestas llegaran. Habían sido el centro de atención el año anterior. Y ese año iba a ser igual después de su comportamiento en el bautizo del joven Alexander.

Su primer propósito para esa temporada iba a ser controlar su mal genio. Inspirada, se dijo que el segundo sería no intrigarse con el deseo que Richard había despertado en ella. El tercero, siguió, mirar a todos los potenciales esposos con la mente abierta. El cuarto, estar casada para julio, el quinto... No iba a poder recordarlos todos, pensó divertida. Solo esperaba no equivocarse en los principales.

Se levantó de la cama, ya vestida, y salió de la habitación con movimientos apesadumbrados, sabiendo qué era lo que le iba a prometer a James, pero no cómo diablos conseguiría cumplir su palabra.

No muy lejos de allí, en Park Lane, se alzaba la mansión del duque de Stanfort, un edificio de tres plantas con un cuidado jardín, en el mismo corazón de la ciudad. El edificio había sido encargado por el sexto duque de Stanfort a Colen Campbell el siglo anterior, pues el gran incendio había destruido la vivienda original en 1666. Era uno de los mejores ejemplos de neopalladianismo de la ciudad, una soberbia construcción rectangular con un pórtico enorme sujetado por cuatro columnas dóricas.

Dentro, James andaba buscando a su esposa. Pero, a pesar de la cantidad de estancias de las que disponía la casa, no necesitaba preguntar a nadie dónde se encontraba la duquesa. Estaba seguro de dónde hallaría a su mujer. Poco antes de llegar a la habitación de su hijo Alexander, en la segunda planta, oyó el suave canturreo de Judith. Se quedó en el umbral de la puerta, observando, sin ser visto, cómo arrullaba al pequeño, que acababa de cumplir cinco meses. Ella hizo un suave giro con el niño, jugando, y entonces le vio. Su mirada, llena de amor, le indicó que se acercara. Cuando él llegó a su lado le rozó apenas los labios con los suyos, y la abrazó mientras ambos contemplaban a su pequeño milagro. Si la alta sociedad había creído el nacimiento de un niño sietemesino, o sospechaba que había sido concebido antes de la boda, era una cuestión completamente ajena a ambos. Desde luego nadie insinuaría nada a los duques a ese respecto.

—Nick viene de camino.

Judith asintió, y su rostro dejó entrever la preocupación repentina que esa visita le suponía. Dejó al bebé en la cuna, saludó a la niñera, una oronda señora en la que confiaba plenamente, y salió cogida del brazo de su esposo hacia el largo pasillo que recorría la casa de este a oeste. Su voz no pudo evitar salir un poco chillona al preguntar.

—¿Viene a ver a Alexander? ¿Se quedará a comer, entonces?

James sonrió. Ella era una magnífica anfitriona, siempre lo tenía todo controlado. Y si había algún desbarajuste en el último momento, lo solucionaba con eficacia. Todo, excepto la posibilidad de que sus respectivos cuñados coincidieran en casa visitando a su ahijado. Judith aborrecía la tensión que se generaba cuando ambos estaban en la misma habitación. Si Alexander estaba con ellos, era un bálsamo para su relación, pero si el pequeño no los entretenía, entonces Nicole centraba toda su atención en Richard, y aquello era sinónimo de tormenta.

—Viene a hablar conmigo. —Ella le miró severa entonces, sabiendo sobre qué trataría la conversación. James se defendió de su mirada—. En realidad es ella quien me ha pedido hablar, Judith. Aunque imagino qué viene a decirme, no saquemos conclusiones precipitadas.

Asintió, sabiendo que tenía razón. Además su esposo no necesitaba consejos sobre cómo manejar a su hermana pequeña. La quería y la comprendía perfectamente. Aun así no pudo evitar pedirle paciencia.

—James, dale tiempo —dijo mientras le acariciaba el antebrazo, mimosa.

—Ya te dije que no voy a presionarla. Pero ella no es estúpida, y sabe que se le acaba el tiempo.

Judith entristeció. Tenía mucho cariño a Nick, como su marido la llamaba, y ahora también ella. Se habían conocido hacía dos temporadas, cuando Judith regresara de América y la joven Nicole debutara. Enseguida se habían vuelto inseparables, y no solo por la larga amistad que unía a sus respectivos hermanos. Desde el momento en que se conocieron supieron que se llevarían maravillosamente. Y cuando todo había ido mal, sus lazos se habían estrechado más aún, hasta hacerse inquebrantables. La idea de que ella se casara sin amar a su esposo le rompía el alma. Ella misma había sufrido un casamiento así en su primer matrimonio, y sabía perfectamente que la vida podía volverse muy dura. Pero Nicole tenía ya veintidós años, y no podía tardar mucho más en casarse.

—Lo sé. Pero es que me parece tan injusto. Nosotras tenemos fecha de retiro, mientras que vosotros podéis casaros cuando queráis. —Lo miró con fingida inocencia—. Mírate a ti, tú te has casado siendo casi un vejo, y a nadie le ha extrañado.

—¿Siendo un viejo, dices? —Alzó la ceja con impertinencia.

Ella sonrió, sabiendo que le había picado en el orgullo.

—Ajá —asintió, pícara.

—Pues un viejo no haría lo que yo hice hace un ratito, en la cama.

Judith se puso roja como la grana. Seguía sin acostumbrarse a sus bromas subidas de tono.

—Bueno, eso es porque yo le puse mucho... entusiasmo.

La detuvo en mitad del pasillo, apoyándola contra la barandilla de las escaleras, se puso frente a ella y la miró con adoración.

—Yo me enamoré de ese entusiasmo.

Tomó las gráciles mejillas entre sus manos, y la besó con pasión.

Una voz masculina los interrumpió casi al instante.

—¿Creéis decente andar haciendo... eso, tan cerca de vuestro hijo? Dios, en esta casa entró la dama por la puerta y la moral salió por la ventana. —La voz de Richard contenía un tono de horror fingido.

Terminó de subir los peldaños y se quedó parado en el rellano, frente a ellos, con los brazos cruzados.

—Maldito seas, Sunder. —Oyó que le decía James mientras se separaba a regañadientes de su esposa—. Voy a prohibir al mayordomo que te deje entrar.

Judith defendió a su hermano de forma automática.

—No harás tal cosa, querido, porque mi hermano ha venido a ver a Alexander, quien por cierto le adora. Y para ello ha de entrar en esta casa. Y como se da el caso de que yo también le adoro...

La cara de engreimiento de Richard hizo gruñir a James. Judith se acercó. El duque se resignó a lo inevitable.

—Bien. Siendo así, será mejor que me retire.

—¿Acudes a por refuerzos, Stanfort? —dijo en broma el vizconde.

—Sí, mi hermana está al llegar, así seremos dos contra dos.

Richard se puso tenso en cuanto lo oyó.

—O tres contra uno, más bien —dijo para sí, en voz apenas audible.

Se separó de Judith y enfiló el pasillo hasta la habitación de Alexander. Una vez dentro, saludó a la niñera y tomó al bebé de la cuna. En cuanto abrazó al pequeño, se olvidó de todo.

Fuera, James y Judith se miraron en silencio. Nunca llegarían a un acuerdo al respecto de lo que ocurrió. Coincidían en que los principales culpables eran ellos dos, que forzaron la situación hasta un punto casi insostenible. Y exoneraban a Nicole, que había sido la víctima peor parada en aquella historia. Pero en Richard no terminaban de coincidir. Judith creía que su hermano había actuado con afán de protegerla a ella, mientras que James pensaba que lo había hecho para vengarse de él. La pareja, después de algunas disputas, había decidido dejar correr el tema. Era obvio que nunca alcanzarían una tregua, y dado que la situación era generalmente tolerable, a pesar de lo ocurrido en el bautizo, donde Nick había hecho todos los feos posibles a Richard, incluyendo el negarse a salir del brazo de él de la iglesia, habían decidido que el mejor remedio era el tiempo, que pondría de nuevo las cosas en su sitio.

Mas a tenor del comentario de Richard, era obvio que el vizconde pensaba que todos le habían culpado exclusivamente a él. James bajó a buscar a su hermana, ceñudo. Pero poco podía hacer al respecto. No podía pedirle a su hermana que se comportara delante de Richard, no cuando era por su culpa que Richard se había comportado tan mal con ella.

En la planta de arriba, Judith, apesadumbrada, retrocedió y volvió a la habitación, donde lo encontró con el bebé en brazos, haciéndole carantoñas. Indicó a la niñera que se marchara. Sigilosa se puso a su lado.

—Richard, esto no es un todos contra ti. ¿Lo sabes, verdad?

Él no se volvió.

—Venga ya, Jud, tu marido y su hermana me consideran la peor persona del mundo. Y tú no tienes un concepto mucho mejor sobre mí. —Había un matiz de desesperación en su tono.

—Richard, yo sé por qué lo hiciste, y te lo agradeceré

siempre. Pero no actuaste bien. Al parecer no fuiste tú el único, pues tampoco nosotros obramos correctamente. —Ella se vio obligada, no obstante, a defender a su nueva familia—. Eso no significa que te motivara el deseo de hacerle daño. Pero tienes que entenderles. Fue una verdadera lástima que la situación se complicara tanto. En cualquier caso James ha pasado página, y yo también.

Richard agitó una mano, desechando el tema. Él mismo ya estaba harto, y la noche del bautizo había decidido que la culpa se había terminado. Así que... a hacer puñetas. Volvió a concentrarse en el pequeñín que tenía en brazos.

—Alexander, dale un beso a tu mamá, que te quiere mucho e hizo un esfuerzo enorme para traerte al mundo.

—No fue para tanto... —Sonrió ella, aceptando gustosa el cambio de tema.

—Sí lo fue —le decía Richard al niño, como si este pudiera entenderle—. Tu padre hizo el ridículo más espantoso de su vida. ¡Qué suerte para ti que tu tío estuviera presente para poder contártelo cuantas veces quieras! Estaba tan nervioso que empezó a beber una copa tras otra, pero el alcohol no le afectaba nada. Cuando la cosa se prolongó tanto que parecía que nunca acabaría, trató de entrar en la habitación de tu madre para amenazar al médico. Hicieron falta varios brazos para detenerlo. Y tras varias horas más, por fin el alcohol del día hizo efecto y se arrastró hasta un sofá, donde durmió el resto de la noche, mientras tú venías al mundo y nos conocías a todos menos a él, a quien preferimos no despertar.

Judith sonrió. A James no le hizo ninguna gracia que nadie le avisara del nacimiento del bebé, y sobre todo del fin del sufrimiento de ella. Pero había estado tan insoportable que fue la pequeña venganza del grupo de sufridores que lo había acompañado durante aquel día: el padre de Judith lord John, Julian el conde de Bensters, y el propio Richard.

Se acercó a su hermano y le besó la mejilla. Este la miró con emoción, antes de acercarle a Alexander, para que le besara también.

Dos pisos más abajo, James se servía un té, y le ofrecía con la mirada uno a Nick. Estaban completamente solos en el estudio de James, el lugar donde tenían lugar las reuniones importantes. Pero afortunadamente no estaban en el impresionante escritorio de ébano donde su hermano trabajaba, sino relajados, él en un sillón orejero de piel, y ella en una *chaise* que no recordaba haber visto antes. Miró el escritorio, que seguro que había sido encargado por algún antepasado con el único propósito de impresionar. Nicole estaba convencida de ello. Apartó la vista de la mesa y se giró para contestar a James.

—¿Whisky? —preguntó ella, medio en broma medio en serio. A pesar de saber lo que tenía que decir, estaba muy nerviosa.

Él ni se molestó en contestar. Puso una segunda taza en la mesa, se sentó frente a ella y se quedó callado. Estaba claro que Nick estaba muy alterada, y si iban a hablar de matrimonio, no le sorprendía en absoluto. Se recostó en su butaca favorita, que le traía magníficos recuerdos del día en que se comprometió con Judith, y esperó.

Nicole estaba poniendo en orden sus pensamientos. ¿Cómo decirle que se casaría ese año, pero que no sabía con quién, que ni siquiera tenía preferencias? Parecería una chiflada. No obstante sabía que estaba haciendo lo correcto.

Su mayor temor era que quizá se mencionara a Richard. Ella no estaba preparada para hablar del vizconde, con lo que la conversación se complicaría todavía más.

Llevaba semanas dándole vueltas a la charla que iba a tener lugar, y no lograba salir de ese punto. Tenía que casarse ese año. Por eso había decidido hablar con él de una buena vez. Por más vueltas que le diera, nunca encontraría el discurso adecuado, porque toda la situación era inadecuada. Y quería empezar la temporada con las normas ya expuestas, con los propósitos claros. De todas formas, aunque esperara otra temporada, seguiría estancada en el mismo punto. Había de contraer matrimonio. Era lo único que tenía claro.

James siempre imaginaba el movimiento de los engranajes en la cabeza de su hermana, mientras esta exprimía al máximo su ya de per se preeminente inteligencia. Le divertía verla esforzarse tanto. Y le gustaba porque sabía que afrontaba las cosas de forma consecuente. Pero supo que esta vez ella necesitaría un empujón para arrancarse. Alegrándose de no estar en la piel de ella, se incorporó y la miró fijamente.

—Sin paños calientes, Nick. Dispara, y ya nos cubriremos de lo que salga.

Tomó aire, cuadró los hombros, miró fijamente a su hermano, y modulando la voz dijo:

—Este año me casaré. Antes de que termine la temporada.

James arqueó la ceja, despacio. No porque estuviera sorprendido. Estaba casi seguro de que eso era lo que ella le iba a decir. Con ese gesto solo pretendía invitarla a que siguiera explicando su plan, que, sospechaba, no era ninguno.

Odiaba esa maldita ceja. Debió habérsela afeitado mientras dormía alguna de las borracheras que cogía cuando era joven, soltero, y un libertino. Pero, dejando de lado sus fantasías, sabía que él no la bajaría hasta que ella continuara.

—He llegado a la edad correcta. —James corrigió el gesto. Ella se vio en la obligación de defenderse por la demora en su casamiento—. Si bien es cierto que empecé más tarde que el resto, también me lo he tomado con más madurez que otras debutantes.

No como la estúpida hija del marqués de Bernieth, lady Elisabeth Thorny, la otra beldad de la alta sociedad, que había pretendido a James primero, y a Richard después. Ella aún no tenía la edad correcta, por no decir la edad límite. Y si seguía soltera, era solo para irritar a Nicole, seguro.

Era una rubia adorable, con sus ojos azules, sus tirabuzones y su boquita de piñón. Pensar en aquella muchacha la malhumoraba. Mejor se centraba en cosas importantes, como la conversación que acababa de dejar a medias.

James la miraba, esperando que volviera ella sola al tema que había abandonado.

—Tengo que agradecerte la paciencia que has ten...

Su hermano levantó la mano interrumpiéndola, en un gesto tan ducalmente arrogante, que Nick se crispó.

—No me halagues, y sigue.

—Poco más, James. —Su voz sonó tensa—. Tienes mi palabra que este año celebraremos nupcias. No será pronto, dado el esguince de madre, que le va a impedir salir los próximos dos meses, pero será esta temporada, sin duda.

Lady Evelyn se había torcido un tobillo la semana anterior, en una excursión a Greenwich, y el médico había recomendado reposo absoluto. Al día siguiente su madre y un par de amigas pondrían rumbo a Bath.

La convalecencia de su madre, pensó él con fastidio, le iba a obligar a acompañar a su hermana de fiesta en fiesta, a pesar de que había planeado una temporada casera, a solas con Judith y Alexander. Pero ahora sería imposible. Su madre había contratado a una dama de compañía para Nicole. Una solterona de cuarenta y tantos, severa hasta decir basta. Con ella sería complicado que Nick se divirtiera un poco. Así que sería él quien la acompañara a los bailes, dejando a la atormentada carabina las veladas más tediosas. Quería demasiado a su hermana como para someterla a la tortura del aburrimiento extremo.

—Seguro que madre te agradece que la tengas en cuenta. ¿Y bien? Dime algo más que el hecho de que vas a casarte. Eso ya lo imaginaba.

—¿Más? ¿Qué más quieres? —Alzó la voz, enfadada—. Encima que os hago el favor de casarme esta temp...

—El favor se lo haces... ¿a quién? —La voz de él dejaba clara su postura. Por si acaso, la ceja volvió a elevarse.

Reflexionó sobre eso, y aún se hundió más en el sofá, sonrojada por su estupidez. ¿Pero no había decidido que iba a mantener su carácter a raya? Además, no podía culpar a su hermano y su madre por tener que casarse, y ambos le habían dado carta blanca en las dos temporadas anteriores. Si bien a su madre se la podía torear, mejor o peor, James era implacable cuando quería. Pero, recordaba, todavía no le había pedido nada.

—A mí, me hago el favor a mí misma al casarme —susurró.

James se levantó de la butaca y se sentó a su lado en la *chaise*, pasándole el brazo por los hombros.

—El favor, Nick, se lo harás al hombre al que te entregues. Tendrá una auténtica leona en casa. Además de una de las mejores damas posibles.

Nick le besó sonoramente en la mejilla. Su hermano ya no parecía tan reacio a las muestras de afecto como antes. Algo más que agradecer a su cuñada. Se quedaron un rato callados, valorando lo que acababan de hablar.

—No tienes ni idea de quién será, ¿verdad? —afirmaba, más que preguntarle.

—¿Tú sí? —preguntó ella, esperanzada.

—No.

Ella torció el gesto.

—Ya.

El silencio volvió a la sala. Como ninguno sabía qué decir, ambos tomaron sus respectivas tazas de té, en una costumbre tan inglesa que les hizo sonreír. Fue Nicole quien rompió el silencio.

—Si al final de la temporada no he encontrado al candidato adecuado, lo dejaré en tus manos, James.

La voz de ella era apenas un susurro. Él frunció el ceño.

—¿Estás segura?

La vio asentir lentamente, con solemnidad.

—No estoy tratando de eludir la responsabilidad de elegir. Es más, espero no tener que llegar a ese punto. Pero los solteros son los que son, y por más que los evalúe, no van a convertirse en lo que yo quiero. Sé que quieres lo mejor para mí, y que harás la elección que más me convenga.

James no lo esperaba. Se sintió orgulloso de ella, de su sentido de la responsabilidad, y de la confianza que depositaba en él. Satisfecho, le dijo.

—Te repito la promesa que te hice una vez, Nick. Si nos equivocamos, tú o yo, si la persona con la que te cases resulta ser cruel, y te humilla, o te veja, no te obligaré a vivir con él. Siempre tendrás un sitio con Judith y conmigo.

Nicole no pudo reprimir las lágrimas. Se acercó a su hermano y se dejó abrazar por él. James era el mejor hombre sobre la faz de la tierra, y afortunadamente era su hermano. Cuando estuvo segura de poder contener la emoción, se desasió y se puso en pie, arreglándose la falda. Puso sus pies en marcha, dando por finalizada la conversación. Él la siguió hacia los ventanales. Salieron hacia la terraza, con la sensación de haberse quitado un gran peso de encima.

Ya en los jardines, y seguros de tener bien atadas sus emociones, James recordó la preocupación inicial de su esposa.

—¿Te quedarás a comer? Serviremos el almuerzo en apenas media hora. Judith y su hermano están viendo a Alexander, así que imagino que Sunder también se quedará. —Se sentía en la obligación de advertirle siempre que iba a coincidir con su mejor amigo.

Nicole sonrió malévola. Dudaba que Sunder se quedara a comer si ella lo hacía. Le tenía acobardado. Era divertido saber que podía atemorizar a un hombre hecho y derecho como él solo con la mirada. Esa era su pequeña venganza. La temporada pasada, incluso había ido a una carrera de caballos en la que no tenía ningún interés especial, solo porque sabía que él quería asistir para hacer una oferta por un potro. Confirmando su teoría, el vizconde no había aparecido por Newmarket.

Apostaba su mejor sombrilla a que cuando Richard supiera que ella estaba invitada a la comida, huiría a White's, a Boodle's, o adonde fuera que se refugiaba cuando quería huir de ella. Nicole asintió a su hermano en silencio, y se dirigieron de nuevo hacia la casa.

3

Nada más entrar en el recibidor, oyeron unos pasos que se acercaban, y una alegre conversación. Los hermanos Illingsworth bajaban cogidos del brazo, parloteando sin cesar sobre la última hazaña del listísimo Alexander. Se veía claramente la magnífica relación que les unía. Era difícil sospechar siquiera que durante años habían vivido ignorándose, y que no fue hasta el regreso de Judith a Inglaterra que habían comenzado a conocerse. Ahora eran inseparables.

Sorprendía también el parecido entre ambos. Frente alta, nariz perfecta, labios carnosos, cabello claro y ojos marrones. Si bien el cabello de Judith tendía a rubio, y los ojos estaban moteados en verde y dorado, mientras que el cabello de James era de color arena, y los ojos marrón chocolate. Pero a pesar del parecido, si Judith era indudablemente una delicada y femenina dama inglesa, Richard era todo un hombre, que rezumaba masculinidad por los cuatro costados.

Cuando los hermanos vieron a James y a Nicole parados en la base de la escalera, se callaron y sus rostros demudaron también.

Judith se adelantó, reaccionando. Tomó las manos de Nicole, y le besó la mejilla.

—Nick, querida, ¿todo bien con el ogro de tu hermano? ¿Tengo que tirarle de las orejas?

Guiñó un ojo a James, que se hizo el ofendido, acercándose a Richard en busca de solidaridad masculina. La melódica risa de Nicole resonó por el *hall*.

—Digamos que ha sido... razonable. No es necesario que lo castigues sin postre, esta vez.

Todos sonrieron.

—Hablando de postres, Nick. Mi hermano ha decidido quedarse a comer con nosotros. Sería fantástico si tú también lo hicieras. La señora Noodle ha preparado un pastel de avellana, su especialidad.

Había cierta tensión en la voz de su cuñada, previendo una batalla campal si uno de ambos no se retiraba. El dulce, y saber que fastidiaría a Richard aceptando la invitación, la entusiasmaron.

—Oh, me encantaría. La casa de Grosvenor está llena de maletas para el viaje de madre a Bath. Esa torcedura de tobillo ha llegado en el peor momento. Yo en mi tercera temporada, al límite de la edad que se considera respetable para una señorita de alcurnia, y sin ella para guiarme. —Estaba siendo claramente mordaz.

—No seas melodramática, Nick. —La voz de James sonaba divertida—. Sabes que yo acudiré contigo a todos los grandes actos, y Judith nos acompañará siempre que sea posible.

Nicole se dirigió a Judith, ignorando a propósito a su hermano.

—¡Qué bien! Sin duda un hermano posesivo es mejor que una madre coja.

—Los dos sabemos que madre, incluso coja, podría hacer de tu temporada algo muy, muy largo. —La voz de James pretendía ser amenazadora, pero se escapaba la risa entre sus palabras.

Richard se mantenía al margen de la conversación, por

evitar tensiones innecesarias. Le gustaba saber que su hermana vivía en un ambiente de complicidad. Nicole al fin se dignó hacerle caso. Posó su verde mirada en él. Richard no recordaba otros ojos más hermosos.

—¿Y bien, lord Illingsworth?

Su gesto le puso alerta. Le miraba como un gato que se había comido al canario. ¿Qué pretendía ahora aquella endiablada muchacha?

—¿Y bien qué, milady? —dijo amablemente.

—Me quedaré a comer aquí. —Le hablaba despacio, como si fuera un inepto. Richard se envaró—. ¿Tal vez usted había olvidado alguna cita urgente en algún otro sitio y declina quedarse?

La muy tunanta estaba intentando manipularle para que desapareciera, como hacía siempre que ella aparecía. «Tu período de gracia acabó, fierecilla.» Fingió pensar seriamente lo que ella le decía. Finalmente alzó la vista, y con rostro serio dijo, seco.

—No.

Sonrió a su hermana, le ofreció el brazo y la guio hacia el comedor, donde estaba ya todo dispuesto. Judith sonreía, creyendo que su hermano trataba de avanzar.

Detrás, James sonreía también, satisfecho de que Richard hubiera dejado de huir de su hermana. Y de que la hubiera contradicho. Esa muchacha tenía a la mitad de los hombres comiendo de su mano, y eso no era bueno. Que alguien la pusiera en su sitio de vez en cuando sería magnífico para su carácter.

A Nicole, en cambio, se la veía perturbada. Un pequeño trastorno, sin duda. Pero en cuanto le ladrara un poco, él volvería a esconderse con el rabo entre las piernas. Su hermano le ofreció el brazo, y entraron en el comedor.

La enorme estancia, con varios sirvientes que les asistirían en el pequeño ágape, tenía una mesa redonda, como las que había en Westin House, la mansión de los Illingsworth en el campo. De pequeño tamaño, permitía a los comensales sentirse cómodos. Desde que Judith regentara la mansión, todo se había vuelto menos solemne, lo que el duque agradecía. La sobriedad de lady Evelyn, incapaz de flexibilizar la etiqueta, era un lastre con el que James había tenido que convivir durante años.

Este le apartó la silla a Nick al tiempo que Richard hacía lo propio con Judith, y se inició el desfile de platos que compondrían la comida. Los sirvientes iban llenando sus copas y cambiando vajilla y cubertería a cada manjar, mientras la conversación versaba sobre temas generales. Para desgracia de Judith, no era posible una conversación demasiado personal con su cuñada y su hermano en la misma mesa. Con pesar, continuó dirigiendo la charla.

—Bueno, comienza una nueva temporada. Veremos qué nuevos matrimonios nos depara esta. Lo cierto es que el embarazo de lady Tremaine va a restar a la temporada cierta emoción, dado que no se celebrará su famoso baile. Pero los solteros imagino que podréis respirar más tranquilos, ¿no, Richard?

Hizo una mueca burlona a este, que sonreía recordando los acontecimientos del año anterior, cuando la misma Judith había sido sorprendida besándose con James en los jardines malditos. Todos los años alguna pareja era pillada en aquel lugar, viéndose obligada a contraer matrimonio.

—Supongo que sí —dijo, siguiéndole la broma—. No celebrándose ese baile en concreto, sé que tengo menos posibilidades de que me atrapen en circunstancias... digamos... poco loables.

James rio ante el eufemismo.

—¿Poco loables? Supongo que es un buen modo de referirse a ello. Pero sigo pensando que la mejor forma de que no te sorprendan en situaciones... eh... poco loables, es evitándolas.

Richard alzó la ceja, gesto que ambos amigos compartían, divertido también.

—Querrás decir evitándolas... en lugares públicos, ¿no?

Incluso Judith sonrió y se unió a la juerga.

—James, no eres quién para aconsejar, dado que tú mismo fuiste sorprendido el año pasado en circunstancias, ¿cómo eran? Ah, sí. Poco loables.

El duque sonrió con cariño, recordando.

—Sí, pero te recuerdo que hiciste trampas, pequeña.

—¿Trampas, dices? —Richard se lo estaba pasando en grande. Se volvió hacia Judith, siguiendo la fiesta—. Pues quizá podrías enseñarme algún truco para besar a las damas y salir indemne, hermanita.

Todos rieron excepto Nicole, que estaba empezando a hartarse de ser la única que no se divertía. De hecho se sentía desplazada en su propia casa, y por un hombre que la había humillado. Ese pensamiento la hizo estallar.

—Permítame adularle en ese aspecto, lord Richard, pues usted no necesita que nadie le explique cómo hacer trampas para seducir a las damas y salir indemne. —Destilaba furia en cada una de sus palabras—. El año pasado nos dio a los presentes una clase magistral, de hecho.

Un silencio helado se hizo en la habitación. La cara de Judith era de espanto. James taladró a su hermana con la mirada. Richard, en cambio, si acusó el golpe, no dio muestras de ello.

El mayordomo hizo una seña al resto del servicio, y todos salieron de la habitación sin hacer ruido. James se anotó mentalmente agradecérselo después. En cuanto la puerta se cerró, se dispuso a poner las cosas en su sitio. Trató de mantener la calma.

—Nicole, francamente...

Richard tocó el brazo de James, interrumpiéndole y tratando de relajar también el ambiente.

—No te agobies, Stanfort, estamos en familia.

Nicole le miró, incrédula. Y encima la defendía. ¿Cómo se atrevía a defenderla a ella? Ella no necesitaba defensa alguna. Y menos aún de él. Ella era la víctima, no la culpable de nada. Alzó la voz.

—¡Tú no eres parte de mi maldita familia!

—¡¡Nicole Callista Saint-Jones!!

El grito de James fue atronador.

Nicole no lo pudo soportar más. Se sentía atacada en su casa, y su hermano no la defendía. Retiró la servilleta que tenía sobre las piernas, la lanzó a la mesa y salió del comedor con paso furioso y un sospechoso brillo en los ojos.

Ninguno de los tres se movió o dijo nada hasta que no oyeron un estruendo al cerrarse la puerta principal.

El primero en reaccionar fue James. Miró a su amigo con ira.

—Quiero tu jodida palabra de caballero, Richard, de que no sedujiste a mi hermana.

Richard se sintió insultado. Estaba cansado de tener que repetir siempre lo mismo. Estaba harto, de hecho, de tener que dar explicaciones cada vez que la fierecilla sacaba las uñas. Devolvió la misma mirada a James.

—Obviando el uso de la palabra jodida, y el hecho de que ya te la di, quieres decir. —La calma de su voz era contenida.

—Lo que quiero decir, Sunder...

—¡Basta los dos! Es suficiente.

Judith tenía los brazos en jarras y un patente disgusto, perfectamente identificable por los dos hombres que mejor la conocían.

—Pequeña, cálmate.

James levantó las manos, tratando de aplacarla. Ella miró al cielo, pidiendo paciencia.

—¡Oh, maravilloso! No hay nada que tranquilice más a una dama enfurecida que cuando le piden calma los que la alteran. Tú —señaló a James— vas a seguir a tu hermana y a asegurarte de que está bien.

Richard sonrió disimuladamente. Judith tenía carácter.

Oh, oh, ahora le miraba a él. ¿Qué pretendía? Esta vez no había hecho nada malo. Si incluso había defendido a Nicole cuando esta perdió los nervios.

—Y tú vas a solucionar esto.

Ya. Quería precisamente eso. No podía pedirle que bailara desnudo en el baile que darían los Restmaine la noche siguiente. No. Tenía que pedirle que calmara de forma definitiva a Nicole, cuando a él le venía justo mantenerse tranquilo en su presencia. La muchacha lo alteraba de todos los modos posibles.

—Jud, me encantaría, pero ella se ha puesto difícil...

—Me importa un pimiento cómo se haya puesto. Haz uso de tu legendario encanto y soluciónalo. Y soluciónalo ya, Richard, no la semana que viene, ni el año que viene. Estoy harta de no poder estar en paz con las personas que más me importan en el salón de mi propia casa.

Se levantó también, obligándolos a ambos a hacer lo mismo. Sin esperar respuesta de ninguno de los dos, pues asumía que sería obedecida, se dirigió hacia la puerta. Ambos hombres se sentaron de nuevo, dispuestos a seguir la comida donde la habían dejado. Pero Judith todavía no había acabado. Asomó la cabeza por el quicio de la puerta.

—Moveos, tenéis trabajo que hacer.

La reacción fue inmediata. En menos de un minuto ambos hombres salían de la mansión Stanfort.

Media hora después James y Richard se habían refugiado en el White's, donde tomaban un refrigerio, dado lo escueto de la comida, que había sido retirada por orden de la señora de la casa. Cualquier batalla sería mejor librarla con el estómago lleno. James se disculpaba por su afrenta.

—No es que no confíe en ti, Sunder. Me dijiste que no traspasaste los límites del decoro y te creo. —Su mirada revelaba que era sincero—. Es solo que esto es complicado para todos.

Richard tomaba un poco de perdiz, relajadamente. Nicole había resultado tener un carácter explosivo. La muchacha era toda pasión, y esa pasión correctamente encauzada podría ser muy excitante. Desechando la idea por inadecuada, aceptó las disculpas de James y se centró.

—Lo sé. Y sé que soy responsable en gran parte de la situación, pero realmente tu hermana lo está complicando mucho.

El duque asintió. Su hermana solía ser una persona civilizada, pero ese tema le había afectado mucho. Habían hablado al respecto antes de que James se casara, y ella le había asegurado que estaba bien, que solo su orgullo había resultado herido. Pero él no las tenía todas consigo. No después de sus últimas actuaciones. Hubiera sido maravilloso que el cortejo de Sunder hubiera sido real y hubiera terminado en boda. Hubo un tiempo en el que James estuvo convencido de que hacían buena pareja.

—¿Qué piensas hacer, Richard?

El aludido se sobresaltó.

—¿Yo? ¿Por qué habría de hacer algo? Traté de disculparme. Ella no aceptó las disculpas. Fin de la historia.

James no pudo evitar reírse ante el tono defensivo de su amigo.

—Eso te gustaría. Tu hermana te ha ordenado que lo soluciones.

—Mi hermana y tu esposa, amigo. No eludas responsabilidades.

Ambos rieron. Era costumbre eludir el vínculo con Judith cuando les metía en vereda.

—Bien, mi esposa. Pero piensa algo. —Frunció el ceño—. Algo decoroso, desde luego.

—Desde luego.

Brindaron en silencio. Hubo momentos en que dudaron de que su larga amistad superara las circunstancias. Pero, afortunadamente para ambos, habían recuperado la camaradería, y ahora valoraban más su relación.

El resto de la comida transcurrió casi en silencio. Ambos tenían mucho en qué pensar.

¿Qué le pasaba a esa muchacha? Richard no dejaba de preguntárselo de regreso a casa. James y él habían vuelto juntos hacia Grosvenor en el carruaje condal. Cuando habían salido de la mansión del duque no habían considerado necesario hacerlo por separado, pues después de comer algo ambos se dirigirían hacia Grosvenor Square, uno a su propia mansión y el otro a la de su hermana. La duquesa viuda y su hija se habían mudado a la misma calle donde residía la familia Illingsworth cuando James y Judith se casaron. Vivían en la misma manzana. De hecho sus viviendas, y las de otros vecinos, daban a una especie de patio interior, que habían parcelado con pequeños muros, y accesible desde el exterior solo desde un pequeño callejón. De esa forma, las ventanas interiores daban a los distintos jardines, creando la sensación de vivir en un pequeño edén alejado de la locura de Londres.

James había bajado del carruaje apenas unos segundos antes, para saber de Nicole. Y no solo porque su esposa se lo hubiera ordenado, sino porque realmente estaba preocupado por ella.

Pero fuera lo que fuese de lo que hablaran, James no iba a contárselo. La muchacha había estallado de forma feroz. Había estado inusualmente callada, y de repente dejaba caer un comentario recalcitrante, completamente fuera de lugar.

Él sabía que ella había estado molesta por el curso de la conversación. Todos habían estado riendo y bromeando excepto ella, a quien se la veía tensa como la cuerda de un violín.

Todo en su apostura denotaba tirantez, el gesto, la forma en que apretaba la copa mientras bebía... Richard había aprendido el año anterior que ella era un libro abierto para quien supiera leer en él. Y él era muy intuitivo en lo que a la muchacha respectaba. Sus ojos, su cuerpo, todo le hablaba. Aun así, no había esperado semejante estallido.

Sintió una pequeña punzada al saber que él la hacía sentir incómoda. Nicole le caía bien. Admiraba su valor y su arrojo, la implicación con la que hacía las cosas. Si las circunstancias hubieran sido distintas el año anterior, tal vez hubieran podido ser amigos. Ahora eso parecía imposible.

Era consciente que la había herido en su orgullo. Bueno, y en su vanidad, en su seguridad, y en muchas otras cosas. Pero habían pasado meses, y ahora ella conocía la historia completa, y las razones que le habían impulsado. No podía seguir pensando que él era un canalla. Richard no esperaba que le perdonara sin más, y de repente le encantara coincidir con él. No obstante, tanto odio no había previsto.

Quizás estaba en esos días. Cuando Marien, su amante, estaba en esos días, se molestaba por todo. Richard procuraba huir de ella cuando eso ocurría.

Sin embargo, Nicole no podía estar siempre en esos días, pues con él nunca estaba de buenas. O tenía los «esos días» más largos jamás conocidos, o algo pasaba con ella. ¿Pero qué? ¿Tan orgullosa era? No parecía mantener una actitud arrogante cuando charlaba con otras personas durante los descansos de los bailes. Y solía sonreír siempre que bailaba. Se había fijado. En cambio a él era incapaz de mirarle con cordialidad siquiera.

El carruaje se detuvo en la puerta de su casa, sacándolo de sus reflexiones. El cochero saltó del pescante y le abrió la portezuela. Nodly, eficiente como siempre, le esperaba para recibirle. Richard le entregó el abrigo y el sombrero, con idea de encerrarse en la biblioteca a trabajar un poco. Tenía algo de correspondencia que resolver, y debía decidir a qué baile acudiría la noche siguiente. La temporada empezaba, y su búsqueda de esposa también.

Se dirigía hacia allí cuando una ocurrencia le cruzó la mente, y lo detuvo en seco. ¿Y si ella se había enamorado de él? Era viable. No es que fuera engreído, pero con la muchacha se había empleado a fondo, y podía ser irresistible cuando se lo proponía. Cuadraba. Por eso ella le guardaba tanto rencor. Quizá todavía le amaba, y esa era la razón que le impedía soportar verle. Sus sentimientos eran demasiado intensos para dominarlos.

La idea de que Nicole estuviera enamorada de él le llenó de ternura. Y eso le sorprendió. Las mujeres enamoradas le aburrían. Las vírgenes, teóricamente ingenuas, trataban de atraparle en los grilletes del matrimonio. Y las amantes se ponían pesadas con suspiros y exigencias.

Pero Nicole era... bueno, Nicole era Nicole. Y tampoco era para tanto, se recordó.

—¿Milord, todo bien?

La voz de Nodly le sacó de sus ensoñaciones. Se había detenido como un pasmarote en medio del recibidor de casa. ¿Qué diablos le pasaba? ¿A quién le importaba que Nicole estuviera enamorada de él? A él no, desde luego.

Bueno, quizás un poco. Pero no le importaba por ella misma, sino porque era la hermana de su mejor amigo y la cuñada de su única hermana. Y punto. Nada más.

En absoluto convencido de sus propios argumentos, decidió que mejor se iba a trabajar, y ocupaba su mente en otros derroteros menos peligrosos.

Mientras, apenas unos cientos de metros más abajo, una Nicole llorosa se avergonzaba delante de su hermano.

—Ya lo sé, James, me comporté fatal. No sé qué pasó, pero de repente no pude controlarme.

Volvió a sonarse. Estaban en una pequeña salita donde solía leer. James había llegado momentos antes para interesarse por ella, lo que la hizo sentirse fatal. Se comportaba de la peor forma y su hermano la trataba con extrema delicadeza, como si no se mereciera una buena reprimenda. Estaba mortificada. Definitivamente tenía que hacer algo con su carácter.

James presionó un poco.

—Sí lo sabes, Nick. Y sabes que no es la primera vez que pasa, aunque tal vez sí sea la primera vez que ocurre de forma tan violenta. —Le acarició la mejilla con ternura, y suavizó la voz—. Si no me lo dices no podremos hablar de ello. Si se trata de algo que Judith o yo hicimos...

Ahí estaba, de nuevo, su hermano, justificando un arrebato injustificable solo porque se sentía culpable. No era justo, y ya iba siendo hora de que ella dejara de aprovecharse. Se aclaró la voz y prosiguió, cabizbaja.

—Estabais todos bromeando, tan felices. Era todo tan familiar. Y yo sentí que sobraba, James. —Los ojos se le llenaron de lágrimas de nuevo—. Me pasa siempre. Ellos son hermanos, y él tu mejor amigo. Yo soy la intrusa. Una intrusa en la que, hasta hace un año, era mi propia casa.

James suspiró. Judith tenía esa conversación con Richard de vez en cuando. Parecía como si ninguno de los dos hermanos estuviera satisfecho con lo que Judith y él hacían o decían respecto de ellos. Esquivó el tema, pues sabía que nunca llegarían a una solución satisfactoria para todos. «Dales tiempo», se recordó.

—Hasta que te cases esta siempre será tu casa. Y después también, si así lo quieres. —Le alivió ver que ella se animaba—. Y Judith y tú sois las mejores amigas. Incluso cuando ella me rechazó erais un círculo.

Ella ya sabía eso, pero no era capaz de expresar la rabia que sentía.

—Lo sé, James. Mi cabeza sabe todo eso. Pero cuando le veo, no es mi cabeza la que piensa. Mi mente se bloquea.

—¿Es tu corazón el que piensa, Nick? —Le habló tiernamente—. ¿Estás enamorada de Richard?

¿Estaba enamorada del vizconde de Sunder? Magnífica pregunta. Y merecía una respuesta igual de magnífica.

Él era apuesto. No, era más que eso. Era muy guapo, pero además le atraía como ningún otro hombre lo había hecho. Y podía ser encantador cuando quería. Con ella había sido maravilloso cuando le había convenido. Pero ¿enamorada? No. La verdad era que no. Estaba dolida, pero no destrozada. No como su hermano o Judith cuando creyeron no tener futuro juntos.

—No, no estoy ni he estado enamorada de él —respondió sinceramente a su hermano.

Curiosamente sintió cierto alivio cuando lo dijo en voz alta.

James soltó el aire que no sabía que estuviera reteniendo, inseguro de qué respuesta quería oír. Le hubiera encantado que Nicole y Richard se enamoraran, pero eso era muy, muy complicado.

—Nick, quizá debieras dejarlo pasar. Actuó como lo hizo por amor a su hermana. —Los ojos de Nicole refulgieron. James se apresuró a explicarse—. Lo sé, lo sé, no es excusa. Pero quizá es el tiempo, si no de olvidar, sí de perdonar y seguir adelante. Por el bien de todos.

Sabía que su hermano tenía razón. Quizá debiera mantener una actitud más abierta hacia Richard, aunque solo fuera por el pequeño Alexander, que tampoco tenía culpa de nada. Por fin, se decidió a hacerlo.

—De acuerdo.

James suspiró, aliviado, sabiendo que ella trataría de no incumplir la palabra que acababa de darle.

—Mil gracias.

Le besó en la cabeza, le limpió las lágrimas con un pañuelo, y se fue sin decir nada más, cerrando la puerta tras de sí.

Nicole se sintió mejor de lo que se había sentido en meses.

Las cartas seguían exactamente en la misma situación. Hasta parecía que se estuvieran burlando de él. Nicole le amaba. Era increíble. Y doloroso. Le hacía sentirse un privilegiado y un canalla a partes iguales. Él no había querido herirla. Quizá debiera insistir en disculparse con ella. ¿Cómo se le decía a una muchacha «gracias por quererme, y disculpa por jugar con tus sentimientos»? No tenía ni idea, pero iba a tener que idear un plan, porque la situación era insostenible. Durante la temporada iban a coincidir, y no solo en salones de baile, donde era fácil evitarse diluyéndose entre los invitados, sino también en casa de James y Judith, visitando a Alexander. Ya habían coincidido en varias ocasiones, y había sido muy incómodo.

Y ahora sabía que la culpa era enteramente suya, que ella no podía hacer nada por contener lo que sentía.

¿Enviarle flores? Muy manido. Además, preferiría hacerlo en persona. Ganaba en las distancias cortas. Quizá podría ir a visitarla. Ya, como si ella fuera a recibirle. Quizás en un baile. En público ella no podría montarle una escena. Era aprovecharse de la situación, o tener el sentido de la supervivencia muy desarrollado, según se mirase.

Al día siguiente se iniciaba oficialmente la temporada. Indudablemente ella acudiría a algún acontecimiento social. Solo tenían que coincidir. La temporada anterior había estado siempre al tanto de su agenda, pero para evitarla a toda costa. Seguro que podría averiguar en qué salón pasaría la velada Nicole, y acercársele como si nada.

Esperaba que ella no llorara, ni le suplicara. Eso sería incómodo.

Pero él lo soportaría estoico. Era lo menos que la muchacha se merecía. La consolaría, y le diría que lo superaría y encontraría a otro hombre mejor. ¿Mejor que él?, pensó. No, eso ni de casualidad. Pero bueno, se lo haría creer por el bien de ella. Tenía que ser generoso.

Silbando, a sabiendas de que su incómodo problema iba a resolverse al día siguiente, rebuscó en las cartas de la pila hasta dar con una de su administrador en Westin House. Interesado en cualquier cosa que tuviera que ver con la finca familiar, se puso a trabajar.

Esa noche, Nicole estaba en la cama. Había cenado algo ligero en casa con su madre. Esta partía al día siguiente. Su equipaje había salido ya para Bath. Después de señalarle los peligros de no prometerse esa temporada, de advertirle que la vigilaría en la distancia, y muchas otras amonestaciones más, dijo estar cansada y se retiró. Ella hizo lo mismo, tratando de reposar al máximo para el baile de los Restmaine del día siguiente.

Y de nuevo, tras haber visto a Richard, no lograba conciliar el sueño. Y hoy con razón, después del lío que había armado. Quizá debiera disculparse... ¡Ni muerta! Vale que hubiera actuado mal, pero lo había hecho en defensa propia. Defensa con algunos meses de retraso, pero legítima igualmente.

Indefectiblemente, se acercó al armario, y rebuscó tras la pila de cajas. Como no se anduviera con ojo, ese hombre iba a alcoholizarla. Otro pecado más por el que rendirle cuentas.

Había repasado sus sentimientos sobre él más tarde, a solas, y realmente no estaba enamorada de Richard. No era el despecho lo que guiaba su enfado con él, sino su vanidad. Pero eso había acabado. Había decidido pasar página. Trataría de comportarse con él de forma civilizada. Debía reconocer que Richard poseía mucho encanto, así que no sería complicado disfrutar de su compañía. En otras circunstancias, podrían haber sido incluso amigos. Quizás ahora que iba a dejar de fastidiarle, pudieran llevarse mejor.

En cambio, lejos de sentirse aliviada por saber que la tensión entre ambos iba a relajarse, o creerse mejor persona por su capacidad de perdón, se sentía... aburrida. ¡Qué fastidio, si no podía torturarle hasta la muerte a base de vergüenza en sus fantasías! Disfrutaba secretamente imaginándolo azorado, disculpándose por lo sucedido y suplicándole clemencia. Había pasado muchas tardes, sola, pensando en formas nuevas de incomodarle. ¿Con qué se suponía que iba a entretenerse ahora? La respuesta le llegó antes de que lograra evitarla: había de encontrar marido.

Se puso seria. Tenía que centrarse en eso. El año anterior había hecho una pequeña lista mental de lo que buscaba en un hombre. Ahora, un año mayor, y con más experiencia acumulada, gracias a cierto caballero, era hora de pulirla, y de hacer una nueva con candidatos reales.

Lo mejor era poner a todos los hombres «desposables» que no fueran jugadores empedernidos o crueles, ni físicamente repulsivos, e ir tachando uno a uno los que no fueran cumpliendo esos requisitos. Cada noche se dedicaría a conocer a algunos de ellos más a fondo, y cuando llegara a casa tacharía a los que no le hubieran gustado, explicando por qué, y creando así también una lista con aquellos defectos que no querría en un esposo. Era una idea magnífica. Se sintió esperanzada. Tal vez así resolvería su problema y haría la mejor elección posible.

Se levantó de nuevo, se acercó a la chimenea para prender una vela que llevó a su secreter, sacó papel, el tintero y la pluma y comenzó:

Requisitos para mi esposo:

Bueno, el principio era sencillo.

Inteligencia.
Apostura.
Responsabilidad.
Honradez.
Respetabilidad.
Generosidad.

Aun sintiéndose frívola, añadió.

Título.
Fortuna.

Siguió pensando, pero poco más se le ocurría que fuera relevante. No obstante sabía que algo se le escapaba. El vizconde de Sunder tenía algo que no había reconocido en otros hombres. Y era el único que le había dado ese algo que la había atraído hasta haber puesto en peligro su corazón. Pero ¿qué era?

Recordó su paseo por Hyde Park, y cómo le había hablado sobre la exposición de mapas del British Museum. O cómo le había dejado conducir su carruaje cerca del serpentine, cuando nadie les veía. ¡Eso era!

Que me trate como a un igual.
Que me haga reír.
Que con él todo parezca más emocionante.

Seguía sin estar satisfecha, a pesar del avance. Había algo más. No solo era eso lo que le hacía tan encantador. Que por cierto no era poco. Había algo en la esencia de él que no lograba discernir, algo que le había hecho esperar impaciente otra cita con él. Algo distinto.

Cuando cayó en la cuenta, lejos de alegrarse de haber hallado la piedra angular de su búsqueda, se sintió apesadumbrada. Suspiró, tomó la pluma y anotó con cuidado una sola palabra.

Deseo.

4

Llegaban elegantemente tarde, según Nicole. Llegaban condenadamente tarde, según James. Pero él tenía que reconocer que la tardanza no había sido en vano. Su hermana iba preciosa, y así se lo había dicho. Llevaba un vestido verde musgo, un poco oscuro para la edad y soltería de ella, pero que le sentaba a las mil maravillas. Era obvio que su madre no había supervisado esa elección en concreto. Probablemente en la última visita a la modista la duquesa viuda ya había estado convaleciente, y su hermana se había tomado ciertas licencias. Pero él no pensaba llamarle la atención por esa pequeña trasgresión. Con el cabello recogido, y unas soberbias esmeraldas, estaba magnífica. Parecía que esta vez, a diferencia de las temporadas anteriores, tenía la intención de recibir la mayor atención posible. «Bien por ti, Nick.»

Había dejado a Judith en casa. Esta se incorporaría a la temporada hacia mayo, cuando estuviera en su punto álgido. Estaba amamantando a su hijo, y no quería dejarlo todavía. Pocas mujeres de la nobleza, y desde luego ninguna duquesa, daban el pecho a sus vástagos. Pero Judith no había querido ni oír hablar de buscar una madre de leche. Estaba encantada con alimentar personalmente a Alexander. Y a James le encantaba presenciarlo.

Había pensado en buscar una dama de compañía más adecuada para Nicole, y así no tener que ausentarse tantas noches de casa. Pero su esposa se había negado al punto. Mientras él salía, ella descansaría, y cuando llegara a casa, de madrugada, bien podía despertarle, a ver si se les ocurría algo que hacer. Rechazó profundizar sobre esa idea en un carruaje cerrado y con su hermana como compañía, y se dedicó a Nick.

La miró de soslayo. Estaba nerviosa, la tensión en sus manos la delataba. Pero intentaba mantener la calma. Se mantuvo en silencio, tratando de no interrumpir los pensamientos de ella, fueran los que fuesen. Nicole había aprendido a mantener sus emociones bajo control. Ya no era tan transparente como antaño. Ahora había que conocerla, y haber pasado tiempo con ella, para que esos pequeños detalles, como que apretara su ridículo en exceso, delataran lo que sentía.

—James, ¿te importaría que pasáramos unos minutos en la balaustrada, antes de ser presentados y bajar al salón de baile? Me gustaría saber a quién me voy a encontrar antes de que ellos me encuentren a mí.

A James le pareció una petición inofensiva, y accedió.

Ella siguió en silencio.

Dios, ni que fuera su debut. Estaba aterrorizada. Era consciente de lo mucho que se jugaba, y sabía que iba a tener que aprovechar cada momento, que planificar cada evento, para poder reducir su lista a un máximo de tres candidatos lo antes posible. Así podría concentrarse solo en ellos y, con suerte, hacer un buen matrimonio. Controlar el salón antes de zambullirse en él la ayudaría, y la tranquilizaría además.

Así que cuando entraron en la mansión, en lugar de dirigirse hacia la escalera de mármol donde se encontraba el mayordomo, perfectamente ataviado con la librea y una peluca blanca bien empolvada, para entregarle la invitación y que los anunciara, se apartaron hacia el lateral izquierdo, desde donde podían ver el salón de baile, abarrotado ya de gente, sin que nadie pudiera verlos, salvo que los buscaran expresamente.

James paró a un lacayo que llevaba al piso de abajo una bandeja llena de copas de cava, y tomó un par. Una para tranquilizarla a ella, otra para hacerle a él la noche más soportable. Tenía la vaga esperanza de encontrarse con Richard allí, aunque dudaba que el vizconde apareciera en la misma fiesta que Nick, a tenor de la tendencia del año anterior y de lo sucedido la pasada tarde. Bueno, aprovecharía él también para ver quién había en la sala, y encontrar a alguien con quien tomar una copa y departir un rato.

Nicole devoraba la multitud, esperando que algo la inspirara. El enorme salón estaba iluminado por decenas de candelabros de plata, colocados estratégicamente por la estancia. La luz de las velas, unida a los pesados cortinajes de terciopelo rojo que habían colocado para cubrir algunas de las paredes, daba al ambiente un aire gótico, tan en boga en los últimos tiempos. Cerraban el conjunto las molduras doradas del techo, y pequeñas figuras de barro deformadas, emplazadas en las mesas donde se ponía algo de comida. La anfitriona había logrado un escenario magnífico. Sería sin duda felicitada por muchos.

Todo el mundo se había engalanado. Sabía que había acertado con el vestido y las joyas. Eran un poco más ostentosas de lo habitual en ella, pero nada de lo que ocurriera a partir de entonces iba a entrar dentro de los márgenes de su comportamiento habitual.

Vio a un grupo de caballeros jóvenes, que conocía bien del año anterior. Todos ellos vestían con vivos colores, creyéndose los nuevos Brummel. A ella le parecían pavos reales. Pero, se recordó, esos jóvenes de su edad no serían así el resto de sus vidas. Algunos se convertirían en discretos y dignos caballeros. Su labor era averiguar cuáles de ellos podían lograrlo y cuáles no.

En medio del grupo había tres damas, pero solo una le llamó la atención. Lady Elisabeth Thorny, hija del marqués de Bernieth, estaba en el centro del pequeño círculo que habían formado, acaparando toda la atención. Nadie miraría a las otras dos damas estando ella allí. Rubia, con perfectos tirabuzones, ojos azules y amplio busto, era la belleza personificada. Una verdadera rosa inglesa. Pero también una auténtica arpía. Malcriada hasta el extremo por sus padres, creía tener derecho a todo, y le molestaba tener que compartir cualquier cosa con otra persona.

Habían debutado el mismo año, y la antipatía había sido mutua e instantánea. Además habían sido nombradas por práctica unanimidad las beldades del año. Y dado que ambas seguían solteras, y que el año anterior las debutantes más hermosas se habían casado, seguían de nuevo siendo el centro de atención de quienes buscaban esposa. La única diferencia es que la otra había debutado a los dieciocho, y todavía podía permitirse otro año sin que la consideraran demasiado mayor. Ella, en cambio, tenía que cerrar el asunto del matrimonio cuanto antes.

La intención de lady Elisabeth había sido casarse con un duque para superar en rango a su madre, tales eran sus ínfulas. El año anterior su hermano James había sido el objeto de su deseo, alentado además por lady Evelyn, la madre de Nicole y James, que insistió bastante al respecto. Consideraba a la hija de un marqués casi perfecta para ser duquesa de Stanfort. Solo la hija de un duque, o una princesa, hubieran superado a la dama. Afortunadamente no había tenido éxito en su empresa, y James se había desposado con Judith. Ahora, con pocos duques en el mercado matrimonial, que además eran viudos mayores o jóvenes herederos, lady Elisabeth se había visto obligada a rebajar sus pretensiones. Suponía que el marqués de Kibersly estaría entre sus opciones más destacadas. Pero no iba a criticarla por eso. También estaba en la lista de ella. El año anterior el marqués había estado especialmente interesado en Nicole, y por momentos esperó, o más bien se desesperó, ante la idea de una petición de mano, que afortunadamente no llegó.

A ella no le gustaba su arrogancia, pero era joven, quizá con el tiempo maduraría. O quizá tras ella hubiera decenas de virtudes que la compensaran. Richard se había cruzado en su camino antes de que lo pudiera averiguar. Este año iba a prestarle más atención. Desde luego el marqués también estaba entre el grupo que en ese momento adulaba a lady Elisabeth, pero se mantenía ligeramente alejado. Y eso le hacía más atractivo a sus ojos.

Se cruzó por su mente la idea de que Richard, probablemente, también estaría entre los solteros más codiciados de ese año. Y creía entender, por algún comentario de Judith, que se estaba planteando casarse. Si las muchachas, o peor aún, sus madres, se enteraban de sus intenciones, el pobre no tendría paz en toda la temporada. Sonrió involuntariamente. Tal vez debiera dejar caer algún comentario aquí y allá, solo por fastidiarle.

Claro, que así corría el riesgo de que lady Elisabeth lo atrapara. Y no es que le importara con quién se casaba él. Es más, será justicia divina, pensó con maldad. Pero tendría que aguantar a esa dama el resto de su vida, dado el vínculo que les uniría.

Solo por eso, prefería que no se supieran las posibles pretensiones del vizconde.

Se obligó a separar la vista de la belleza rubia, y siguió barriendo el salón con la mirada. Las hermanas Sutherly estaban allí, y para alegría de Nicole parecían haber cambiado de modista. Les tenía aprecio, aunque no eran del mismo grupo de amigas. Ninguna de las tres hermanas era muy agraciada, y carecían de dotes importantes, razón por la que habían sido casi rechazadas de plano desde el momento en que fueron presentadas en sociedad dos años antes. Pero el año anterior, James primero y Richard después, habían bailado y conversado con ellas, y el resto de los petimetres les habían imitado, como casi siempre hacían, sin saber que era la petición de la propia Nicole la que les había impulsado a hacerlo. Las muchachas habían resultado ser muy dulces de trato, y desde entonces no habían sido ignoradas. Con los vestidos que llevaban, de estilo muy distinto a los del año anterior, estaban, si no hermosas, al menos bastante pasables. Les deseaba lo mejor. Quizá se acercase a conversar con ellas un rato. Pero sería mucho más tarde, primero tenía que charlar con algunos de los candidatos de su lista. «Para eso has venido», se recordó.

Un poco más allá estaban los tres sosos del reino. «Maldito Richard», pensó con nostalgia. Desde que le dijera cuál era el mote secreto que James y él les habían puesto, le costaba llamarles por sus nombres. Recordó la velada en que él le había confesado lo del apodo. Aquella noche Richard y ella habían bailado, y él la había besado por primera vez. Cierta melancolía la invadió.

Marlowe, Stevens y Hanks, como eran conocidos en realidad, estaban en un lado del salón, tomando una copa y hablando animadamente, cerca de donde se encontraban las hermanas Sutherly. Ella volvió a concentrarse en ellos olvidando veladas pasadas. La conversación versaría sobre pesca, probablemente. Eran de edad aproximada a la de su hermano. No eran especialmente apuestos, pero tampoco eran feos. Y eran aburridos en extremo. Eso sí, no jugaban y no eran libertinos. Y tampoco eran interesantes. No obstante estaban también en su lista, y antes de descartarlos quería asegurarse de que hacía lo correcto. Tendría que bailar con ellos. Pero lo haría separadamente, más de uno por noche sería insufrible.

En el extremo opuesto del salón se hallaban las madres de las debutantes, algunas solteras de edad avanzada, y otras damas que componían el grupo de los dragones, como James solía llamarles. Las mayores cotillas de Londres, que vigilaban ojo avizor todo lo que ocurría en la sociedad. Serían los verdugos de Nicole si no se casaba aquel año, o no lo hacía adecuadamente. Las miró con resentimiento.

Dios, estaba empezando a deprimirse.

—Buenas noches, milady.

La aterciopelada voz de Richard la sacó de sus ensoñaciones. Al parecer se había acercado poco antes, pues ya había saludado a James. Pero ella no se había dado ni cuenta, tan ensimismada estaba. Recompuso la serenidad, y se giró hacia él.

—Milord, qué sorpresa —dijo con sorna.

Ante la mirada admonitoria de su hermano, hizo una reverencia y se corrigió.

—Una sorpresa agradable, por supuesto, lord Illingsworth.

Él se sorprendió. A pesar de que había sido la mirada de advertencia que James había dedicado a su hermana la que había dulcificado su rostro, parecía que las hachas de guerra estaban enterradas. O al menos ocultas de momento. Decidió probar suerte.

—Es un honor encontrarla, lady Nicole. Permítame que le diga que está deslumbrante.

Ella asintió con gracia y le dio la mano. Él se la besó sin siquiera tocarla, y la soltó. Nada que ver con las secretas caricias que le había prodigado el año anterior cada vez que le tomara la mano. Esa noche era todo corrección, y no estuvo segura de que prefiriera a ese Richard.

—¿Podría convencerla para que me guardara un vals, milady?

James tosió, advirtiéndoles a ambos.

—O una cuadrilla, tal vez. —Richard se corrigió divertido, mirando a James.

Eso estaba mejor, pensó James. Si Richard bailaba el vals con ella, volverían las especulaciones, y eso no haría bien a su hermana. Una cuadrilla, en cambio, era inofensiva. Ahora le tocaba a ella acceder, y así lo hizo.

Richard anotó su nombre en el carné de baile de ella, y vio cómo, en cuanto acababa de escribir su nombre, justo tras un vals, ella daba un paso atrás y los ignoraba a ambos, volviendo a centrarse en el salón, tal y como había estado haciendo antes de que él se acercara.

Pensó que había sido una suerte verlos antes de bajar al salón. Se había tomado un minuto antes de acercarse a la escalera que descendía al baile, preparándose mentalmente para la noche que le esperaba, cuando a su izquierda un caballero elegantemente ataviado de negro, y una dama cuya melena de fuego le perseguía de vez en cuando en sueños, llamaron su atención. Se dio un poco de tiempo para observarla antes de acercarse.

Nicole estaba completamente concentrada en el salón de baile, absorta a lo que ocurría a su alrededor, y James estaba de espaldas, con lo que ninguno de ambos había reparado en él. Estaba preciosa con ese vestido. El color y el corte, que se ceñía a sus pechos y realzaba la esbelta cintura, eran un poco atrevidos para una dama soltera, pero el conjunto era magnífico. Destacaba el color crema de su piel, el verde de sus ojos, pero sobre todo el color de su pelo, que caía en una pequeña cascada de rizos por su espalda. Richard nunca pensó que le gustaran las pelirrojas, pero tenía que reconocer que la melena de ella era espectacular. Se preguntó cómo sería verla suelta y desparramada sobre su almohada.

«Basta, Richard.» Se forzó a mirar a James, a quien se dirigió y con quien inició la conversación.

—¿No bajas, Stanfort?

—Aún no, Sunder. Pero te localizaré cuando lo haga, para tomar algo. —Le miró con intención—. A no ser que tengas planeado bailar con todas las jovencitas esta noche.

El vizconde murmuró algo ininteligible y se alejó.

Bien, pensó Nicole, que a pesar de mirar a la pista de baile había estado atendiendo a cada palabra que decían. Definitivamente buscaba esposa. Algo se removió en su interior, pero lo ignoró.

El mayordomo anunció a lord Richard Illingsworth, vizconde de Sunder, y todas las damas dedicaron un segundo, o más, a mirarle mientras bajaba con aire de absoluta seguridad las escaleras y se acercaba a saludar a los anfitriones. Muchas señoritas se movieron estratégicamente hacia donde él estaba, esperando un saludo y, con suerte, una petición para bailar.

Richard destacaba sin proponérselo. Debía de medir un metro y ochenta centímetros, y era todo él fibra y músculo. Al igual que su hermano, practicaba esgrima y boxeo, y era un magnífico jinete. Además, había hecho remo en Cambridge, y sus brazos así lo atestiguaban. Su vestimenta, siempre discreta, parecía aumentar el encanto en lugar de disimularlo.

La voz de James, quejumbrosa, la obligó a dejar su escrutinio.

—Dios, pobre hombre. Si pudieran lo descuartizarían y se lo repartirían a cachitos.

Nicole no le miró, pero contestó igualmente.

—Contigo era igual. Y sigue siendo igual.

James se sonrojó y se puso a la defensiva.

—No es cierto.

A Nicole le resultó simpático ver a su hermano azorado por la modestia.

—Sí, sí lo es. Desde el mismo día de mi debut, cuando entrábamos en los salones, mientras tú buscabas con la mirada a Richard para desaparecer con él lo antes posible, yo miraba a la multitud. Y las damas te miraban como si fueras un pavo el día de Navidad. Y no solo las jóvenes casaderas. También las viudas y alguna que otra casada.

—Nicole —dijo pasmado—, ni siquiera deberías saber de qué estás hablando.

—Ya. —Ella sonrió, pícara—. Pues si no querías que supiera sobre el deseo y las relaciones indecorosas, haberlo pensado antes de enredarte con una viuda sin tener intenciones honorables.

—Yo siempre tuve intenciones... —Se detuvo al ver que había mordido el anzuelo.

Cada vez que salía el tema de su aventura con Judith, él se ponía a la defensiva, tratando de justificar que no se hubieran casado antes, pero sin culpar directamente a su esposa, que lo había rechazado tres veces antes de acceder a casarse con él.

A tenor de sus bromas, era obvio que Nicole ya se había relajado. Buscando desviar la atención de un tema que le incomodaba, le ofreció el brazo.

—¿Preparada?

—No lo estaré más ni aunque pase aquí toda la noche.

James le dio un cariñoso apretón en el brazo y la condujo hacia el centro de la balaustrada. Se acercaron al mayordomo, entregaron su invitación y para Nicole comenzó otro año de locura. Deseaba fervientemente que ese fuera el último.

Cuando anunciaron a James y a Nicole, hubo un ligero revuelo. Muchas damas jóvenes buscaron a James con la mirada. Los dragones parecieron decepcionarse al ver que la duquesa no les acompañaba. Pero la reacción que molestó al vizconde de Sunder fue la de los jóvenes petimetres que había en la sala. Se acercaron a la escalera para recibirla cuando bajara, como si tuvieran algún derecho a reclamarla. En ese sentido, el marqués de Kibersly parecía tener ventaja sobre el resto. No le gustaba nada ese tipo. Algo más bajo que él, rubio y de complexión atlética, la cualidad más destacable de Kibersly era el tamaño de su ego. Y el resto de los niñatos lo alimentaba, dejándole paso cuando Nicole terminó con el saludo de rigor a los Restmaine.

Cuando vio a tantos caballeros rodeándola nada más llegar a la base de las escaleras, Richard supo que había hecho bien en pedirle un baile antes de que bajara al salón. En apenas unos minutos su carné debía de haberse llenado. Tras el marqués, que seguro se habría reservado un vals, un montón de jóvenes, y no tan jóvenes, se habían arremolinado a su alrededor pidiéndole bailar. Y ella había accedido a todos y cada uno de ellos. Para cuando él la hubiera saludado, mucho después de que la bandada de buitres se hubiera alejado, se habría quedado sin la oportunidad de bailar con ella, y así disculparse. Ignorando la pequeña punzada de posesividad que sintió al saber que tantos la pretendían, pensó en lo fácil que había resultado hablar con ella. Le había sorprendido encontrarle tan cooperadora.

Había sido casualidad verlos en un lado de la escalinata, pensó de nuevo. Había llegado tarde, después de cenar con el barón de Blackfield y el conde de Schieffer, dos conocidos de la universidad con los que salía de correrías de vez en cuando. Con James de carabina y con April, la esposa de Julian, embarazada de nuevo, tenía pocas posibilidades de divertirse con sus amigos de siempre. Y esos dos tarambanas eran una buena compañía para pasar un buen rato.

—Sunder. —James había llegado a su lado, con una copa en la mano.

—Stanfort.

Siempre era el mismo ritual. Se saludaban por sus títulos, se ponían el uno al lado del otro, y a ver qué sorpresas les deparaba la noche. Ambos eran objeto de muchas miradas, ataviados con sobria elegancia y relajada postura. James se planteó si tal vez su hermana tuviera razón, y fueran más admirados de lo que pensaban. Le pareció que, de hecho, muchas damas les observaban de soslayo. Algo avergonzado ante las miradas, se concentró en Richard.

—Me ha gustado saber que bailarás con Nicole. Y una cuadrilla ni más ni menos. Judith estará contenta.

Richard lo miró con insolencia.

—Cuánta condescendencia, excelencia.

James soltó una carcajada, tanto por el gesto de él como por la razón de sus palabras. Se disculpó.

—¿Sí, verdad? Acompaña al título. —Volvió a la cuestión que le interesaba—. En serio, esto tiene a tu hermana de los nervios, y detesto verla contrariada.

—A mi hermana y a tu esposa —bromeó. Luego, sabiendo de la importancia de la conversación, se puso serio—. En realidad no quería bailar una cuadrilla con ella. Bueno, no quiero bailar nada. Lo que quiero es apartarla un momento y disculparme por lo que ocurrió el año pasado, pues todavía no me ha dado la oportunidad, y creo que ya va siendo hora.

James se mantuvo en silencio, sopesando sus palabras. Era obvio que Richard le estaba pidiendo autorización para tener una conversación privada con su hermana. Eso era buena señal. Si tuviera otras intenciones no le pediría permiso. De hecho la temporada pasada no le había advertido de nada. Y no podía olvidar que Sunder había hecho a un lado sus reservas el año anterior para que Judith y él pudieran hablar cuando las cosas entre los ahora cónyuges se habían complicado. Reservas, por otro lado, más que justificadas. Además, había aprendido la lección, ¿no? Richard era un poco alocado a veces, pero no era un canalla. Y James sabía que le dolía haber dañado no solo a Judith, sino también, y especialmente, a Nicole. Suspiró, pensando una vez más que ojalá las cosas hubieran sido distintas.

—De acuerdo. Llévatela a la terraza, siempre que ella esté de acuerdo. Pero estad a la vista de todo el mundo. Yo estaré cerca, vigilándoos.

Richard asintió, agradecido.

Acabó la música y dejó la copa en una mesa próxima, sin haberla probado siquiera.

—Si me disculpas, tengo esta pieza prometida a una de las Sutherly.

James casi le compadeció. Casi.

—Una cosa más, Richard.

—¿Sí, excelencia?

—No la cabrees. O todo el mundo podrá oíros.

Todavía sonriendo por la chanza sobre el carácter explosivo de Nicole, se acercó a su pareja de baile, saludó a sus otras hermanas, con las que bailaría después, y al resto de las señoritas que conformaban el nutrido grupo de jóvenes con quienes se encontraban, y se unió a la fila de hombres y mujeres que iban a compartir la pista. Los pasos eran sencillos, así que sonrió a la muchacha y echó una ojeada al resto de los bailarines de la hilera que ocupaba el salón de lado a lado. Cruzarse con la pareja tomándola suavemente de la cintura, dos pasos a la derecha, girarse a saludar a la nueva pareja, dos pasos más, tomarla de las manos... Entonces la vio. ¿Qué demonios hacía Nicole con Stevens? ¿Es que quería morir de aburrimiento, o qué? Pues, se fijó, bien que ella le sonreía. Quizá estaba atontada por la bebida, o tal vez le gustaba la pesca, único tema de conversación de aquel tipo.

La música cambió de ritmo, y todos comenzaron a moverse. Las mujeres iban ahora cambiando de lugar, mientras los hombres permanecían quietos en su sitio. No hubo de pasar mucho tiempo antes de que Nicole se colocara delante de él, aunque apenas unos segundos. A él también le sonrió. Con la misma sonrisa serena que había dedicado a su anterior pareja. ¿Cómo era posible que le mirara igual que a cualquier otro tipo? Y no cualquier otro, sino Stevens. ¿Es que le tenía en la misma consideración que a los sosos del reino? Quizá después de todo no estaba tan enamorada de él, recapacitó malhumorado.

Una pequeña decepción le sacudió. Pero sí, tenía que estarlo. Solo eso podía explicar el arranque de la noche anterior, y el rencor que le guardaba. Tal vez disimulaba, eso era.

Por un momento parecía que él estaba buscando excusas para no disculparse, se dijo. Y debía hacerlo. En un par de piezas más, la llevaría a la terraza y aclararía las cosas. Y por fin todo volvería a su cauce. O eso esperaba. Estaba harto de seguir huyendo de ella. Confiaba en que esa noche todo se normalizara entre ambos.

La idea de tener un trato corriente con ella se le antojó aburrida. Nicole había derrochado ingenio con él. Pocas damas habían sido tan espontáneas en su presencia, y no solo tras saber de su traición, donde el ingenio había resultado ser mordazmente afilado, sino también antes. Se había sentido cómodo hablando con ella sobre su afición a la geografía y había disfrutado con la ilusión de la muchacha por conducir su carruaje.

Pero así eran las cosas en la sociedad en la que vivían. Los hombres y las mujeres tenían relaciones aburridas. Hasta que se casaban, pues entonces las relaciones solían volverse infernales. Pocas excepciones conocía, como la de sus propios padres y sus dos mejores amigos. Cruzó los dedos mentalmente para correr él la misma suerte. Aunque ninguna de las damas presentes esa noche lo habían impresionado en absoluto. Todas ellas se obnubilaban en su presencia, se sonrojaban y reían tontamente. Todas excepto una, que estaba fuera de su alcance.

Acompañó a su pareja con sus hermanas una vez que finalizó el baile, y volvió con James, a la espera de su siguiente pareja, que sería Nicole, un par de melodías después. Tampoco iba a bailar con todas las muchachas casaderas la primera noche. Eso sería como agitar un pañuelo rojo frente a una manada de toros.

De nuevo en su sitio, preguntó al duque.

—¿Tú no bailas, Stanfort?

—Solo querría hacerlo con mi hermana, y su carné de baile se ha llenado nada más pisar el último escalón de la escalinata. —¿Se había tensado Richard? James lo dudaba—. En cualquier caso estoy de carabina, y no puedo disfrutar y vigilar a la vez.

—Dirás que no puedes bailar y disfrutar a la vez, ¿no?
—Pues eso.

Sonrieron, cómplices. Empezó un vals. Ambos continuaban con la mirada fija en la pista de baile, viendo como un joven que no les agradaba en absoluto sacaba al centro del salón a Nicole.

5

Nicole aceptó el brazo del marqués de Kibersly y se dirigió a la pista con él. Era un hombre muy guapo, rubio y con ojos verdes. No tenía una altura importante, aunque sí medía bastante más que ella, que, como acostumbraba definirse, no era especialmente alta. Dotado de un cuerpo atlético y una sonrisa de jovenzuelo pillastre, tenía un toque infantil que le infundía encanto. Lástima que su ropa fuera más llamativa de lo que ella prefería. Aunque, en su favor, debía decir que no parecía un pavo real, como otros jóvenes del salón.

—Me alegra verla de nuevo en Londres, milady.

Lo dijo mientras giraban. La tenía tomada por la cintura, guiándola al compás de la música compuesta por el joven Lanner. Los valses todavía eran considerados indecorosos por las mujeres más conservadoras de la alta sociedad, pero eran tolerados en todos los salones, pues eran la garantía de que la juventud acudiría. Él la miraba como el año anterior, como si ella le perteneciera. No le gustaba, pero se debía también a su fuerte sentido de la independencia. Si dejaba a un lado ese hecho, el marqués era un hombre que bien podía cumplir los requisitos de su lista. Bueno, en lo referente al deseo no estaba segura, pero esa sería la prueba de fuego de cualquier candidato. Y no iba a comprobarlo en público.

Siguieron bailando. Ella debía mostrarse más comunicativa. Se obligó a seguirle la corriente.

—Yo también me alegro de estar de vuelta, su gracia. Parece que este año va a ser, de nuevo, una temporada ajetreada.

—Mucho. Pero confío en que, a pesar del ajetreo, encontremos el tiempo para conocernos.

Eso sí era ir directo al grano. Una parte de ella se sintió muy halagada. Otra comenzó a dar la voz de alarma. Demasiado directo. Fingió no entenderle.

—Para eso se crearon estos acontecimientos, para que todos pudiéramos conocernos mejor.

—Por supuesto.

Él aceptó su evasiva con elegancia, y siguió conduciéndola entre las otras parejas. La llevaba cogida en el límite justo que marcaba el decoro. Las cuantiosas capas de tul de su falda rozaban el tejido del pantalón de él. Un poco más cerca daría que hablar. Pero un poco más lejos tampoco habría estado mal.

Nicole se quedó en silencio, tratando de ignorar las miradas ardientes que el marqués de Kibersly le prodigaba, y que no sabía cómo manejar, y a cierto vizconde y cierto duque que parecían mirar con demasiada atención sus movimientos desde un lateral de la sala. Se fijó en su pañuelo, elaboradamente anudado. El marqués, pensó de nuevo, era un poco exagerado en lo que a su indumentaria se refería. Si bien no iba ataviado con colores chillones, como otros varones de su edad, sí iba un poco... recargado. El rubí del alfiler del pañuelo, demasiado ostentoso, el nudo, el encaje de los puños. Era excesivo, pero probablemente porque ella estaba acostumbrada a la sobriedad de su hermano. Y de Richard. Tenía que reconocer que eran estos últimos los que no seguían el dictado de la moda, que proponía cierto boato.

No había podido evitar fijarse en las ropas de Sunder, como habían hecho casi todas las damas presentes. Era obvio que a pesar de todo seguía sin ser inmune a sus encantos. Esa noche el vizconde iba con un pantalón y una chaqueta marrones, del mismo color que sus preciosos ojos, y un pañuelo tan blanco como su camisa, con una pequeña pieza de ámbar en él. Nada en su vestimenta era llamativo, ni falta que le hacía. Su presencia era más que suficiente.

Maldición. Había acabado la melodía, y había estado comparando al marqués con Richard, en lugar de tratar de averiguar cosas nuevas de él. Tendría que estar más atenta la siguiente vez. Afortunadamente todavía bailaría otra pieza con él más tarde. Estaría más alerta entonces, se prometió.

Al igual que el resto de las parejas, comenzaron a moverse hacia los laterales del salón. Nicole pidió al marqués que la acompañara hasta su hermano. Tomó su brazo y se dirigieron hacia allí, despacio.

—Con gusto, lady Nicole. Pero por favor, llámeme Preston, como hacen mis allegados.

Era excesivo, y ambos lo sabían.

—Eso no sería adecuado, milord.

—¿Lord Preston, entonces?

El hecho de que le preguntara, y la mirada con la que lo hizo, convenció a Nicole.

—Lord Preston, entonces.

Sonrientes, llegaron hasta donde se encontraba James. El duque estaba serio. No le gustaba ese tipo. No sabría decir por qué, pero no era santo de su devoción en absoluto. Y a juzgar por la mandíbula apretada de su amigo durante todo el baile, Richard opinaba exactamente lo mismo.

—Excelencia —saludó el marqués a James, ignorando descaradamente al vizconde, con un rango inferior al suyo. Nicole supo que, de haber podido, lord Kibersly habría ignorado también a su hermano. Anotó mentalmente preguntar al respecto después.

—Marqués —contestó James, cortante.

El aludido besó la mano de Nicole, y sin más se fue.

Durante varios segundos nadie habló. Nicole estaba algo confundida, y esperaba una explicación. James y Richard taladraban la espalda de Kibersly, con sendas gélidas miradas.

—Vaya, vaya, ¿qué ha sido eso, James? —La voz burlona de Richard tenía cierto tono amenazante.

—Me temo que no le gustas, Sunder.

No parecía compungido en absoluto. Ninguno de ambos lo parecía.

—Y me pregunto por qué será.

Nicole puso los ojos en blanco, pero se abstuvo de hacer comentarios. Se dirigió a Richard, sonriente.

—En breve se inicia nuestra cuadrilla, milord. Si no habéis cambiado de idea, claro. —Trató de resultar chistosa, y que él notara que intentaba relajarse en su presencia.

—Lo cierto es que sí, he cambiado de idea.

Vaya, él parecía hablar en serio. Nicole se quedó completamente descolocada. No sabía qué decir. Y él parecía no ir a decir más.

—Quiere hablar contigo aparte, en la terraza —explicó su hermano, ante el silencio de Richard, que se alargaba demasiado—. A la vista de todos, eso sí. ¿Quieres ir, Nick, o prefieres bailar? La decisión es solo tuya.

Eso tampoco se lo esperaba. No sabía si fue la curiosidad o la sorpresa lo que la impulsaron a aceptar, pero antes de que se diera cuenta de lo que iba a hacer ambos estaban a un lado de la terraza, a la vista de un grupo de caballeros que allí se encontraban, fumando sus puros, a pesar de que la noche era bastante fría. Estaban a distancia suficiente para poder hablar sin ser escuchados. Al fondo, se abría el hermoso jardín de la casa.

Mientras él parecía poner en orden sus pensamientos, ella lo miró con detenimiento. Su frente ancha, las cejas rectas, la nariz perfecta y los labios daban a su cara un halo de perfección. Sus altos pómulos, de los que surgían unos seductores hoyuelos cuando sonreía, y su mentón cuadrado, dotaban al rostro de una apariencia muy masculina. Pero lo que, según Nicole, lo hacía irresistible, eran sus ojos. Eran del color del chocolate líquido. Resultaban hipnóticos. Cuando él la observaba fijamente, ella no podía bajar la mirada.

Y así le había ido. Nada de chocolate. Desde ese momento estaba a dieta.

—En primer lugar, Nicole —su voz la devolvió a la realidad—, quiero agradecerte que me hayas dado la oportunidad de hablarte a solas.

La estaba tuteando, pero eran casi familia, así que lo dejó correr. Ella también pensaba en él como Richard, y no como lord Illingsworth. Además él parecía arrepentido, casi contrito. Aceptó su agradecimiento sin mofarse, tuteándolo a su vez.

—No hay de qué, Richard.

Él pareció pensar cómo proseguir.

—Quería disculparme por lo que ocurrió el año pasado. Me temo que aún no había tenido ocasión.

Qué elegante, al no mencionar que no había tenido ocasión porque ella se había negado a recibirle. Le gustó que no la acusara directamente de algo que, ambos sabían, era culpa de ella.

—Mi comportamiento, a pesar de las circunstancias que me impulsaron a actuar así, fue imperdonable en lo que a ti se refiere. Mi única pretensión fue proteger a mi hermana, y lamenté profundamente haber de lastimarte para conseguirlo. Confío en que aceptes mis más sinceras disculpas.

Desde que llegaran a la terraza había supuesto que era eso lo que él iba a decirle. Pero igualmente le satisfizo oírlo. Y quizá era el momento de que ella sacara a relucir su también horrible comportamiento para con él.

O mejor no. Ese era su minuto de gloria, y no pensaba desperdiciarlo. Además, él era un caballero, y no esperaría que una dama se disculpara. Asintió con elegancia, esperando que él entendiera el esfuerzo que ella hacía por dejar correr lo ocurrido. Y así debió ser, a tenor de sus siguientes palabras.

—Gracias por tu comprensión.

De nuevo la voz de él pareció sincera, pero indecisa. Richard se mantenía callado, pero parecía obvio que quería decir algo más. Algo que no sabía cómo abordar.

Genial. Si iba a arrastrarse un poco más, no sería ella quien se lo impidiera. Calladita estaba más guapa. Decidida, esperó.

Él sopesó sus palabras, bajó la voz y continuó.

—En ningún momento fue mi intención que te enamoraras de mí, Nicole. Lamento que ocurriera.

¡¿Qué?! ¡¿Había dicho él lo que ella había oído?! Imposible.

Él vio la cara de espanto de Nicole, y se dio cuenta de que tal vez se había excedido. Ella podía haber malinterpretado el sentido de su lamento.

—Espera, no lamento que me ames. Creo que es... —No encontraba palabras, así que siguió, a pesar de que su buen juicio le decía que cerrara la boca de una vez—. Bueno, no sé lo que creo que es. Pero, en fin, son cosas que pasan. Lamento no corresponderte.

Genial, Nicole. Maravilloso. Estupendo. Había basado su lista de candidatos a esposo poniendo a Richard como paradigma. Si lograba sus propósitos, se casaría con un asno pomposo exacto a él.

Richard maldijo en su mente. La cosa iba de mal en peor, la cara de ella era ahora de incredulidad. Tal vez no se estaba explicando correctamente. No, se corrigió: seguro que no se estaba explicando en absoluto. Probó de nuevo.

—Bueno, no es que no seas digna de ser amada, que por

supuesto lo eres —dijo tratando de halagarla— pero es que yo no... no estoy enamorado de nadie en este momento.

¿Podía ir a peor la situación? Dios, ¿qué le pasaba a ese hombre? ¿Era estúpido o qué? Siguió callada, demasiado estupefacta para hablar.

Condenación. Que dijera ella algo, lo que fuera, con tal de que dejara de mirarle con estupefacción. Debiera callarse y dejarla hablar, pero parecía que de repente tenía un ataque de incontinencia verbal. Siguió con el guión que había preparado la tarde anterior.

—Seguro que cuando lo superes, encontrarás a otro hombre y serás feliz. Tanto como te mereces.

Pues sí, parecía que podía empeorar. Le miró con incredulidad. Ese hombre era increíble, sencillamente increíble. Un auténtico asno.

Richard comenzó a preocuparse. Ella le miraba como si no se lo creyera. Decidió ser generoso.

—Seguro que será un hombre... un hombre mejor que yo.

Eso seguro. Sería inconcebible que se enamorara de algo peor que un asno estúpido y pomposo como Richard. ¿De verdad le había considerado un hombre inteligente? Tal vez se estaba riendo de ella. Agudizó la mirada, pero no parecía ser el caso. A él se le veía apurado, casi desesperado. Si no hubiera estado tan... no era capaz de definir su estado de ánimo. Pero si no hubiera estado tan así, hasta le hubiera resultado adorable.

La situación ya era desesperada. Así que él recurrió a medidas desesperadas.

—Nicole, por favor, di algo, lo que sea.

Richard vio que ella tomaba aire para hablar, y contuvo la respiración.

—No estoy enamorada de ti, nunca lo he estado.

Él sintió como si le echaran un jarro de agua fría por encima. Aunque el tono helado de ella había sido igual de efectivo.

¿Qué? ¿Qué decía? ¿Era broma, no? Tenía que ser una

broma, o él acababa de hacer el ridículo más espantoso de su vida. Y si en algo conocía a la dama, se lo recordaría a menudo. Intentó hablar, pero ella levantó la mano, ordenándole que se callara.

—En serio, Richard, mejor no digas nada más. Tu discurso ha sido más que suficiente. —Estaba completamente seria, ahora. Se veía a la legua que estaba siendo absolutamente sincera—. Y de veras nunca me enamoré. Fuiste un cambio. Algo divertido, diferente. Aire fresco. Pero de ahí al amor, Richard, hay algo más que un paso. No sé si sabrás distinguir las sensaciones.

Él se quedó pasmado. Sin palabras. Trató de decir algo, pero solo lograba abrir la boca y cerrarla, como si fuera un pez.

Un besugo, el hermano de Judith era un besugo. ¿Sería hereditario? Esperaba que su ahijado no se pareciera a él.

—¿Aire fresco?

¿Quería explicaciones? ¿Era masoquista, o qué?

—Aire fresco, como... —ella buscó el símil perfecto— como el chocolate. Un poco de dulce viene fenomenal. Pero demasiado engorda, o hace que se estropee el cutis. Así que hay que tomarlo en pequeñas medidas. Es como mejor sienta.

Lo del chocolate había sido espectacular. Inconmensurable. La metonimia perfecta. Como si sus preciosos ojos fueran lo que le definiera. Se estaba divirtiendo, pero desgraciadamente el baile estaba a punto de finalizar. De esa se libraba Richard. Ahora bien, iban a seguir viéndose, y ella no pensaba pasar por alto lo que acababa de ocurrir.

—En cualquier caso, te agradezco las disculpas, las merecía. Y supongo que también debo agradecerte tus buenos deseos. Lo de que encontraré a alguien mejor que tú, y eso —no pudo evitar reírse de él—. Yo también confío en encontrar a alguien mejor que tú, en verdad. En este preciso momento no te tengo muy bien valorado, si quieres que te sea sincera. Imagino que lo entiendes, ¿no?

Nunca había deseado que la tierra se lo tragara, pero en ese momento mataría por una pala, para cavar él mismo la zanja si era necesario.

Y seguía sin poder hablar. Aunque casi mejor parecer idiota, que hablar y seguir quedando como un idiota.

—Bueno, ha sido interesante. No me acompañes dentro, por favor.

Remarcando el por favor, entró en el salón y se dirigió hacia James, con una enorme sonrisa dibujada en el rostro. Ya no le apetecía estar allí, rodeada de gente. Quería estar sola en casa, y relamerse con lo que había ocurrido en la terraza. Iba a pasárselo en grande.

A pesar de que tenía varios bailes por delante, con algunos de los candidatos de su lista, decidió darse el capricho de ignorarlo todo e irse. Su siguiente pareja de baile estaba también esperándola. Se disculpó, alegando un agudo dolor de cabeza.

Pidió a su hermano que volvieran a casa. Este, que no se había tragado lo de la jaqueca, viendo la sonrisa de su hermana, no se preocupó en exceso de lo que pudiera haber ocurrido. Ella estaba feliz. Fuera lo que fuese lo que había dicho Richard, había funcionado. Sunder era un maldito genio. Su encanto siempre le había funcionado en las situaciones más complicadas. Y estaba claro que Nick no había sido una excepción.

Se despidieron de los anfitriones y se marcharon.

Para cuando Richard salió de su estupefacción y entró de nuevo en el salón de baile, los dos Saint-Jones se habían marchado ya. Se despidió también él de los Restmaine, pidió su carruaje, y puso rumbo directo a casa, a por una botella de whisky. O dos. O las que hicieran falta para olvidar su actuación.

Chocolate. Le había comparado con el chocolate. Que en pocas cantidades era benigno, pero cuyo exceso era dañino. Que le comparara con el dulce preferido de todas las damas era casi tan humillante como la conversación de la terraza.

No era cierto. Nada podría ser más humillante que la conversación de la terraza.

Se sentía el tipo más estúpido de toda Inglaterra.

Y ella se encargaría de que se sintiera el tipo más estúpido del mundo entero.

Ese fue el último pensamiento medianamente coherente que tuvo, antes de caer en su butaca, completamente borracho.

A apenas cien metros de allí, Nick estaba sentada en la cama. No podía dormir, pero esta vez no sentía aprensión o enfado. Estaba animada. De hecho tenía una enorme sonrisa pegada al rostro, que ni podía ni quería rebajar. Seguía sin poder creerse lo que había ocurrido en la terraza de los Restmaine. Ni siquiera era capaz de valorarlo.

En cuanto su doncella la había ayudado a desvestirse y prepararse para ir a la cama, y se había marchado, ella había dado rienda suelta a su euforia.

Richard había creído que estaba enamorada de él. Debería sentirse avergonzada, humillada incluso, pero no lo estaba. Él la había creído cuando le había dicho que estaba en un error. Desde luego que la había creído. Su cara había sido un poema al darse cuenta de lo equivocado que estaba. Y era él quien se había sentido avergonzado.

Reconocía que tenía cierto encanto la preocupación de él por si había sido excesivamente embaucador con ella. En otro caballero hubiera parecido engreimiento, pero no en Sunder. Ese hombre tenía a todas las jóvenes, y no tan jóvenes, embelesadas. Ocurría a menudo que, sin que él lo quisiera, las mujeres se enamoraran de él y trataran de atraparlo. No así ella, que podría haber aprovechado la coyuntura del año anterior para exigirle matrimonio, y no lo hizo. Debería hacérselo ver en algún momento. Tal vez entre broma y broma. Porque no iba a desperdiciar la oportunidad de reírse de él, después de que se lo hubiera puesto en bandeja.

Podría seguir aguijoneándole a placer y sin parecer rencorosa. Y tenía la impresión de que, una vez que él dejara de sentirse azorado por lo ocurrido, sería un rival excelente. Estaba deseando volver a verle.

Ahora que ya no se sentía crispada ni anonadada, se daba cuenta del lado cómico de la situación. Había resultado desternillante. La cara de Richard había sido de sincero espanto. Se había dado cuenta de la magnitud de su error cuando era demasiado tarde. Si solo hubiera pronunciado la primera frase, tal vez no habría sido así de embarazoso, pero el pobre hombre no había dejado de decir tonterías, una detrás de otra. Cuando ella estaba asimilando un desliz, él había cometido el siguiente. Aquello no tenía precio.

Todavía sonriente, se levantó y se acercó de nuevo al escritorio, donde había dejado la lista de pretendientes. Había intentado centrarse en ella y tachar a algunos de los nombres que tenía anotados, pero le había sido imposible. Las palabras de Richard le volvían a la mente y la desconcentraban.

Pero era hora de ponerse en serio con el tema, se dijo. Unas risas no le proporcionarían un marido, la lista sí.

Stevens había resultado tan aburrido como esperaba. Era una pena, pues el caballero le caía bien. Anotó al lado de su nombre la palabra «aburrido». Pero aún le quedaban los otros dos sosos... amigos. Los otros dos amigos. Lord Fischer también estaba descartado. Ese hombre olía mal. No es que no se lavara, parecía más bien algo inherente a él. Olía a rancio. Lo tachó también, presta. «Maloliente.» Lord Spelman le había hablado como si fuera estúpida, con una pedantería digna del mismísimo rey. Fuera también. «Jactancioso.»

Visto así, parecía demasiado exigente. Pero bueno, en eso consistía, ¿no?

Tachó un par de nombres más y se centró en lord Kibersly, o lord Preston, tal y como le había pedido él que le llamara. Seguía pareciéndole arrogante, pero su estilo directo, y su claro interés, le gustaban. Como él había dicho, iba a aprovechar la temporada para conocerle mejor. Era apuesto, agradable, con título y fortuna, y tenía encanto. Quizá le pidiera que la acompañara a un picnic en Hyde Park. Subrayó su nombre. Y se recordó preguntar a James por él. Con la diversión de la terraza, se la había olvidado inquirir a su hermano por la evidente antipatía.

Volvió a colocar el tintero, la pluma, la arena de secado y las listas para cerrar el secreter. Una de las dos hojas cayó al suelo.

Que me haga reír.

Sonrió, soñadora, mientras ponía la página en su sitio.

Desde luego que ningún hombre lograría hacerla reír jamás como lo había hecho Richard esa noche. Se dio cuenta de que ese día había descubierto una de las facetas ocultas de él, una que solo sus íntimos conocían. Lejos de su postura habitualmente afectada, y de su irónico humor, tras el que solía esconderse, había visto al hombre real, y le había resultado refrescante.

Parecía más joven, y más humano, también. Suspiró, fantasiosa. Aunque no debía perder el tiempo en esa línea de pensamientos. Richard no estaba en su lista, por motivos incontestables. Y además, aunque fuera cierto que él estaba buscando esposa, ella tampoco iba a estar en la lista de él, por cuestiones igual de incontestables.

En un impulso, tomó el listado de candidatos y añadió a lord Richard Illingsworth, solo para darse el placer de tacharlo inmediatamente. Aunque pareciera infantil, le daba la sensación de que era ella quien le rechazara, y eso la satisfacía. Anotó:

~~Richard Illingsworth~~: Es engreído, estúpido, egoísta, inepto, y feo cuando pone cara de pez. Y solo es vizconde. Ah, y no es de fiar.

Riéndose de sí misma y de su chiquillada, cerró la tapa con llave, dejándola puesta en la cerradura, según su costumbre. Nadie abría nunca el secreter sin su permiso.

Quizá se había pasado con lo de feo. Para ser sincera, Richard estaba guapo incluso cuando parecía un besugo. Y en lo de engreído también. Más de la mitad de las jóvenes casaderas andaban medio enamoradas de él. Que la incluyera en la lista de muchachas locas por él, dado su comportamiento desde el año anterior, tenía su lógica. Así que, a tenor de ello, quizá no era tan estúpido después de todo. Y en lo de que solo era vizconde, obviamente había exagerado. En realidad a ella eso le importaba bien poco.

Pero no pensaba cambiar ni una sola palabra, no después de lo a gusto que se había quedado. La lista se quedaría tal cual, siendo ella la que le ignoraba debido a sus múltiples defectos.

Se quedó dormida con una sonrisa pegada a los labios, y soñó con unos ojos de color chocolate, que la seguían con admiración.

6

La luz del sol, que entraba a raudales por los ventanales de su estudio, le despertó. Desorientado, trató de levantarse, y un dolor lacerante en todo el cuerpo le recordó dónde estaba. Se quedó completamente quieto, con la esperanza de que la inmovilidad le calmara, aunque sabía que no iba a ser el caso. La noche anterior había bebido en exceso, como hacía meses que no hacía. Y ahora debía pagar las consecuencias. ¿En qué estaba pensando para castigarse así?

La imagen de Nicole Saint-Jones cruzó veloz por su mente, y su desastrosa actuación también. Mierda. Había hecho el ridículo. Y eso por decirlo de una forma suave. Ella debía pensar que era el hombre más engreído y condescendiente que hubiera tenido la desgracia de conocer. Trató de levantarse, y de nuevo sintió mil agujas clavándosele en los músculos. Se incorporó despacio, y una vez que le pasó el mareo, se puso en pie, agarrándose al respaldo de la butaca, pues el malestar le dificultaba incluso mantener el equilibrio.

Pasaron unos minutos hasta que estuvo seguro de tener fuerzas suficientes para llegar hasta sus aposentos, en la segunda planta. Solo entonces se puso en camino. Al salir al largo corredor, cubierto de paneles de roble y tapices que daba a la escalera principal, notó que la casa estaba especialmente silenciosa, a pesar de que a esas horas el servicio ya estaba en movimiento. Supuso que Nodly habría dado aviso a los criados de su estado. De nuevo se sintió avergonzado, lo que era ridículo, pues no tenía que darles ninguna explicación de su comportamiento. Únicamente su padre, el conde de Westin, podía hacerle algún comentario reprobatorio al respecto, pero seguía en Berks, por lo que nadie juzgaría sus excesos.

Llegó arriba respirando con dificultad, como si hubiera escalado el Scafell Pike. Para ser un hombre que se mantenía en una forma excelente, su cansancio resultaba patético. Entró en su alcoba, una sobria estancia decorada en combinación de marrones y negros, muy masculina, y pidió que le prepararan un baño. Mientras esperaba, se dispuso a afeitarse, confiando en que su pulso se mantuviera firme. Le gustaba rasurarse y vestirse él, le hacía sentir más independiente. Por descontado, tenía un ayuda de cámara, como cualquier otro caballero que se preciara de serlo. Era, además, necesario para poder vestirse correctamente. Pero en la medida de lo posible le gustaba no tener que pedir asistencia para algo que muchos hombres podían hacer solos.

El espejo le devolvió el reflejo de un rostro demacrado y con ojeras. Tendría que descansar un rato después de comer, pues esa noche pensaba ir a una audición en casa de los Foxford. Algunas de las debutantes estarían allí, y quería saber cómo se desenvolvían en público, siendo ellas el centro de atención. El año anterior ni siquiera se habría planteado acudir, no en semejante estado, pero esa temporada había decidido otear el mercado matrimonial, y lo haría de forma disciplinada. No se agarraría a cualquier excusa para evitar cumplir con su farragoso propósito. Aunque quizá sí pudiera llegar un poco tarde...

Demonios, a veces tenía la sensación de que encontrar una esposa era similar a comprar un caballo. Pero debía aplicarse con diligencia. Ya que iba a casarse, lo haría bien. Nada de saltarse veladas o actuaciones. Su futuro dependía de su esmero.

Los sirvientes terminaron de llenar la tina y salieron. Él acabó de afeitarse, pidió a su ayudante que le dejara solo, se quitó el batín y se metió en el agua humeante. Al instante sus músculos doloridos comenzaron a relajarse. Gimió de placer.

Unos años antes, se habría ido directo a la cama, sin tener en cuenta ya no solo la velada musical de esa noche, sino olvidando también el trabajo que tenía planeado para la mañana, relacionado con las inversiones bursátiles de la familia. Ahora la mera idea resultaba impensable.

¿Dónde estaba aquel encantador granuja que vivía únicamente para sí mismo? ¿El hedonista que solo pensaba en divertirse? Dos años atrás, con la llegada de su hermana, los planes de matrimonio de James, y la paternidad de Julian, su perspectiva sobre la vida había empezado a cambiar. Ahora era un aristócrata comprometido, que acudía a su escaño con regularidad, se preocupaba de sus propiedades, y del bienestar de su familia. Se gustaba más así, desde luego. Pero en días como aquel añoraba al viejo e irresponsable Richard...

Comenzó a frotarse vigorosamente las piernas, los brazos y el torso, tratando de alejar los signos de la resaca que padecía con el jabón. Se lavó la cabeza, restregándose con las yemas de los dedos y masajeando el cuero cabelludo, en busca de alivio. Una vez bien enjabonado, se aclaró con el agua fría de los cubos que alguien había dejado al lado de la tina, según su costumbre. Salió de la bañera y se secó con idéntico brío. Eligió unos pantalones marrones, una camisa blanca, que no terminó de abrochar, y, sintiéndose cómodo, se dirigió a su estudio, famélico. No se sentía un hombre nuevo, pero sí un hombre, al menos.

Mientras él se había adecentado, alguna doncella había ventilado la estancia, puesto orden, repuesto el licor, que no pensaba tocar en, al menos, tres días, y encendido el fuego. No había signos visibles de su paso. Se acercó a la chimenea para calentarse las manos. Esperaba que mayo trajera mejor tiempo, pues aún hacía frío, a pesar del sol que iluminaba la estancia a través de los ventanales que daban al jardín de la casa. Lo que más le gustaba de la temporada era el buen tiempo.

Y tal vez las juergas.

Sonriendo, tiró de la campana, y pidió un desayuno contundente. La comida siempre le hacía sentir mejor. Mientras este llegaba, comenzó a mirar las invitaciones para esa noche. Una vez que finalizara la audición, acudiría a alguna de las muchas fiestas que se celebraban en la ciudad. ¿A cuál acudiría Nicole? Aunque no sabía si estaba intrigado por su deseo de verla, o por huir tras su actuación privada. ¿Deseo de verla? Recapituló. ¿Desde cuándo? Bueno, tenía que reconocer que la muchacha le gustaba, desde un punto de vista objetivo, desde luego. Pero querer verla... mejor no, no mientras ella pudiera recordar lo ocurrido la noche anterior. ¿Sería posible provocarle una amnesia selectiva?

Entró una doncella pelirroja, dejando en una mesa auxiliar comida para alimentar a un regimiento entero. El olor de la vianda lo devolvió a la realidad más inmediata. Le dio las gracias y se acercó. Té, huevos revueltos, beicon, salchichas, ahumados y alubias. Si eso no le despejaba por completo, nada lo haría. Dio cuenta de todo ello, se sirvió otra taza de té bien caliente, se sentó en su escritorio de nogal, y empezó con la distribución de sus finanzas.

No supo cuánto rato llevaba mirando al vacío, cuando unos ojos verdes se cruzaron en sus pensamientos. De nuevo le invadió el bochorno.

La noche anterior bien podría pasar a los anales de su historia personal. Recordó la cara de espanto de ella cuando había empezado a hablar. Él había creído que era porque había descubierto su secreto, pero no había sido el caso. La cara de estupefacción de la joven era consecuencia del horror que le estaban causando sus palabras. Casi agradecía que ella hubiera optado por la zozobra y no por la risa. Aunque si en algo conocía a Nicole, las mofas no iban a tardar en llegar.

Bien, debía reconocer que se lo tenía bien merecido, por engreído. Y una parte secreta de él esperaba sus chanzas, pues disfrutaba del ingenio de ella. Su sentido del humor era tan afilado como una daga, pero sin ser hiriente. Solo esperaba que fuera discreta. Una cosa era que Nicole supiera de su desliz, por decirlo de una manera diplomática, y otra que su hermana y su cuñado estuvieran al tanto. Eso sería sin duda peor que un dolor de muelas. James no sería sutil ni afilado, sino brutalmente despiadado. Ni siquiera la compasiva de su hermana podría poner freno a sus chistes.

Desechándolo de la mente, se concentró de nuevo en las pilas de números que tenía delante. Aconsejado por su hermana y su cuñado había invertido algo de su capital en Estados Unidos, un país floreciente donde la guerra no había causado estragos. Y sus consejos estaban dando magníficos rendimientos. Repasó las columnas de sumas hasta que las cifras comenzaron a bambolearse.

Así que lady Nicole Saint-Jones no estaba enamorada de él, ¿verdad? Mejor. Debería sentirse aliviado por ello. Otra virgen persiguiéndole hubiera sido una incomodidad. Tenía más que suficiente con las hordas de madres que le servían a sus hijas en bandeja, y con las muchachas en cuestión. Como si él, o cualquier otro soltero, necesitara que las pusieran en un escaparate para poder decidir. Aunque a él no le vendría mal una ayudita, pues ninguna de las damas que hasta el momento había conocido le interesaba especialmente.

Una vez más el rostro de Nicole se cruzó por su mente. Ya, se dijo, pero esa dama no estaba interesada en él, tal y como había tenido el detalle de aclararle la noche anterior. Ni él en ella, ¿no era cierto?

Con desasosiego, volvió a sus inversiones, que tan pacientemente parecían esperarle.

Aquella noche acudiría a la velada musical de los Foxford. Interpretaría una pieza para piano de Chopin, que se había preparado a conciencia. Muchas otras señoritas tocarían o cantarían también. Ella odiaba esas veladas. No porque no le gustara la música, pues era una melómana declarada, y además se le daba muy bien el piano. De hecho su profesor le había dicho de niña que tenía un don para la música, y que con dedicación llegaría a convertirse en una virtuosa. Por supuesto la duquesa había desechado la idea. Una mujer no debía despuntar en nada, pues no estaba bien visto que una dama destacara en materia alguna. En cualquier caso en las veladas musicales había que oír a otras damas ejecutar también sus piezas, y muchas de las jóvenes no eran tan aptas como ella. Y otras eran directamente nulas, pero sus madres, o las propias muchachas, se empeñaban en mostrar públicamente su falta de dotes musicales.

Esa era la otra cosa que le molestaba tanto. Aquello era una competición. Aunque siendo egoísta, mejor que fuera una pugna de armonías. Si fuera de costura, por ejemplo, sería ella la que molestara al resto, pues detestaba la aguja, y sus pespuntes eran siempre desiguales.

Pero que se midiera su validez como mujer por si entonaba mejor o peor, la calidad de sus puntadas, su destreza con las acuarelas, y otras técnicas más que se consideraba que cualquier dama bien educada debía dominar, le resultaba indigno.

Resignada, se miró en el espejo. Otra de las condiciones imprescindibles en una dama de bien era lucir siempre perfecta. El vestido color crema de corte imperio con flores bordadas en amarillo le sentaba bien, sin resultar ostentoso. Prefería llamar la atención en los bailes, y ser más discreta en el resto de las veladas. Y esa noche, cuando acabara la actuación en casa de los Foxford, regresaría a Grosvenor Square. En el último momento se cambió los pendientes por otros algo más llamativos, cogió los guantes de cabritilla y se dirigió hacia la planta baja, donde su acompañante, la señora Screig, la esperaba.

Completamente vestida de negro, y con cara de perpetuo malhumor, su dama de compañía le hizo una reverencia.

—Cuando deseéis, milady, podemos partir.

Incluso su voz era severa. Nicole nunca agradecería lo suficiente a James que la dispensara de la compañía de la señora elegida por su madre en los bailes.

Dentro del carruaje reinaba el silencio. La señora Screig nunca iniciaba una conversación si no era estrictamente necesario, pues consideraba la cháchara una mala consejera. Nicole era una parlanchina, pero con ella siempre prefería mantenerse callada. Dejó volar su imaginación.

¿Vería esa noche a Richard? Sonrió involuntariamente. Sería divertido ver su reacción si coincidían. Ella le había perdonado dignamente, y, justicia divina, él le había dado munición para volver a la carga durante los siguientes diez años, si quería. ¿Sería exagerado fingir un desmayo en su presencia? Probablemente, pero a él le molestaría muchísimo que lo hiciera, sabiendo que la causa de su actuación sería el teórico amor que sentía por él. Dios, iba a ser muy divertido. Ojalá apareciera.

Reflexionando, se dio cuenta de que, por unos motivos o por otros, hacía mucho tiempo que deseaba ver a Richard allá donde acudiera, ya fuera para mostrarle su enfado, para pincharle, como pensaba hacer a partir de entonces, o para disfrutar de los mejores momentos de su vida, como ocurriera durante las dos semanas que ocuparon su breve cortejo el año anterior.

Con ese extraño pensamiento entró en el salón de la señora Foxford. Su marido había salido a una reunión de negocios urgente, según comunicaba con evidente enfado la matrona a cualquiera que quisiera escucharla, y en la sala había una clara falta de caballeros, para desazón de la anfitriona. Lo correcto en cualquier acontecimiento era que el número de hombres y mujeres fuera parejo, pero en las veladas musicales eso era sencillamente imposible. Solo algún esposo o hermano obligado, y aquellos que examinaban a las mujeres del mercado matrimonial, acudían. Volvió a preguntarse si Richard asistiría.

A quien encontró, en cambio, fue a Elisabeth Thorny. Ella también la vio, y apenas intercambiaron un saludo de rigor antes de buscar cada una el lugar más alejado de la otra. Su dama de compañía se había emplazado en un lado del salón, cerca de otras acompañantes, pero no lo suficiente como para poder cuchichear con ellas. Jamás pensó que echaría tanto en falta a su madre. Aunque la presionaba a todas horas para que encontrara un esposo, le hacía verdadera compañía.

Las hermanas Sutherly entraron también en la sala de música, y viendo a un lado a la hija de los marqueses de Bernieth, se sentaron prestas al lado de Nicole. De nuevo llevaban unos vestidos bastante favorecedores.

—Lady Nicole, qué placer volver a verla.

Sonriendo, les devolvió el saludo, y charlaron durante un ratito sobre las emociones que la nueva temporada seguro les depararía a todas ellas. Y, quién sabía, tal vez alguna de ellas encontrara esposo. Cuando la señora Foxford pidió silencio, la primera de las muchachas, la hija de un barón que debutaba esa temporada, se dirigió hacia el pianoforte, y comenzó la actuación. A cada pieza los presentes aplaudían con educación, pero en su mayoría con poco entusiasmo.

Llegó el turno de Nicole. Por acuerdo tácito, sería la última antes de un pequeño descanso para tomar algún refrigerio en el comedor adyacente y continuar con las jóvenes que faltaban. Era una pieza sencilla de Chopin, que había ensayado muchísimas veces en casa. A pesar de ser un autor poco conocido, le encantaba el sentimiento de sus melodías. Nicole estaba convencida de que con el tiempo sería uno de los grandes compositores. Con tranquilidad, posó sus manos sobre las teclas decidida a disfrutar de la música, y se dejó llevar. Apenas necesitaba mirar las notas del papel, y tal vez por eso, vio a Richard Illingsworth, arrebatador, apoyado en el quicio de la puerta. Sin poder evitarlo, su corazón dio un pequeño brinco, y sus dedos erraron. Fue en una corchea, apenas audible, pero fue un desliz, y eso la molestó. Disciplinada, volvió la vista a la partitura y finalizó la obra sin más contratiempos.

Para cuando acabó y recibió los pertinentes aplausos, la visión de él había desaparecido.

Quiso esperar un poco antes de conducirse hacia el salón con el resto de las damas, tomándose más tiempo del necesario para recoger sus partituras, y tranquilizando de paso sus nervios. Una vez que creyó que la sala estaba vacía, alzó la vista.

Lady Elisabeth Thorny la miraba fijamente, negando con la cabeza.

—¿El vizconde de Sunder, Nicole? —Chasqueó la lengua, sopesando su siguiente frase—. No es para ti, ¿lo sabes?

Otra persona que creía que estaba enamorada de Richard. A este paso, tendría que desmentirlo en el *Times*.

—Ni sé de qué me hablas, ni tengo tiempo para aclararlo, Elisabeth.

La rubia se interpuso en su camino, cerrándole el paso.

—¿Crees que no me he dado cuenta? Le has visto en la puerta y has fallado al piano.

Maldita fuera. Si alguien se había percatado de lo ocurrido ¿por qué tenía que ser precisamente ella?

—¿Y? —Había cierto desafío en su voz.

—No es para ti, ya te lo he dicho.

—¿Y para ti sí? Pero si solo es un vizconde.

La zahirió a propósito, aun sabiendo que no estaba bien. Ella le estaba haciendo sentirse acorralada, y devolver los golpes era su método para hacerse espacio. La otra no se amedrentó ante el insulto. Es más, le dio la razón con sus siguientes palabras.

—Será conde algún día. Y no cualquier conde, sino el de Westin, uno de los títulos más antiguos y respetados de la corona.

Así que por ahí andaban los tiros...

—Entonces repito. ¿Es para ti, Elisabeth?

La sonrisa de ella se tornó enigmática.

—Créeme, antes de que acabe la temporada, seré su vizcondesa.

Nicole lo dudaba, pero se abstuvo de decirlo en voz alta. Contraatacó.

—Fabuloso. ¿Puedo darle ya la enhorabuena a él, o todavía no lo sabe?

La cara de la otra muchacha se tornó amarga.

—No, no puedes, porque todavía no queremos que se haga público. Te lo confío sencillamente para evitarte el ridículo que hiciste con él el año pasado, cuando dejó de cortejarte súbitamente y sin explicaciones. Considéralo un favor.

Dicho esto, dio media vuelta y se fue.

Nicole se quedó donde estaba, incapaz de ordenar a sus pies que se pusieran en marcha. Dudaba que fuera cierto que hubiera un compromiso. De ser así, ella se habría enterado de un modo u otro, dado que ambas familias estaban intrínsecamente unidas. Era posible que Richard estuviera interesado en aquella joven, pues tanto su abolengo como su dote eran importantes. Eso la molestó bastante, pero lo asoció a la idea de tener que coincidir con ella a menudo durante el resto de su vida, y no al hecho de que el vizconde prefiriera a su némesis. Su corazón se encogió un poco ante la idea de que él se casara.

La señora Screig la llamó, extrañada por su ausencia en la salita de refrigerios. Se dirigió hacia allí, recordando la cara de ella cuando afirmaba que el matrimonio era un hecho. Elisabeth lo había dicho en serio, como si creyera que era cuestión de días. Algo le daba mala espina.

Richard estaba en el White's, con Blackfield y Schieffer, cenando. Los dos hombres iban ya algo ebrios, pero él había declinado el vino, con el recuerdo demasiado vívido de los excesos de la noche anterior. Ambos trataban de convencerle, sin éxito, de que fuera con ellos a Covent Garden después, a algún local donde divertirse.

Si iba a Drury Lane acabaría en casa de Marien. Se apenó. Odiaba lo que iba a ocurrir entre él y la actriz.

Hacía más de dos años que eran amantes, era de dominio público. De lo que nadie era consciente era de la buena relación que mantenían. Richard se prendó de ella en cuanto la vio, una noche que acudió a ver la obra donde ella actuaba, y esa misma madrugada comenzaron una relación que aún perduraba. Disfrutaban bastante de su mutua compañía, y mantenían una camaradería poco habitual entre un hombre y una mujer. Durante el primer año de estar juntos Richard se creyó enamorado, y se planteó incluso mandar al carajo las convenciones sociales y tomarla en matrimonio. Pero el tiempo, y las relaciones de Julian con April, y de James con Judith, le demostraron que el amor era algo más de lo que Marien y él compartían. Algo indefinible que todavía no había experimentado.

Marien también había notado que el interés de Richard decaía, y trataba de aferrarse a él. Sabía que ella sí le amaba, pero sabía también que Marien había pasado una infancia marcada por las penurias extremas, criada en un orfanato donde había sido víctima de la crueldad de la vida de los que no habían nacido privilegiados, y que Richard era su única posibilidad de una existencia mejor. En los últimos meses se había vuelto más exigente, pidiendo joyas caras y una vivienda. Richard se había negado de plano. Nunca había sido partidario de pagar a una mujer por acostarse con ella, ya fuera con dinero o con caprichos. Por supuesto le había hecho regalos, algunos extravagantemente valiosos, pero no iba a ceder a las reclamaciones de ella. Sería como tratarla como una furcia, y Marien no lo era.

No le acobardaba su arranque cuando la dejara, aunque sabía que sería duro. Ella era rencorosa, y su temperamento destilaba veneno cuando la contrariaban. Lo que realmente temía era el dolor que le iba a provocar. Nunca quiso hacer daño a Marien, pero las circunstancias lo hacían inevitable. Cuando Richard se desposara deseaba darle una oportunidad a su matrimonio, y para que eso fuera posible una amante era absolutamente contraproducente.

Volvió al presente. No tendría que haber ido a casa de los Foxford. A fin de cuentas a él le daba completamente igual si su futura esposa sabía cantar. Su plan había sido llegar tarde, ver si había alguna dama que le suscitara interés para comprobar cómo se desenvolvía teniendo toda la atención de los presentes en la sala, y si no, irse. La futura condesa de Westin debía tener un comportamiento siempre intachable, y una mujer insegura sufriría mucho con las obligaciones de su título. Pero había llegado justo para oír a Nicole.

Sabía que tocaba como los ángeles, la había oído ensayar en ocasiones en casa de Stanfort antes de que este se casara con Judith y su hermana se mudara. Y también entonaba de maravilla, al menos, las canciones de cuna que interpretaba suavemente para Alexander, cuando creía que nadie la oía. Le encantaba escucharla a escondidas en esas ocasiones. Pero nunca la había observado tocar. Cuando lo hacía, parecía estar ida, como si todo su ser se hubiera transportado a la tierra de la música. No necesitaba mirar la partitura, y se mecía apenas al compás de las notas. Cuando Richard la vio no pudo evitar imaginársela dejándose llevar así por la pasión, y una incómoda erección le había hecho retirarse de la sala sin siquiera haberla pisado.

Pero ella le había descubierto. Y se había equivocado en una nota al verle. Lo sabía porque Chopin era uno de sus compositores favoritos. Solo por eso había valido la pena acudir. Ella no estaría enamorada de él, y tendría una buena razón para reírse cuando coincidieran, pero le deseaba. Estaba tan convencido de eso como de que él la deseaba a ella. De lo que no estaba seguro era de si ella era consciente de ese deseo. Las jóvenes virginales no sabían nada, o eso tenía entendido él. Él, desde luego, no sabía nada de vírgenes.

Uno de los camareros del club retiró los restos de la cena y sirvió una botella de brandy, a petición de Blackfield. Trajeron tres copas, pero Richard declinó la suya, indicando al lacayo que se la llevara.

—Venga ya, Sunder. —Era Schieffer quien le hablaba—. ¿Qué te ha pasado? Tus juergas son legendarias. Y eres el único de los tres mosqueteros que sigue en activo. Todavía se habla de aquella vez que Stanfort, Bensters y tú cabalgasteis desnudos por Hyde Park.

Condenada historia. ¿Todavía la recordaban? Debía de hacer de aquello unos cuatro años. Fue la noche en que Julian conoció a la que sería después su condesa. Sonrió al recordarlo. En realidad nadie les había visto, solo April. Y tampoco iban completamente desnudos. Pero la historia había degenerado y ninguno de los implicados se había molestado en negarla.

—¿Sunder?

Malditos fueran. No le apetecía nada emborracharse, de hecho a la mañana siguiente tenía intención de levantarse temprano para trabajar, y de paso enviaría una caja sin nota a su nueva vecina. Si él iba a soportar las pullas de ella, ella también sabría del humor retorcido de él. Iba a ser todo un reto. Además quería encontrar tiempo para visitar a su ahijado. Y si pretendía hacer todo eso, no podía trasnochar demasiado.

Sus acompañantes estaban en lo cierto, se había vuelto un aburrido. Fastidiado por darles la razón, se puso en pie, dispuesto a volver a casa.

—Discúlpenme, señores. Había olvidado que tenía una cita.

Y sin más, los dejó.

Blackfield y Schieffer quedaron convencidos de que había quedado con alguna cortesana, o con varias. Ninguna otra razón era posible para su desplante conociendo a Richard Illingsworth.

Tomó el sombrero y la capa, y subió a su carruaje, indicando al cochero que regresara a casa. Reflexionaba sobre su fama. Reconocía que se la había ganado a pulso. En los tiempos en que Bensters, Stanfort y él salían juntos, los llamaban los tres mosqueteros. Habían sido buenos tiempos, muy buenos. Pero le molestaba que lo creyeran un simple hedonista. En los últimos meses había cambiado bastante. Sí, era cierto que mantenía una amante, con la que iba a tener que hacer algo en breve, pues tampoco era justo prolongar algo que había llegado a su fin. Pero ya no era un tarambana. Julian y James se habían convertido en caballeros respetables a los ojos de cualquier matrona al contraer matrimonio. Pero claro, ellos se habían casado enamorados, y eso, en los tiempos que corrían, donde el romanticismo estaba en boga por su excepcionalidad entre cónyuges, lavaba cualquier imagen.

¿Se enamoraría él de su esposa? Eso esperaba, aunque empezaba a dudarlo.

Richard creía en el amor. Solo que era... inconstante. Se enamoraba con facilidad. Pero ¿querer a la misma mujer toda su vida? Bueno, sabía que era posible. Sus propios padres habían estado muy enamorados, y su padre, veintisiete años después, todavía amaba a su difunta esposa. Su hermana era otro ejemplo de amor en el matrimonio.

Optimista por naturaleza, creyó posible un final feliz para él.

7

A la mañana siguiente Nicole se levantó temprano y se dirigió a lomos de su caballo hacia Hyde Park por primera vez ese día. Más tarde volvería, pero en un cómodo carruaje. El parque estaba prácticamente vacío, pues la mayoría de sus visitantes habituales debía de estar durmiendo a esas horas, tras haberse acostado tarde por trasnochar en alguno de los bailes que se habían celebrado la noche anterior. Ella había decidido descansar, y madrugar al día siguiente para salir a montar. Hacía días que no cabalgaba, y echaba de menos la ropa cómoda, la velocidad y sentir el viento frío azotarle la cara mientras olía la hierba, empapada de rocío. Llegó hasta el serpentine, donde Richard le había enseñado a manejar su carruaje. Aquel día, tan lejano ahora, le prometió que le dejaría intentarlo con el tílburi... o tal vez fue ella quien se lo pidió, ya no se acordaba. Pero sí recordaba lo bien que se sintió aquella tarde. ¿Le permitiría Kibersly hacer algo similar? Lo dudaba. Pero, se dijo, no le importaba. Richard ya no era el modelo con el que comparar a otros hombres, sino alguien a quien tolerar.

Y de quien reírse. Y con quien disfrutar de una buena guerra de intelectos. Negándose a dejarse dominar por sus recuerdos, se preguntó qué tal iría la cita de ese mediodía.

Había quedado para almorzar con lord Preston, el marqués. No lo había visto en la velada musical, pues tenía negocios que atender, según le había explicado.

La tarde anterior había recibido un ramo de rosas arrogantemente grande con una nota de él disculpándose por no poder acudir a oírla tocar por la noche, e invitándola a tomar un picnic con él en Hyde Park. Solos.

Lo había pensado mucho, pues eso era casi como reconocer que el interés era mutuo. Pero en eso consistía buscar esposo, ¿no? En mostrar interés. Desde luego saldrían con la señora Screig, pero tendrían la oportunidad de conocerse mejor.

Al regresar de la mansión de los Foxford, había tachado a dos candidatos más de la lista. El primero no había aplaudido ni una sola vez durante las actuaciones de las muchachas, lo que consideraba una falta de respeto y educación imperdonable. El segundo había bebido en exceso durante el refrigerio, y después también.

Pero todavía quedaban en la lista una veintena de candidatos.

Al volver de Hyde Park, de su cabalgada matutina, dio cuenta de un buen desayuno. Esa era la comida favorita del día para Nicole, y se la tomaba muy en serio. Si salía a montar temprano apenas tomaba un té antes, pero a la vuelta se despachaba con más té, tostadas, huevos, ahumados, salchichas, tarta de manzana, y cualquier otra cosa comestible que encontrara en la mesa. James siempre bromeaba con ella sobre la cantidad de alimentos que podía ingerir nada más levantarse. Decía que no entendía cómo lograba mantenerse delgada.

Mientras desayunaba le echó un vistazo rápido al *Times*, deteniéndose en la sección de cotilleos para ver si se había anunciado algún compromiso. El primero de la temporada aún no había llegado, lo que no era extraño, dado que algunos padres preferían esperar hasta mediados de mayo para anunciar cualquier enlace, dejando que sus hijas disfrutaran un poco más de algunas atenciones antes de entregarlas, literalmente. Ese parecía ser el caso de Elisabeth Thorny con Richard, según ella le había insinuado. Algo se removió en Nicole.

Obviando la desazón, siguió pasando las páginas, algo más bruscamente de lo necesario. Le gustaba la idea de leer el diario tranquilamente, sin que James o su madre le pidieran una parte. No entendía por qué nunca habían comprado dos periódicos en casa. La tradición tan británica de repartírselo a trozos era odiosa. Bueno, reconocía que por las mañanas todo era odioso para ella.

De ahí que valorara la paz matutina desde que su madre se fuera. Así sería la vida de casada, supuso. Ella sería la dueña de la casa, y, dentro de unos límites, podría decidir a su antojo.

La pregunta era, se dijo mientras acababa de desayunar, quién fijaría esos límites.

Con el estómago lleno ya se sentía persona. Se fue al estudio, a contestar algunas misivas y a ojear las invitaciones que habían llegado. Al pasar por la entrada vio varios ramos de flores nuevos. Sin demasiado interés, pensó en mirar luego quién los enviaba, para poder agradecerlos correctamente.

Una hora antes de su cita, subió a asearse y a cambiarse de ropa. Se inclinó por el azul celeste. Cogió el sombrero a juego, sonriendo al oír tintinear la licorera al fondo del armario, una sombrilla adecuada, y bajó de nuevo al estudio a continuar con el libro mientras esperaba que se hiciera la hora.

Cuando el reloj dio las doce sonó la puerta principal, y el marqués entró. Nicole esperó a que el mayordomo le anunciara la visita para salir a recibirle. Le gustó que lord Preston fuera puntual. Ella era demasiado impaciente como para saber esperar. Anotó mentalmente otro punto para él. Lo encontró en el vestíbulo, con un ramo de rosas en la mano. Vestía de verde. El color era un poco llamativo de nuevo, pero no chillón, y debía reconocer que acentuaba su apostura.

Haciéndole una reverencia, tomó las flores y se las dio a una doncella, para que las pusiera en agua.

—Me mimáis en exceso, milord.

Él le besó la mano que ella le ofrecía y sonrió seductor.

—Lord Preston, por favor.

—Lord Preston, pues —accedió Nicole.

—Y no son nada comparadas con vuestra belleza, si me permitís decirlo, que no por ser una frase frecuentemente utilizada, es menos cierta en vuestro caso, milady.

No terminó de disfrutar con la galantería. Una vez Richard le había dicho que nunca le regalaría flores, pues tendría que decirle que se marchitaban frente a su belleza, y que era absurdo regalar flores marchitas. Sonrió con tristeza. «Maldito seas, Richard, sal de mi cabeza de una buena vez.»

Tomando el brazo de Kibersly, se disponían a salir y disfrutar de la tarde sin recordar a cierto vizconde, cuando de nuevo se oyó la aldaba. El mayordomo se espantó al ver al autor de la llamada. Era un muchacho que debía de hacer recados para algunas tiendas. Entregó para ella un enorme envoltorio de una de las pastelerías más famosas de Londres, la del principio de Bond Street. El mayordomo tomó el paquete y se lo pasó a Nicole, mientras amonestaba al pillastre por no acudir a la puerta de servicio. Soltando el brazo de lord Preston, tomó la caja, de al menos cuarenta centímetros de ancho, y se sorprendió por su ligereza. Parecía no contener nada. «Qué extraño», pensó.

No llevaba nota alguna, pero al abrirla, supo de inmediato quién la enviaba. Sunder había puesto en ella una única onza de chocolate. Aun a su pesar, hubo de reconocer que era hábil. Después de su disertación sobre el dulce, no podía esperar una caja llena. Sonrió, embriagada de felicidad.

—¿Una única onza? Poco os admira quien sea, milady, o poco tiene para gastar. Cuidaos de él. ¿Le conozco? —El tono de su acompañante era desdeñoso.

Nicole no supo qué le había molestado más, si que curioseara en algo que no le incumbía, que le pidiera explicaciones sobre su emisor, o que menospreciara el regalo de Richard.

Decidida a no dejarse llevar por el mal genio, se llevó la onza a la boca —que resultó exquisita— y sonrojada por su falta de decoro, tomó de nuevo el brazo del marqués, y comenzaron la comitiva, ellos, la señora Screig, la cocinera con una cesta donde habría más comida de la que dos personas podrían ingerir, y dos lacayos que les atenderían. Fuera esperaban el cochero del marqués y otro mozo, en un landó de seis plazas.

Si al marqués le molestó su actitud desafiante, fue lo suficientemente inteligente como para abstenerse de hacer comentarios. En tenso silencio, esperó que fuera él quien iniciara la conversación sobre lo que quisiera.

Pasaron el trayecto hasta Hyde Park hablando del tiempo. Ella esperaba que la conversación mejorara una vez a solas. Quería un marido con quien poder comentar las últimas leyes del Parlamento, que seguía con avidez, pues había descubierto un inusitado interés por la política. O de las cosechas, o de lo que fuera, excepto de algo tan formal y británico como el tiempo. Si iba a pasar el resto de su vida con ese hombre, quería asegurarse de que no tendría que estudiarse la previsión meteorológica todos los días.

El landó aminoró al entrar en el parque. Se detuvieron a saludar a otros coches descubiertos, cuyos ocupantes los miraban especulativos. A diferencia de aquella mañana, Hyde Park era en ese momento un hervidero de paseantes y coches de caballos. Cuando encontraron un lugar más tranquilo, el carruaje se detuvo y Nicole descendió de él, ayudada cortésmente por su acompañante.

Mientras los sirvientes extendían una manta, sobre la que colocar la mantelería, la vajilla, el vino, y todas las exquisitas viandas que la cocinera había preparado, miraron a su alrededor. Hacía todavía frío para que muchos hubieran optado por un picnic, pero como lucía el sol unos pocos jóvenes habían decidido comer al aire libre, todos en grupo. No sin cierta sorpresa, vio a las tres hermanas Sutherly con los sosos del reino, y pensó con regocijo que ahí podía haber tres magníficos matrimonios. Sería fantástico que aquellos seis unieran sus destinos para siempre. Suspiró, romántica. El marqués tenía la mirada puesta en el mismo grupo, pero parecía devaluar lo que veía.

No le gustó ver que él parecía ser de los que ignoraba a esas tres damas, siendo que ella las apreciaba sinceramente. Se sintió un poco decepcionada al saber que Kibersly era uno más en la larga lista de los que rechazaban a las jóvenes por no tener una dote suficiente. Detuvo sus pensamientos, no queriendo precipitarse en sus conclusiones. Quizá fuera alguno de los sosos del reino quien no le gustara, tal vez tenían algún asunto pendiente. O quizá estuviera pensando en otra cosa. Sería mejor dejar que la tarde transcurriera, antes de juzgar nada.

Se sentaron a comer, con la señora Screig a unos metros de distancia, donde podía vigilarles pero no escuchar lo que decían si hablaban en voz baja. Tendrían que conformarse con eso.

Para sorpresa de Nicole la compañía resultó ser de lo más agradable. El marqués se mostró encantador. Si bien la conversación no se salió de los estrictos límites del decoro, permitió que fuera ella quien eligiera los temas sobre los que quería charlar, y se dedicó más a escucharle que a intervenir. Pareció prestar especial atención a sus opiniones, y Nicole se encontró relatándole cosas sobre ella y su familia que jamás hubiera pensado contarle.

Cuando la dejó en casa, entrada ya la tarde, le besó la mano y se la apretó suavemente. Ella evaluó lo que había sentido ante la caricia. Si bien su cercanía no la sacudió como hubiera querido, sí le agradó bastante.

Lord Preston la confundía. En un momento se mostraba frío y arrogante, y al siguiente era atento y considerado. Parecía que, a diferencia de otros pretendientes, este no iba a tener un sí o un no rápido, sino que ella se iba a ver en la necesidad de hacer muchas consideraciones. En cualquier caso era guapo, tenía fortuna y título, y Nicole empezaba a creer que tenía más virtudes que defectos. Estaba convencida de que el caballero bien podía merecer el esfuerzo. Ojalá no se equivocara.

Algo contrariada, entró en casa. Descansaría un rato y después se acercaría a visitar al pequeño Alexander. Nada la calmaba más que eso.

Richard mecía a su ahijado suavemente. Judith y él estaban en el cuarto del niño, charlando. Habían pedido a la niñera que les dejara solos.

—Esa muchacha es horrible, Richard, no puedes estar hablando en serio.

El vizconde se armó de paciencia. Ya sospechaba que a Judith no le haría ninguna gracia su elección, pero parecía que la cosa era peor de lo que había imaginado. Su hermana estaba escandalizada ante la idea de que se planteara cortejar a lady Elisabeth Thorny. A él mismo tampoco le seducía la idea, pero tenía que decidirse por alguna dama, aunque solo fuera para empezar a tantear a las muchachas casaderas, y esa parecía la más adecuada. Esa mañana lo había resuelto, harto de pensar en la única dama a la que no podía tener.

—Es hija de marqueses, Jud —se justificó—. Educada, culta, hermosa... Sería una magnífica vizcondesa.

Vio dudas en la cara de su hermana, pero pareció que esta decidía reservárselas, pues no entró en detalles sobre lady Elisabeth, a la que ella conocía mejor que él por haber coincidido en las dos temporadas anteriores.

—Por supuesto que lo sería. Pero también muchas otras damas, como la señorita Stingleir, o esa muchacha escocesa, McDonald.

Puso cara de escéptico. Aun así le respondió, apaciguador.

—Lo sé, sé que casi todas las damas en edad casadera serían aceptables. Pero debes reconocer que la mejor cualificada es lady Thorny. Y no es una elección definitiva, pues antes de decidir quiero conocerla mejor.

Le pareció que su hermana refunfuñaba por lo bajo algo sobre la idoneidad de Nicole, pero prefirió no preguntar, por si acaso.

Sabía desde hacía tiempo que lady Elisabeth Thorny bien cumplía los requisitos que buscaba en una esposa. Y ahora había resuelto que quería saber más de ella. Se lo había contado a Jud en un impulso, que ahora se reprendía por haber seguido.

Alexander dio un gritito, reclamando más atención, y Richard se puso a ello.

—Bien, solo trato de decirte que no te precipites —le decía su hermana, dudando todavía si explayarse más en sus opiniones.

—Ya, pero este asunto, cuanto antes me lo quite de encima, mejor.

Judith ahogó un grito.

—¿Este asunto? ¿Así defines el que será tu matrimonio? —Había indignación en su voz—. Richard, ¿se puede saber qué te ha pasado? Tú eres un enamorado del amor, según James. Te enamorabas y desenamorabas todos los años un par de veces. ¿Por qué enfocas este asunto de un modo tan frío?

Anotó mentalmente agradecer a su mejor amigo que contara sus intimidades a su esposa.

Respecto a la pregunta de su hermana, ni siquiera tuvo que pensarlo.

—Porque ninguna de ellas me gusta especialmente.

Esta pareció preocupada por esa aseveración. Sabía que a Judith no le gustaría la idea de que su hermano se casara con una mujer a la que no pudiera amar. Ella había vivido un matrimonio así, y por lo poco que había hablado con él al respecto, había sido muy duro. Y al parecer no deseaba de ningún modo que se casara con Elisabeth Thorny.

Richard solo podía sospecharlo, pero Judith estaba convencida de que la muchacha era mezquina, superficial, y cosas peores. Pero también sabía que no era quien debía decírselo. Richard la apoyó mucho cuando supo lo suyo con James. Ahora su hermano merecía el mismo respeto. Aunque secretamente confiaba en que se percatara de la perfidia de la joven en una sola cita.

En ese momento, para sorpresa y alivio de ambos, entró en la estancia Nicole, interrumpiendo cualquier palabra que tal vez después pudieran haber lamentado. Ataviada con un elegante vestido de tarde y unos discretos pendientes, estaba sobria pero hermosa. Richard no pudo evitar darse cuenta.

—Buenas tardes a los dos.

Parecía estar de buen humor. No había hablado con ella desde su desastroso monólogo en el baile de los Restmaine. Deseaba y temía oír lo que ella tuviera que decir al respecto. Su hermana se adelantó en el saludo.

—Nick, buenas tardes. Estás preciosa.

Nicole besó a su cuñada, y saludó a Richard, que tenía al pequeño en brazos.

—Venía a ver al niño, pero parece que se me han adelantado.

Fingió severidad en la voz, pero era obvio que bromeaba. Judith aprovechó su compañía para abordar el tema de lady Elisabeth. Ella no debía criticarla, pero si Nicole lo hacía...

—Qué bien me viene tu presencia, Nick. Mi hermano me decía en este momento que pretende cortejar a lady Elisabeth Thorny.

—¡¡Jud!!

El grito de Richard asustó a Alexander, que rompió a llorar. Judith lo tomó de inmediato en sus brazos, y lo arrulló, advirtiendo a su hermano con la mirada para que no asustara al bebé de nuevo.

Así que era cierto lo que Elisabeth le había contado la noche anterior. Parecía que la cosa iba en serio. Le costó ignorar la tristeza que la abrazó de repente. Su corazón dejó de latir por un momento.

—Judith, no creo que a Nicole le interese en lo más mínimo a quién cortejo. —Richard parecía querer cambiar de tema.

—Bueno, tal vez, pero no pasa nada por comentárselo. ¿No dijiste el otro día que era de la familia?

Ambos, Nicole y Richard, enrojecieron al recordar el estallido que siguió a esa afirmación.

—Bueno, ya, pero...

—Pero nada, Richard. ¿Qué te parece, Nick? ¿Crees que es acertado?

Ella se mostró contrita.

—Algo había oído al respecto —dijo en voz baja—. Y deben ser ellos quienes decidan lo acertado de la relación, sin que las opiniones de terceros les influyan.

No terminaba de convencerle su propio argumento, pero sabía que de poco servirían sus impresiones sobre la muchacha. Richard ya había decidido.

Judith maldijo su suerte. Ahora resultaba que su hermano y su cuñada habían hecho las paces, y la joven no iba a criticar nada de lo que Richard hiciera. Pues qué bien. Contaba con que le hubiera dicho cuatro verdades sobre la dama en cuestión.

En ese momento entró el ama de llaves, solicitando hablar con ella sobre un altercado doméstico. Pasó a su hijo a los brazos de Nicole y la siguió. Ya saliendo, y viendo el buen ambiente reinante, decidió bromear sobre su antagonismo.

—¿Puedo confiar en dejaros solos sin que intentéis morderos?

Nicole sintió que se sonrojaba levemente. Richard sonrió, bromista.

—¿Ni tan siquiera un mordisquito inocente en la oreja?

Esta vez su sonrojo fue violento. Y, evocando la imagen que él proponía, un pequeño latigazo de deseo descargó en su estómago.

Judith salió riendo, ajena a las sensaciones de su cuñada.

Estaban solos. Nicole mecía al pequeño en sus brazos. Richard, a espaldas de ella, dejó vagar su mirada por la curva del cuello de ella, tan apetecible, por sus hombros y la estrecha cintura, que él casi podía abarcar con ambas manos. Y en cómo la caída del vestido moldeaba su trasero. Qué curioso. Nunca se había fijado en esa parte de su anatomía. Y era perfecta.

Ella se volvió. Richard apartó rápidamente la mirada, sin estar seguro de que no le hubiera sorprendido admirando esa parte en concreto de su cuerpo. Cuando alzó los ojos hacia el bello rostro de Nicole, supo por su sonrisa que la primera de sus chanzas estaba al caer.

—Perdona si no desfallezco de amor por ti en este mismo momento, Sunder. Pero es que llevo a Alexander en brazos, ya sabes.

Muy ingeniosa.

—Disculparé tu falta de consideración, dado que anoche cuando me viste erraste una nota en casa de lady Foxford.

Contraatacar era siempre una buena opción.

¡Sería canalla! Hacer semejante observación.

—No deberías ser tan exigente, siendo que tú erraste a lo grande en la terraza de lady Restmaine.

«Juegas duro, fierecilla. Veamos cuánto.»

—Ya. Te apuesto lo que quieras a que te hago desfallecer aquí mismo si sueltas a Alexander y nadie nos interrumpe en... digamos... un minuto.

No supo si eran sus palabras, su mirada, su sonrisa ladeada, o todo a la vez. Pero cientos de alarmas comenzaron a sonar al unísono en la cabeza de Nicole. El juego de la seducción era un campo en el que él siempre la vencería. Quizás era mejor una retirada a tiempo.

—Lástima que mi ahijado me guste más que tú.

—Cobarde. —Le sacó la lengua, juguetón.

Ella puso los ojos en blanco, y dejó al niño en la cuna, que se había quedado dormido. «Bendita inocencia», pensó.

Volviendo a aguas más seguras, trató de componer otra sonrisa.

—Por cierto, enhorabuena por lo tuyo con lady Thorny.

¿De qué estaba hablando ella ahora?

—¿Enhorabuena? No te entiendo.

El semblante de él se tornó serio al punto.

—Bueno —se sonrojó—, ella me dijo que por el momento queríais mantenerlo en secreto, pero como se lo habías contado a tu hermana, no pensé que te molestara que te felicitara. No pretendía ser indiscreta.

Una sospecha comenzó a formarse en su cabeza, pero quería que fuera la joven quien se la confirmara.

—Nicole Saint-Jones. ¿Tendrías la amabilidad de explicarme de qué narices estás hablando?

Ella se envaró.

—No hace falta que la tomes conmigo, Richard. Elisabeth me dijo que su padre y tú ya teníais un trato. Bueno, en realidad no me lo dijo así —rectificó, recordando las palabras exactas— pero me dio a entender que entre vosotros había algo, y que la cosa estaba hecha.

Si era cierto, lady Elisabeth era una artera de primera. Pero había algo que se le escapaba...

—¿Y se puede saber por qué lady Elisabeth Thorny te haría una confidencia así, siendo que no sois precisamente íntimas?

Ella se sonrojó y bajó la vista, confirmando sus sospechas.

—No tengo ni idea. —El azoro en ella era visible.

Así que la otra joven había creído ver cierto interés en él por parte de Nicole, y había tratado de apartarla. Vaya, vaya. Se sintió encantado con el giro de los acontecimientos. Incluso pensó en seguirle la corriente a lady Elisabeth para explorar más en su reciente descubrimiento, pero la posibilidad de un malentendido al respecto que pudiera hacerse público y lo comprometiera, inclinó la balanza hacia su sentido común. Quizá se fijara a partir de ese momento en las reacciones de Nicole mientras bailaba con lady Elisabeth. Desde luego que lo haría.

Se acercó a ella, le tomó la barbilla con los dedos con suavidad, alzándole la cara, y la miró a los ojos.

—Nicole, ella te mintió. No hay nada entre esa muchacha y yo. —Él necesitaba aclararle ese punto, a pesar de que no tenía por qué.

Un alivio que no tenía derecho a sentir la invadió. Richard prosiguió.

—Reconozco que es hermosa, y que sería una magnífica vizcondesa, pero de momento no me he interesado por ninguna dama en concreto.

Sabía que no estaba siendo sincero del todo, pues en realidad sí se estaba planteando seriamente casarse con lady Elisabeth, pero por alguna razón en la que no quiso profundizar no quería que ella supiera que estaba pensando desposar a otra mujer.

Un pequeño aguijón de competitividad espoleó a Nicole al oírle alabar a la bella rubia. Se apartó de él.

—No me importa en absoluto si tenéis interés en ella o no, milord.

Richard soltó una carcajada. Al igual que su hermano, Nicole hablaba de usted a su interlocutor cuando se enojaba. Lo increíble era que en ella, que apenas superaba el metro y medio, también resultara apabullante.

Molesta con la risa de él, se dispuso a salir de la habitación.

—Espera, fierecilla. —El brusco giro de ella le indicó que no le había gustado el apodo. También lo anotó, para repetírselo de vez en cuando—. Lamento haberme reído. Por un momento me has resultado la versión femenina de tu hermano. Y créeme, eso es una alabanza.

Nicole se aplacó, pues también ella consideraba un cumplido parecerse a James. Preocupada por la seguridad que había mostrado lady Elisabeth, insistió en el tema.

—Richard, de veras que no tengo ningún interés por indagar en tu vida privada, pero Elisabeth lo decía en serio. Está convencida de que vais a casaros, y lejos de querer hablarte mal de ella, sí debo decirte que es capaz de cualquier cosa cuando se le mete algo entre ceja y ceja.

Él no pareció preocuparse.

—¿Y cómo crees que logrará arrastrarme hasta el altar, Nicole?

—Ni idea. Pero yo que tú me andaría con mil ojos.

En ese momento entró Judith en la habitación, encantada.

—Cuánto me alegro de que por fin hayáis aparcado vuestras diferencias. Así da gusto. ¿Os quedaréis a cenar? Creo que esta noche no hay nada interesante que hacer, pues todo el mundo está cogiendo fuerzas para el baile de máscaras de pasado mañana. Yo no podré ir, pero James te acompañará, ¿verdad, Nick? Oh, ¿el pequeño se ha dormido ya? Vaya, si no toma ahora me despertará bien entrada la madrugada, pero está tan dormidito que no quiero perturbarle. No sé qué hacer, la verdad.

Richard miró a Nicole y le indicó que guardara silencio.

—En realidad —susurró como si le contara un secreto, pero en voz lo suficientemente alta para que Judith pudiera oírle—, ella no espera ninguna respuesta. Habla, habla y habla y da por sentado que todo lo que dice se cumplirá. Así que si no quieres quedarte a cenar, sal corriendo, que yo te cubro.

Nicole se rio. Judith en cambio, le miró enojada.

—No es cierto, Richard. No espero que todo el mundo baile al compás que marco. Y no, no pongas esa cara de escéptico. Soy perfectamente capaz de pedir las cosas. Lady Nicole, ¿contaremos con el placer de su compañía esta noche durante la cena, por favor?

—Será un placer.

Vaya, parecía que lo de hablar de usted en un momento de enfado era contagioso. Ahora su hermana también lo hacía. Sonriendo, les ofreció el brazo a ambas y salieron de la habitación.

Esa noche, mucho tiempo después, los duques de Stanfort yacían desnudos en la cama, relajados después de hacer el amor. Judith acariciaba el pecho de su esposo, distraída.

—Parece que Richard y Nick por fin han decidido comportarse. Esta noche con ambos ha sido una delicia.

—Ciertamente así es. Ya te dije que era cuestión de tiempo que las cosas volvieran a la normalidad.

—Fui yo quien te lo dijo a ti, querido —le corrigió, con suficiencia—. Pero de todas formas ha sido sorprenderte. La última vez la comida fue una batalla campal, y esta noche en cambio eran todo amabilidad. Incluso han estado bromeando. ¿Te lo puedes creer?

—Ordenaste a tu hermano que lo solucionara, pequeña. ¿Te sorprende que te haya obedecido diligentemente?

Ella le pellizcó las nalgas.

—¿Me estás llamando déspota?

Él le cogió ambas manos, asegurándose de que no hubiera más ataques.

—Solo digo que eres... hummm... algo mandona.

—¡James Saint-Jones!

—¿Qué? Es cierto, pero no me quejo.

—No, porque tú haces lo que te da la gana —dijo, intentando liberar sus manos.

—Si quieres puedo hacer lo que te dé la gana a ti. Solo tienes que decirme lo que deseas.

Le ronroneó insinuante, mientras se movía hacia abajo en la cama, sin soltarla.

Bueno, quizá sí era un poco déspota, pensó mientras le dirigía hacia el centro de su feminidad, deseosa de nuevo de estar con él.

Pero James parecía encantado con su despotismo.

8

Esa noche, mucho más tarde, Richard estaba con Marien, en la cama de esta. Había acudido con la intención de hablar con su amante respecto de su futuro juntos, o más bien de la falta de futuro, pero, aún no sabía muy bien cómo, había acabado acostándose con ella. Aquella mujer le enredaba.

Era una beldad, con su larga melena rubia, sus labios rojos y llenos, y su curvilíneo cuerpo. Si bien su cutis ya no era inmaculado, como cuando se la presentaron, un poco de maquillaje corregía las señales de una vida dura. Aun así, a sus treinta y un años, Marien seguía siendo una mujer hermosa.

La había conocido en el teatro. Había acudido a la representación de una obra en la que ella trabajaba, y se prendó en el mismo instante en que la vio. Poco después se coló en su camerino y le pidió que fueran amantes. Ella ni siquiera fingió sopesar su propuesta haciéndose la interesante. Aquella misma noche iniciaron una relación que perduraba dos años después.

Al principio Richard no le había guardado fidelidad, ni ella a él, según sospechaba. Inicialmente había sido una unión cómoda basada en el deseo mutuo y circunscrita a la habitación de la actriz.

Pero con el transcurso de los meses fueron conociéndose mejor, y, aun sin traspasar ciertos límites, Richard le habló de la historia de amor de sus padres, y de sus mejores amigos, Julian y James. Y Marien le contó que no tenía padre, que su madre había muerto cuando ella contaba cuatro años, y que había sido confinada en un orfanato. Richard sabía que callaba más que contaba sobre aquellos años, extremo que en parte agradecía. No soportaba pensar a qué vejaciones habría estado expuesta.

Le contó que en cuanto tuvo edad suficiente, y sabiendo que su belleza era su mejor arma, se escapó y acudió al teatro, en busca de trabajo. Había estado en compañías itinerantes durante mucho tiempo, antes de labrarse una pequeña reputación para poder quedarse en Londres.

Marien no era muy buena actriz, pero era inteligente, se aprendía los papeles, nunca faltaba a un ensayo, y era hermosa. Suplía su falta de talento artístico con ambición y perseverancia. Ayudaba también, en sus ratos libres, con la aguja, para el vestuario de las representaciones.

Al año de estar juntos Richard se había sentido locamente enamorado de ella, y así se lo había manifestado. Ella había jurado corresponderle, y Sunder estaba seguro de que había sido sincera, de que seguía siendo sincera cuando le decía que le amaba. Por un momento incluso se planteó desposarla. Pero entonces Judith regresó de América, James comenzó a buscar esposa, Julian anunció que iba a ser padre, y el momento pasó. Las responsabilidades se impusieron, no solo en lo que a Marien se refería, sino también sus propiedades y obligaciones familiares, y la idea se enfrió, así como sus sentimientos hacia ella.

Le profesaba un gran afecto, que perduraría siempre, pero durante el tiempo que había pasado en el campo sin verla se había dado cuenta de que no la añoraba como debiera, y cuando descubrió el amor que existía entre James y Judith, lo que él sentía empequeñeció.

Ella se había dado cuenta del cambio experimentado en su amante en los últimos seis meses. Sabía de los rumores que afirmaban que él estaba buscando esposa, y sabía también que ella no era una opción. Lo lamentaba profundamente, pero siempre había sabido que sería así, él nunca le había hecho pensar lo contrario. Y, conociendo a Richard, esperaba que en poco tiempo la dejara. El vizconde no buscaría esposa mientras tuviera una amante. La ambigüedad no iba con él. Esa era una de las razones de que le amara, su honradez. Era un poco tarambana, y a veces no contaba con las consecuencias de sus actos, pero nunca hería a nadie a propósito, ni utilizaba a los demás. El Richard que ella conocía empezaría su matrimonio desde cero, sin lastres, con la esperanza de que todo saliera bien.

La decisión de él ponía a Marien en una mala posición por dos razones. La primera, porque le quería, y la ruptura iba a ser dura, por más que él intentara suavizarla. Y la segunda, porque su trabajo pendía de un hilo. Su edad ya no era la mejor para una actriz de su calidad, muchas jóvenes llegaban al teatro y desplazaban a las más maduras. Y estaba llegando el momento de dejarles paso.

Sabía que otras compañeras del teatro pedían a sus amantes joyas, e incluso viviendas, para garantizar su futuro cuando las abandonaran. Ella nunca se había conducido así. Se respetaba demasiado, y también a Richard, como para hacer de su relación un negocio. Pero sabía que el tiempo se le agotaba, y la vida le había enseñado de la peor forma posible que los principios no daban de comer. Hacía unos pocos meses que había comenzado a pedirle presentes caros, pero él la había ignorado con diplomacia. Últimamente discutían con frecuencia por sus peticiones, pues a Marien le superaba la frustración de saber que no lograría nada. Le quedaba tan poco tiempo...

Sospechaba que él había ido a verla con la intención de poner fin a la relación, pero ella le había sorprendido con un ataque sensual.

Richard se sentía físicamente saciado, pero su mente no estaba tan cómoda. Esa noche había ido con el propósito de despedirse, pero la había visto tan hermosa, con un *negligé* casi transparente, que había sucumbido a sus encantos. Ella estaba ahora a su lado en la cama, acariciándole de nuevo. Después de tanto tiempo sabía dónde presionar para excitarle, pero él solo quería salir de allí. Tenía claro lo que tenía que hacer, pero también sabía que sería de muy mal gusto romper con ella tras el sexo. Maldita fuera su lujuria, que le obligaba a volver en otro momento.

Romper con Marien iba a ser difícil para ambos. Había estado todo el día buscando la forma de amortiguar su ruptura. Resignado a su propia estupidez, se puso en pie y comenzó a buscar su ropa. ¿Sabría ella que buscaba esposa? ¿Habrían llegado los rumores a Covent Garden? Quizá por eso se la veía más susceptible.

Haciendo un sonoro mohín, ella le increpó su marcha. Intentó parecer mimosa, pero su tono fue duro.

—No irás a irte ya, cariño.

Él hizo como si no lo hubiera escuchado. No quería iniciar una discusión. Antes era más discreta en sus lamentos. Últimamente, en cambio, se enfadaba en cuanto se sentía contrariada, lo que parecía ocurrir cada vez que estaban juntos.

—Te estoy hablando. ¿Qué crees que soy, una furcia a la que visitar cuando te pones caliente, y a quien despreciar cuando te has enfriado? Soy tu amante, Richard, desde hace más de dos años. No tu puta.

Él centró entonces toda su atención en ella, alzando la ceja. Estaba muy enfadado.

—¿Mi puta, dices? Nunca, en todo este tiempo, te he tratado como tal. ¿Es ese el problema, Marien? ¿Te gustaría que te tratara como a una vulgar mujerzuela? ¿Por eso me pides regalos caros, para poner precio a lo que hacemos?

Ella profirió un grito, y le lanzó un jarrón en un estallido de mal genio. Él lo esquivó con facilidad. El sonido del cristal al romperse en mil pedazos dejó la estancia en un frío silencio. Ella se envalentonó.

—Maldito seas. Maldito seas mil veces, Richard Illingsworth.

La lámpara parecía ser la próxima en salir despedida. Él alzó los brazos, tratando de tranquilizarla.

—Marien, por favor, olvídate de lo que he dicho. Solo estoy de mal humor.

Ella soltó la lámpara, pero no rebajó el tono.

—¿Es porque no encuentras una damita lo suficientemente buena para ti, acaso?

Confirmado, pues. Ella sabía de sus intenciones.

—Son muchas cosas, Marien. —No pensaba mentirle—. Entre otras, sí, estoy buscando esposa, y eso me absorbe bastante tiempo.

Ella le miró con rencor.

—Ninguna de esas sosas calentará tu cama como yo, ¿sabes? Por eso los hombres como tú venís a buscar a mujeres como yo, para estar con hembras de verdad.

De repente la encontró soez, deslucida. Una profunda lástima le invadió. Nunca quiso que las cosas acabaran así. Quería recordar a la Marien divertida que tanto apreciaba, y que ella recordara al Richard más encantador. Esperaba no estropearlo todo al final, con reproches inútiles. Decidido a romper con ella en su próxima cita, se puso la chaqueta.

—Debo irme, mañana temprano he quedado con mi administrador. —Lo que no era cierto, pues iba a practicar boxeo con James—. No podré volver hasta de aquí a tres noches. ¿Me esperarás?

Ella, más tranquila al saber que él pensaba volver, le miró juguetona.

—Bueno, es posible. ¿Compensarás mi espera con algo bonito?

Decepcionado, asintió. Quizá sí le comprara algo, después de todo. Y sin decir más salió de allí.

Su cochero le esperaba en la calle. Subió y partieron rumbo a casa.

No quería pagarle con un collar de diamantes, sería deslucir su historia. Pero sabía que lo que para un hombre de su posición y fortuna era apenas una baratija, para una mujer como Marien podía suponer unos meses de supervivencia económica.

No, no le pagaría nada, convino. Pero se preocuparía de que ella estuviera bien. Contrataría a alguien que supiera de su situación en el teatro, que sospechaba, comenzaba a ser mala, y le buscaría otro empleo digno. Estaba convencido de que ella lo aceptaría. Marien no era de las que se prostituía. Y él se aseguraría de que la vida no la obligara a hacerlo.

Al margen de sus planes, y en cualquier caso, la noche siguiente al baile de máscaras la visitaría y rompería con ella definitivamente. No quería sentirse anclado al pasado cuando se casara. No sabía si sería fiel o no a su esposa, pero no iba a empezar su matrimonio teniendo una amante.

Ya en su cama, supo que, fuera como fuese su matrimonio, le daría una oportunidad para que funcionara. De nuevo se acordó de Elisabeth Thorny. Parecía que con ella no tendría que esforzarse demasiado, si al final era la elegida. Según le había contado a Nicole, la joven quería casarse con él.

Nicole. Menuda fierecilla. Y parecía no ignorarle tanto como pretendía. Sonriendo, se quedó dormido.

Marien se echó a llorar, sobre la cama. Se sentía como una estúpida. No debió provocarle. Era la peor manera de terminar. Le estaba dando motivos más que suficientes para que la dejara sin remordimientos, con sus exigencias y sus arranques de mal genio.

Sintió que la desesperación se apoderaba de ella. Sus compañeras de tablas le habían aconsejado que cambiara de amante, que buscara otro hombre más lucrativo. Pero ella no había querido escuchar. Algunas amigas del orfanato eran prostitutas, muchas otras habían muerto. Pocas eran las opciones que tenía una mujer pobre en Londres. Su propia madre había sido prostituta. Ella había deseado una vida mejor, y la había conseguido en el teatro. Pero no era un trabajo para siempre, y no había podido ahorrar prácticamente nada, pues su salario era exiguo. Quizá debiera irse al campo cuando las cosas se complicaran. Tal vez podría encontrar empleo de ayudante de costurera. Le encantaba coser, y se le daba bien. Solía encargarse de parte del atrezo. Su mayor deseo hubiera sido tener su propia sastrería.

Guardaba los regalos que Richard le había hecho, podría utilizarlos para iniciar su propio negocio cuando su vida en Londres se acabara. Pero no quería venderlos. Eran recuerdos del primer hombre que la había respetado, el primer hombre al que había amado.

No es que no hubiera tenido otros amantes, desde luego que así había sido. Pero Richard era, y siempre sería, especial. Y lo estaba perdiendo.

A la mañana siguiente Richard salía con James del gimnasio de lord Jackson algo magullado, pero contento. Stanfort y él habían practicado un buen rato, sin hacerse demasiado daño, según su costumbre. Se sentía muy vivo, mientras se dirigía al White's a comer. Un poco de competición deportiva siempre le animaba.

En cuanto entraron en el distinguido club, y sin necesidad de pedirlo, fueron conducidos hacia un reservado, cuyo uso era casi exclusivo. Era una de las ventajas de tener un amigo duque. Todo era más sencillo si Stanfort estaba cerca.

Pidieron, y James se puso a la carga.

—Y bien, ¿hay fumata blanca?, ¿*habemus* esposa?

—Solía recordarte más sutil, Stanfort.

—Es el matrimonio. Cambia a los hombres.

—Ya, y les hace más blandos. Hoy te he vuelto a ganar en el cuadrilátero. Envejeces rápido, y seguro que eso es también consecuencia de estar casado con mi hermanita.

—Muy gracioso. Pero te concederé la victoria solo para que no me cambies de tema. ¿Qué hay de la esposa, Sunder?

Acorralado, se preguntó si quería hablar del tema con su mejor amigo, o dejarlo correr. El duque le respetaría si lo ignoraba una segunda vez.

Pero, ¿quién mejor que él, que el año anterior había pasado por el mismo trance, para aconsejarle? Se decidió.

—No. Al menos no definitivamente. Pero hay alguien que gana enteros.

—¿Lady Elisabeth Thorny, tal vez?

El rostro de James mientras le preguntaba estaba serio, completamente neutro. Algo le dijo a Richard que no era casualidad, sino que su amigo había ensayado esa apostura en concreto para hablar de la dama en cuestión, pretendiendo no revelar sus pensamientos sobre ella.

No quiso darle demasiada importancia, pues sabía que James le diría lo que pensaba cuando él considerase. Agradeció, en cambio, que mostrara respeto por su decisión.

—Parece que cierta duquesa ha pecado de indiscreta.

Esperaba que el duque le dijera que su hermana no aprobaba su elección, tal y como ella ya le había dejado claro. De nuevo, James optó por la callada por respuesta. Quizá sí debía preocuparse un poco. Continuó, tanteando.

—Tu hermana Nicole me ha dicho que está interesada, así que parece que si al final me decido por ella, no me costará convencerla.

Recibió una mirada perpleja.

—¿Desde cuándo consultas a mi hermana sobre tus intenciones matrimoniales?

Era un bocazas. Lo era definitivamente. Pero era un bocazas que pensaba rápido.

—Desde que tu esposa me pidió que hiciéramos las paces, Stanfort.

James aprovechó para preguntarle al respecto, y saciar así su insatisfecha curiosidad.

—¿Cómo lo lograste? No es que dude de tu capacidad, Sunder, pero mi hermana es una especie de leona, y la aplacaste muy rápido.

Una leona. Le gustó saber que el hermano de Nicole la veía también como una fiera. Y leona le iba muy bien, pues refería bravura, pero también lealtad.

Aunque eso no significaba que fuera a contarle lo que le había dicho en aquella terraza. Antes muerto. Puso cara de interesante, y sonrió enigmático.

—¿No pretenderás que te cuente todos mis secretos, eh, viejo? Si no sabes cómo aplacar a tu esposa cuando se enfada, aprende tú solito.

James sonrió, convencido de que Richard no soltaría prenda.

—Si tu hermana se enfada conmigo por algo que hago, es tan sencillo como echarte a ti la culpa —dijo con tono inocentón.

—Maldito seas, Stanfort, si lo haces.

La alarma en el tono del vizconde le resultó desternillante. Su carcajada reverberó por todo el local.

Satisfecho James por haber fastidiado a su mejor amigo, siguió con la comida y la conversación alegremente.

Nicole se removía inquieta en su alcoba. Tenía la lista delante, pero solo un nombre le llamaba la atención. El marqués de Kibersly era todo un misterio, y eclipsaba el resto de los nombres. No sabía qué hacer. Si se centraba exclusivamente en él y al final no le gustaba, su interés habría sido contraproducente, pues apartaría a otros hombres, que buscarían a otras damas para satisfacer sus demandas matrimoniales. Lo que por cierto no era bueno.

Y además perdería un tiempo precioso. Sabía que aún quedaban semanas hasta julio, fecha límite para casarse, pero trabajaba contrarreloj.

Su instinto le decía que se decidiera por el marqués, pero su instinto le había fallado tanto con Richard, que no se atrevía a hacerle caso. Recordó lo ocurrido la temporada anterior.

Había estado convencida de que él estaba cortejándola realmente, y al final había resultado que sencillamente la había estado utilizando como instrumento de venganza hacia James. Y ella ni siquiera lo había imaginado. Toda la seguridad que tenía en sí misma había mermado considerablemente. Maldito fuera por eso.

Pero ¿qué intereses ulteriores podía tener lord Preston en ella? Su hermano no había ofendido a nadie de su familia, ¿verdad? Solo para asegurarse le preguntaría, y de paso le pediría que averiguara cosas sobre él, discretamente, por supuesto. «Y —se recordó—, averigua por qué hay tanta animadversión entre ambos.»

Entendía que con eso cerraba todos los frentes abiertos, y podía centrarse, si James le confirmaba que todo era correcto, en las posibilidades de convertirse en marquesa de Kibersly.

Quedaba pues solo el tema del deseo. Pero eso era fácil de remediar. En el siguiente baile, aprovechando el relativo anonimato de las máscaras, le besaría. Y si su cuerpo respondía como había respondido con el vizconde, sellaría su destino.

Siguiendo un impulso, tachó los nombres de los otros caballeros, dejando solo el de Kibersly. Al parecer, la búsqueda había terminado.

Pero su decisión, lejos de tranquilizarla, la agitó. Pasó una noche inquieta, soñando con cabellos de color arena y ojos de chocolate.

A la mañana siguiente Nicole se encontraba en la mansión de su hermano, concretamente en la biblioteca, donde tenían lugar las conversaciones importantes en casa de los Stanfort. Sin querer replantearse su decisión de la noche anterior, y sin darse tiempo a hacerlo, había ido a hablar con James. Si seguía soñando con quien no debía, llegaría julio y estaría en el punto de partida.

Llevaba un alegre vestido de mañana. El calor comenzaba a hacerse notar y la ropa más colorida y ligera le subía los ánimos. Su hermano vestía muy informal con la camisa abierta por arriba, sin corbatín, y con el chaleco desabrochado. Habían hablado del pequeño Alexander, de lo hermosa que estaba Judith, de algunos chismes de la incipiente temporada, y de otras minucias mientras Nicole hacía acopio de valor para llevar la conversación hacia donde quería. Seguro que su hermano era consciente de que estaba dando un rodeo, pero solía seguirle la corriente hasta que ella se centraba. Suspiró audiblemente, señal que su hermano interpretó como aviso de lo que estaba por venir.

—¿Tengo que retar a alguien a duelo, Nick?

Ella sonrió, y parte de la tensión que sentía se relajó.

—Nada tan grave. Solo quería pedirte que recabaras información sobre cierto caballero. —La ceja de su hermano se alzó, señal inequívoca de que estaba sorprendido o no la creía—. Con discreción, desde luego.

—Desde luego —asintió, solemne.

Ya podría ayudar y preguntarle qué caballero. Pero no, su hermano era paciente, demasiado en opinión de Nicole.

—Quisiera saber si hay algo reprobable en lord Kibersly.

Esta vez no hubo dudas en su actitud. Era obvio por el rictus de su boca y su entrecejo fruncido que no le gustaba su elección. Pero de nuevo se abstuvo de hacer comentario alguno. Y su silencio obligaba a Nicole a seguir con su exposición. Maldito fuera su hermano, que sabía perfectamente cómo hacerla hablar.

—Soy consciente de que no es santo de tu devoción. —Ante la pregunta silenciosa de James, se explicó—: En el baile de la otra noche. Richard y tú lo fulminasteis con la mirada. Por cierto, me gustaría saber qué tenéis en contra de él.

De nuevo el duque permaneció en silencio. Nicole comenzaba a molestarse más de lo habitual ante su arrogancia, y no solamente porque no quisiera darle explicaciones sobre su antipatía hacia el marqués. Hablaban de su futuro, por el amor de Dios, no del precio del trigo.

—Soy consciente de que es un hombre arrogante.

James alzó la ceja, y eso desbordó la paciencia de Nicole, que no era demasiada, por cierto.

—¡Maldito seas, James! Si tienes algo que decir, hazlo y déjate de misterios.

El aludido pareció valorar sus siguientes palabras. Ella contuvo la respiración, entre temerosa y deseosa de que su hermano desechase a lord Preston.

—Nicole —hizo una pausa—, no maldigas delante de mí.

La sonrisa de él, a sabiendas de que la estaba fastidiando, la sacó de quicio.

—James Andrew Christopher Saint-Jones, tenga la amabilidad de no tomarse esto a broma. Estamos hablando del hombre que he elegido para pasar el resto de mis días.

Ahora su hermano se puso serio. La miró fijamente a los ojos, tratando de leer en ellos más allá de Nicole.

—¿Así están las cosas?

Ella suspiró de nuevo, obligándose a relajarse. Cuando estuvo segura de poder mantener la compostura, habló.

—Así están las cosas. Es joven, pero no un crío. Es apuesto, tiene título y fortuna, y está soltero.

Su hermano la miró concienzudamente. Sí, ella era sabedora de que parecía que estuvieran hablando de un caballo, no de su futuro esposo. Pero no podía evitarlo. Así era como había decidido abordar el tema de su matrimonio, descartada ya una unión por amor.

Afortunadamente James no bromeó al respecto. Midiendo su tono, solo dijo.

—No me gusta ese hombre.

Nicole sabía que él no le diría nada más si ella no preguntaba. James había prometido respetar su decisión salvo que hubiera una objeción importante, y al parecer no la había. Soltó aire. Por un lado había esperado que él le dijera que era un jugador empedernido, o un traidor, o lo que fuera, que imposibilitara su matrimonio. De ese modo la idea de casarse no sería tan amedrentadoramente real. Pero por otro lado se alegraba de que James no le dijera nada que lo eliminara como candidato, pues no había encontrado ninguno mejor.

Volvió a la conversación.

—Lo sé. Pero no sé por qué.

Él vaciló.

—No es nada en concreto, Nick. Nada en el marqués parece reprobable, pero me molesta todo en él.

Nicole asintió. Entendía perfectamente a qué se refería.

—Es su arrogancia, es superlativa.

La dichosa ceja se alzó de nuevo.

—¿Crees que estoy sorda y ciega? —respondió en tono burlón ante la mirada escéptica de su hermano—. Porque habría de estarlo para no darse cuenta de que es muy soberbio. Pero solo lo es en público. En la intimidad resulta encantador.

—Defina intimidad, lady Nicole.

Los ojos de su hermano desprendían fuego y hielo a la vez.

—Una comida en Hyde Park.

Silencio.

—Nada más.

Más silencio.

—Tienes mi palabra.

Eso lo tranquilizó del todo. Nicole nunca le mentía. Si no quería responder evitaba el tema o abiertamente se negaba a contestar. Pero nunca mentía a su hermano.

—De acuerdo. Déjame unos días para hacer algunas averiguaciones al respecto de tu marqués.

—No es mi marqués.

—Todavía. Si has decidido que será tu esposo, el pobre desgraciado no tiene nada que hacer. Antes de que sepa lo que está pasando, estará arrodillado ante ti jurándote amor eterno.

En un gesto poco femenino y muy infantil, le sacó la lengua. Acto seguido le besó la mejilla y salió de la estancia.

Subió a ver a su sobrino, con la extraña sensación de que las cosas en su vida se estaban precipitando.

Para cuando Nicole entró en el enorme salón, la noche siguiente, la fiesta bullía de actividad. Su hermano iba de riguroso negro con un pequeño antifaz, del mismo color, cubriéndole apenas el rostro.

Ella, en cambio, se había tomado muy en serio el baile de disfraces, y lucía una espectacular creación, basada en Titania, la reina de las hadas en *El sueño de una noche de verano*. Su modista se había superado. Capas y más capas de fino organdí del color del cobre se superponían confiriéndole una apariencia etérea. En el cuerpo, un ceñido corpiño anudado a la espalda realzaba la esbeltez de su cintura y mostraba generosamente su escote y sus hombros. Una máscara dorada completaba el conjunto. Incluso ella se sabía arrebatadora.

Y en caso de duda, el semblante de su hermano cuando la había recogido, entre admirado por su belleza y fastidiado por la cantidad de admiradores que atraería esa noche, le había confirmado lo acertado de su atuendo.

Apenas habían bajado la escalinata de mármol que daba al gran salón cuando varios caballeros se acercaron donde estaba, solícitos.

Su hermano se hizo a un lado y la dejó disfrutar de su popularidad, colocándose en un lugar estratégico en el que poder controlarla y donde todos los pretendientes de su hermana pudieran verle. Había prometido no presionar a Nicole en ningún sentido, pero si algún joven, o no tan joven, pretendía propasarse aprovechando lo desenfadado del evento, su amenazante presencia sería suficiente para hacerle cambiar de idea.

Nicole reconoció a lo lejos a lady Elisabeth Thorny, vestida con una túnica griega muy favorecedora, y la mirada que la rubia le lanzó, destilando veneno, le confirmó el acierto de su disfraz. Ella era, sin duda, la mujer más hermosa de la noche. Coqueta, sonrió y se dejó adular por sus acompañantes.

Aunque hasta las doce no se quitarían las máscaras, y teóricamente gozaban todos los invitados de anonimato, la realidad era que la práctica totalidad sabía quién era quién.

Lord Preston se mantuvo en todo momento a su lado, y aunque no bailó más de dos veces con ella, pues eso hubiera sido una declaración pública de compromiso, sí estuvo especialmente posesivo. Aunque a Nicole no le gustó demasiado su actitud, debía reconocer que ella misma la había incentivado al no apartarse. A fin de cuentas probablemente en breve tendría derecho a mostrar ese talante. Y, a pesar de todo, no estaba siendo demasiado indiscreto.

Le dejó hacer, asegurándose de que no se propasara en exceso.

9

Richard vislumbró a James a un lado del salón, con cara de pocos amigos. No necesitó dirigir su mirada hacia el lugar al que miraba el duque, pues sabía perfectamente qué le molestaba. El joven marqués estaba acaparando deliberadamente a Nicole, como si tuviera algún derecho sobre ella.

Había acudido al baile de máscaras con intención de danzar un par de veces con lady Thorny, a lo que ya había puesto remedio anotando su nombre en el carné de baile de ella. Tal vez dar un pequeño paseo, robarle si se terciaba un beso o dos, y volver a casa. Incluso puede que hiciera caso también a alguna otra dama, evitando ser excesivamente obvio.

Se acercó a su amigo, dándose cuenta no sin cierta ironía de que ambos vestían igual, completamente de negro. Llegó a su lado.

—Stanfort.

—Sunder.

La voz de James delataba que no estaba de humor para nada. Prefirió no ahondar en el tema de su disgusto. Si él quería contárselo, ya lo haría. Deliberadamente optaba por no saber nada que se refiriera a Nicole.

—Bonito disfraz.

Obtuvo un gruñido por respuesta. Lejos de amedrentarse, siguió pinchando.

—No sé si me gusta tu compañía, la verdad, James.

Silencio.

Vaya, vaya. Quizá sí ahondara en el tema, solo para fastidiar a su mejor amigo.

En ese momento se acercó lady Elisabeth, reclamando su baile. Era absolutamente excepcional que fuera la dama la que acudiera en busca de su compañero de danza. Entre divertido y escandalizado ante tal muestra de descaro, se dejó llevar.

Llevaban un par de minutos bailando cuando ella había decidido romper el silencio y reprenderle.

—Milord, debería reñiros por la falta de originalidad en vuestro atuendo. De hecho ni siquiera vais disfrazado.

—Os equivocáis, querida. Soy Mefistófeles, de *Fausto*.

Le guiñó un ojo, sabiendo que ella conocería la obra de Goethe, tan en boga entre las damas, por ser considerada una hermosa historia romántica. Él personalmente no veía nada de encantador en la historia del pobre Fausto, pero se abstuvo de comentar nada.

—Parece que vuestro amigo, el duque de Stanfort, ha tenido la misma idea.

Él sonrió ante el tono molesto de ella. Aplacó su enfado con facilidad.

—Vos, en cambio, estáis magnífica. Una hermosa Afrodita, sin duda.

Lady Elisabeth le sonrió con picardía, se acercó más a él y le miró a los ojos, coqueta. Bajó la voz.

—Hay tanto escándalo aquí que apenas os oigo, milord. Quizá podríamos buscar un lugar más tranquilo en el que poder hablar.

El tono de la dama sonaba casi como un ronroneo. No había duda de sus intenciones.

Richard perdió el paso ante la licencia de ella. Pero no se

sintió molesto, solo sorprendido. Si ella quería algo más de intimidad, él estaba más que dispuesto a dársela, siempre que encontraran un lugar discreto para ello, por supuesto.

Una vez finalizada la danza, le ofreció el brazo, fueron abriéndose paso entre la gente que abarrotaba el salón, hasta desviarse con disimulo por una puerta lateral que daba a los pasillos de la planta baja. Conocía la casa, pues en alguna ocasión había estado con cierta viuda allí, también en un baile, y también en busca de intimidad. Sabía que la biblioteca era un lugar poco transitado, y que el pomo tenía pestillo. No es que pensara llegar tan lejos, desde luego, como para necesitar cerrar con llave, pero toda precaución era poca.

Le cedió el paso a la dama, y una vez dentro, cerró la puerta, comprobó que las cortinas de los ventanales que daban al jardín estuvieran echadas, y se cruzó de brazos, esperando el siguiente movimiento de ella. Ya que había tomado la iniciativa, la dejaría hacer, a la espera de averiguar hasta dónde llegaba su bravuconería.

La muchacha pareció contrariada ante su pasividad. Tras meditarlo un poco, se acercó a él y pegó sus labios a los de Richard, rodeándole el cuello con las manos.

Le pilló desprevenido, y algo le dijo que las cosas se estaban precipitando. Una dama no actuaba así, a no ser que fuera ya experimentada, y ella no lo parecía dada la torpeza de su beso, o a no ser que estuviera tratando de forzar un compromiso. Las palabras de Nicole le vinieron a la mente. Lady Elisabeth Thorny haría cualquier cosa para conseguir lo que se le metía entre ceja y ceja. Una voz incesante le advertía de que se librara cuanto antes de ella.

Decidió terminar el beso con suavidad. Era obvio que la muchacha no tenía demasiada práctica en ese tipo de interludios, pues apenas se mantenía pegada a la boca de él, sin saber muy bien qué hacer. Richard movió sus labios suavemente sobre los de ella, para separarse después con delicadeza, cuando oyó el pomo de la puerta, afortunadamente cerrada.

La apartó bruscamente y todo su cuerpo se puso en tensión. La mirada de ella no era de pavor al haber sido sorprendida. Parecía esperarlo, incluso.

La muy zorra le había tendido una trampa, y él había caído como un estúpido.

—Quizá debiéramos abrir, lord Richard. —La voz de Elisabeth tenía un deje triunfal.

El pomo seguía moviéndose, y unos golpes sonaron contra la madera maciza.

Se acercó a los ventanales, apartó las cortinas y trató de salir. Empujó. Mierda. Alguien había cerrado los pestillos por fuera. Parecía que la muy desgraciada había pensado en todo. Ella sonreía, sabiéndose vencedora.

—¿Lord Richard?

La desesperación le invadió. El pomo seguía moviéndose, y los movimientos que se hacían desde fuera eran cada vez más bruscos. Era cuestión de tiempo que el endeble pestillo se rompiera.

—¿Hay alguien dentro? Abran, por favor. —Ninguno de los dos contestó.

Otra voz habló. Al parecer había un pequeño grupo allí fuera.

—Que alguien vaya a buscar la llave de la puerta, por favor.

Dios, era cuestión de dos minutos que le atraparan, eso si la puerta no cedía antes. Volvió a intentarlo con los ventanales, cosechando el mismo fracaso. Resignado, se apoyó contra el escritorio, esperando lo inevitable.

Estúpido, estúpido, estúpido.

Nicole vio a Richard salir del brazo de lady Elisabeth por uno de los laterales. Conocía bien la casa, pues en alguna ocasión había sido besada en los jardines, y sabía que todas las estancias de esa planta tenían unos enormes ventanales que daban al formidable patio sembrado de plantas exóticas.

Una extraña premonición la invadió. Algo tramaba la hija del marqués de Bernieth, algo que probablemente pondría a Richard en un aprieto. Pero, recordó, ese no era su problema. No tenía por qué preocuparse por la mirada que Elisabeth había echado a la señorita Delwase antes de salir del salón, ni del asentimiento de comprensión de dicha señorita. Se repitió que no era cuestión suya. Aun así, cuando, unos minutos después, y aprovechando un descanso de la música, la señorita Delwase salió en la misma dirección, llevando consigo a un grupo de jóvenes, decidió intervenir, por si acaso.

Se disculpó de inmediato ante Kibersly, aduciendo que necesitaba ir al tocador de señoras, y siguió al grupo manteniéndose a una discreta distancia. Al entender lo que ocurría, entró en acción, convencida de que Richard había caído en una trampa tan antigua como el mundo. Se apresuró a entrar en la habitación contigua sin ser vista, agradeciendo que estuviera abierta, y salió a los jardines a través de los ventanales que todas las habitaciones de esa ala tenían. Una vez fuera, giró a la derecha y se apresuró a los portones acristalados de la biblioteca que, descubrió con sorpresa, tenían los pestillos echados por fuera. Los descorrió y entró en la habitación casi de un salto, sorprendiendo a ambos ocupantes.

—Señores, disculpen la interrupción —dijo, casi sin resuello.

Richard nunca se había alegrado tanto en su vida de ver a alguien. Saltó del escritorio donde había estado apoyado esperando su sentencia de muerte, se acercó a una estantería y tomó un libro al azar, al tiempo que la puerta se abría y varias damas y caballeros entraban en la habitación precipitadamente, excitados por la morbosa curiosidad.

Contempló la portada, *Imperio Azteca*. Inspirado, se volvió a mirar a Nicole.

—Me temo que tengo que daros la razón, milady. Efectivamente, el chocolate fue traído a Europa tras colonizar el imperio azteca. No fue importado, pues, del continente africano, como yo pensaba.

Los presentes estaban estupefactos. Todos excepto lady Elisabeth, a quien se veía furibunda, y apenas era capaz de mantener la compostura. Nicole sonrió.

—Os lo dije, milord. Soy una experta en chocolate.

Satisfecha por haber interpretado correctamente la situación, por haber fastidiado los planes de Elisabeth, y por la broma secreta que ambos estaban compartiendo, Nicole se permitió disfrutar del momento.

—No sé cómo pude dudarlo...

—Sunder —los interrumpió uno de los miembros del grupo que permanecía en la puerta, sin saber si entrar o irse—. Disculpe, llamamos, y al ver que nadie contestaba y que estaba cerrada, creímos que podía haber algún problema.

Richard miró con impertinencia al joven petimetre que le hablaba, convencido de que no era la heroicidad de socorrerles lo que les había impulsado a entrar en la biblioteca a toda costa. Este se encogió ante la mirada del vizconde.

—Ningún problema, como pueden ver. Estábamos tan enfrascados en nuestra discusión que no les oímos. Lady Nicole y yo no nos poníamos de acuerdo sobre la procedencia del chocolate, y lady Elisabeth tuvo la amabilidad de acompañarnos a la biblioteca, para poder averiguar cuál de ambos tenía razón. Me temo que la dama estaba en lo cierto. —Puso cara de compungido, aunque la mirada que le dedicó era intensa, entre agradecido y orgulloso—. Me rindo ante vuestros conocimientos, milady.

Ofreció el brazo a Nicole y ambos salieron, majestuosamente, por entre el público allí congregado.

Todavía no habían llegado al final del pasillo cuando vieron a James acercarse, con cara de pocos amigos. Nicole y Richard le advirtieron con la mirada que se mantuviera en silencio. Una vez que le alcanzaron, Nicole tomó el brazo de su hermano y los tres se dirigieron al salón, como si nada.

Apenas un minuto después, Nicole y el duque de Stanfort recogían sus abrigos y salían de la residencia de los Storne en silencio. Casi inmediatamente, Richard haría exactamente lo mismo.

De allí, el vizconde se fue directamente a casa de Marien. Había acordado verla la noche siguiente, no esa. Pero era tal su enfado que poco le importaba lo mucho que ella le gritara, insultara o recriminara. Una parte de su mente le decía que aquel no era el mejor momento, pero otra le animaba a verla y dejar las cosas claras. Esa misma noche pondría fin a su relación de una buena vez. Era imposible que en ese instante se sintiera tentado de acostarse con ella. Ni con ninguna otra, ya que estaba. Malditas mujeres.

Se había librado por los pelos. Si no llega a ser por Nicole, ahora mismo estaría recibiendo felicitaciones por su compromiso. Lo único positivo era que había descartado definitivamente a lady Elisabeth Thorny. Antes se casaría con una serpiente de cascabel.

Tan sumido estaba en sus pensamientos que apenas se dio cuenta de que había llegado a su destino. Bajó del carruaje de un brinco, sin esperar a que colocaran la escalerilla, y se dirigió al edificio en el que Marien vivía. Una vez dentro, saludó al ama de llaves, que siempre se asomaba cuando veía un carruaje con blasón dibujado en la puerta, y subió hacia la tercera planta.

Su todavía amante vivía cerca del teatro en el que trabajaba, en un edificio con la fachada desconchada, bastante viejo, pero habitado por gente honrada y trabajadora. Subió los escalones sin pensar siquiera en lo que le diría. La dejaría, eso era lo único que sabía a ciencia cierta.

Cuando llegó al rellano vio un haz de luz deslizándose por

debajo de la puerta, y se alegró de saber que estaba en casa. Solo esperaba que ella estuviera sola. Había seguido un impulso sin pensar que Marien podía no encontrarse en su residencia, o que podía estar acompañada por alguna amiga, dado que no le esperaba. Llamó a la puerta, y oyó cómo unos pasos se acercaban.

Cuando abrió quedó patente que la mujer no esperaba visita. La sorpresa se reflejó en su rostro, demacrado sin las cremas y el maquillaje que ella utilizaba habitualmente. En apenas un segundo recompuso su gesto, dedicándole una mirada que pretendía ser seductora.

Malditas fueran todas las mujeres. Malditas las zorras manipuladoras. Marien sabía por qué estaba allí, y aun así pretendía alargar la agonía. ¿Por qué ella no se resignaba a lo inevitable? ¿Por qué tenía que hacerlo más difícil? Richard trató de mantener la calma. Sabía por experiencias anteriores que cuando se enfadaba era un vendaval, que no dejaba títere con cabeza, y que después se arrepentía de sus actos. Respiró hondo.

—Querido, qué sorpresa. No te esperaba, pero pasa, por favor, avivaré el fuego.

—No te molestes, no me quedaré mucho tiempo —dijo mientras entraba en la pequeña estancia.

Una gran cama con dosel, que él le había regalado hacía tiempo porque en la que ella tenía no cabían bien, un pequeño tocador, una mesa y dos sillas componían todo el mobiliario, apenas iluminado por las brasas de la chimenea. Sonrió con tristeza al mirar el lecho, recordando que se decidió a comprarlo la tercera vez que cayó del camastro, en un momento álgido.

Marien malinterpretó su sonrisa y su mirada. Juguetona, se quitó la bata y se colocó estratégicamente frente a la lumbre, dejando que la luz del fuego traspasara la tela de su fino camisón, delineando su figura.

En otro momento Richard sabía que se habría excitado, y que habrían acabado indefectiblemente acostándose juntos, pues él era un hombre de grandes pasiones. Pero esa noche no. El recuerdo de lady Elisabeth Thorny estaba demasiado reciente en su memoria. Convencido como nunca de que estaba haciendo lo correcto al estar allí, a pesar de su tremendo enfado, y convencido como nunca de dejarla, se dispuso a hacerlo de la forma más rápida posible.

—Marien, como bien sabes tengo que casarme, y pretendo que sea en breve. Quiero darle una oportunidad a mi matrimonio, para lo que creo justo empezar de cero con la que será mi esposa.

Ella se puso la bata y le miró, enfadada. A pesar de que se había prometido mantener la dignidad cuando llegara el momento, la congoja no se lo permitió. Estalló.

—¡Qué loable! Déjame adivinar, vas a dejarme para ser feliz con una mojigata que ni siquiera sabe lo que tienes debajo de los pantalones.

Mientras le hablaba, se acercó a él y le puso la mano sobre su miembro, dando mayor énfasis a sus palabras. Le estaba provocando, pero no pensaba discutir con ella. Y desde luego el jueguecito no le estaba excitando en absoluto. Tomó la mano de ella y la retiró de su bragueta.

—Bien, me alegro de que lo entiendas. Han sido dos años maravillosos.

Ella le dio una sonora bofetada. El rostro de Richard se tornó pétreo. Marien debió de darse cuenta de que se había propasado, pues dio un paso atrás, asustada. Aunque sabía que no debía temer de él. El vizconde jamás le había levantado la mano a una mujer. Envalentonada de pronto por esa revelación, le propinó otra.

Richard dio un paso atrás al recibir el segundo impacto.

—Bien, creo que con eso estamos en paz, querida. Espero que te vaya bien. O no. En realidad me importa una mierda.

Ella trató de golpearle de nuevo. Esta vez él interceptó el golpe sin dificultad, asiéndola por la muñeca. La soltó cuando estuvo seguro de que ella no volvería a tratar de abofetearle.

—Maldito bastardo. ¿De veras crees que una pequeña damita va a satisfacerte?

Impotente, Marien vio cómo su amante se ponía el abrigo y se dirigía hacia la puerta.

—Tres meses, Richard. En tres meses como máximo estarás de nuevo llamando a mi puerta, suplicándome. Y tendrás que suplicar mucho, querido, ¡muchísimo!

Él ni siquiera miró atrás. Salió cerrando con cuidado. No iba a darle el gusto de demostrarle su cólera dando un portazo.

Bajó las escaleras en silencio. Con un susurro dijo buenas noches al ama de llaves, que de nuevo se asomaba para verle salir, y esperó a que su coche se acercara.

Subió a su carruaje, dio un par de golpes al techo para que el conductor se pusiera en marcha y se quitó el abrigo. Bajo el asiento había un cajón con un compartimento acolchado. Lo abrió, sacó una botella de whisky escocés y se sirvió generosamente en una copa que había justo al lado de la botella. Estiró las piernas, dispuesto a relajarse.

Debería sentirse bien. Por fin había hecho lo que debía. Pero se sentía un miserable. No debió romper así con Marien. Había tomado el camino más fácil, y ella se merecía algo mejor. Debería disculparse, aunque eso solo dificultaría las cosas. Había sido un cerdo, vengándose de lady Elisabeth Thorny con Marien. Había tratado a la zorra como a una dama, y a la auténtica dama, aunque no lo fuera por nacimiento, como a una zorra.

Sabía que cuando su mal genio estallaba cometía las peores injusticias. Hacía mucho tiempo que era capaz de controlarse, pero esa noche se había excedido, y ahora su conciencia pagaría sus consecuencias. ¿Cuándo aprendería a controlar su ira? Pero cuando había visto la sonrisa triunfal de la joven Thorny...

La cara de Nicole Saint-Jones cruzó por su mente. Debía

reconocer que más que por los pelos, se había librado por la astucia de la muchacha. Le debía una a esa fierecilla de ojos verdes. Y debía mostrarse de acuerdo también en que aquella noche la joven estaba arrebatadora con aquel disfraz de reina de las hadas, que le sentaba como un guante. Desechando fastidiado el recuerdo de la belleza de Nicole, pensamiento cada vez más frecuente, desvió su mente hacia otros derroteros.

Tomó otro sorbo de licor y repasó los incidentes de la noche. Aún no se explicaba cómo no se había dado cuenta de la estratagema de lady Elisabeth. Él se había dejado llevar, pensando que la dama quería divertirse un rato, y buscando también él intimar un poco más con ella. Pero la muy artera había estado intentando atraparle.

Y pensar que se había planteado seriamente hacerla su vizcondesa. Nicole ya le había advertido de la determinación de la muchacha. Debió haberle hecho caso.

Si James se había molestado mucho al verlos salir juntos de la biblioteca, había confiado en ellos y no había preguntado. Eso sí, se había llevado a su hermana a casa inmediatamente. Esperaba que ella no hubiera tenido problemas por su causa.

Seguía preguntándose lo mismo una vez en casa. Ya en su alcoba, se había desabrochado el pañuelo y quitado el chaleco, pero no así las botas. Seguía con la misma copa en la mano. Tomó nota mental de reponer la del carruaje al día siguiente. Salió al balcón, que daba al jardín interior que compartían las casas de la manzana. La noche no era especialmente fría. Todavía no había llegado mayo, pero el abrigo comenzaba a no ser necesario.

Relajando los músculos de la espalda, que descubrió tensos por los acontecimientos de la velada, dejó vagar su mirada por las distintas fachadas de las mansiones vecinas. Se fijó en la de la duquesa viuda de Stanfort, y descubrió luz en el segundo piso. Imaginó que debía de ser Nicole, pues era la planta destinada a las estancias de la familia.

Sin plantearse siquiera lo incorrecto de su comportamiento, se puso la chaqueta y se dirigió hacia la planta baja, para salir al jardín y saltar los pequeños muros.

Nicole estaba demasiado excitada para dormir. No dejaba de pensar en lo acaecido esa noche, y en las muchas explicaciones que había tenido que dar al respecto.

Su hermano James no había esperado a que ella hablara. La había dirigido directamente a la salida, asiéndola con implacable firmeza por el codo, y la había metido en el carruaje con pocas contemplaciones. Una vez dentro y en marcha, tampoco se había molestado en preguntar. Había levantado la ceja, dando muestra de su exasperante arrogancia, y había esperado, taladrándola con la mirada.

Molesta por tener que dar explicaciones sobre algo totalmente inocente, le contó de mala gana lo ocurrido. Tras su relato James pareció tranquilizarse, pero no dijo nada. Al llegar a Grosvenor Square, la acompañó hasta la puerta, le besó la mejilla y se fue, de nuevo sin mediar palabra.

Adoraba a James, pero en ocasiones detestaba que fuera duque. Los duques tenían un aura de superioridad, inculcada desde que eran niños, que la sacaba de quicio. Rara vez su hermano hacía gala de ella en su presencia, pero cuando se la dedicaba, la alteraba de veras.

Sentada en la cama, sostenía la copa, ya vacía, de whisky. Ni siquiera el alcohol había logrado templar sus nervios.

Dios, había llegado a la biblioteca justo a tiempo. Parecía casi un milagro que el vizconde de Sunder no estuviera comprometido con Elisabeth. Si no hubiera estado atenta... Y eso la despejó todavía más. No debía estar atenta a lo que Richard hiciera, sino a lo que el marqués de Kibersly, que no se había separado de ella en toda la noche, le dijera. Se mintió, diciéndose que en realidad era a Elisabeth Thorny a quien vigilaba.

Pero ni ella misma se lo creyó. Maldito Sunder. ¿Qué tenía que atraía su mirada como un imán?

La respuesta le llegó sola. Sensualidad.

Y entonces se acordó de que su intención de esa noche no había sido la de librar a Richard de un matrimonio, que por otra parte tal vez él deseara, sino besar a lord Preston. Leches, con tanto ajetreo se había desviado de su objetivo principal: averiguar si el marqués la hacía sentir tan... etérea... sí, esa era la palabra, tan etérea como la había hecho sentir el vizconde la temporada anterior. Y no había podido hacerlo. Mierda.

Resignada, se levantó y volvió al armario, rebuscó por segunda vez esa noche tras las cajas de sombreros y se sirvió un poco más del licor ambarino.

Tal vez había exagerado en sus sentimientos sobre Richard. Quizá no había sido tan maravilloso como ella recordaba. A lo mejor no eran sus besos los que la habían embelesado, sino todas las situaciones nuevas que había vivido con él. Era el único hombre que la había tratado como una mujer. La había retado a conducir su carruaje, se había interesado por las opiniones políticas de ella, le había confesado su pasión por la geografía... Quizá todo ello, y que Nicole se hubiera dejado llevar, era lo que había aumentado la pasión, y no los besos en sí. Se sintió esperanzada.

Mientras departía consigo misma al respecto, oyó un suave ruido en el balcón, como una pequeña piedra contra el cristal. Extrañada, y curiosa por naturaleza, se levantó a mirar. Abrió la puerta del balcón y esquivó apenas otra piedra, que tenía el mismo objetivo que la anterior, o sea, hacerle saber que había alguien afuera.

Salió y apenas pudo creer lo que estaba viendo. El vizconde de Sunder, Richard, estaba abajo. Ella le miró admonitoria, sin caer en la cuenta de que a esa distancia él no podría amedrentarse.

—¿Se puede saber qué está usted haciendo, señor?

Richard sonrió. Estaba enfadada con él. Por la visita, suponía.

—Shh, baja la voz, a no ser que quieras que el ogro que tienes por dama de compañía se despierte y trate de dispararme.

Ella sonrió, evocando la imagen.

—Ronca como un elefante, y tiene mala puntería. Estás a salvo.

Desde abajo, él hizo un gesto exagerado de alivio. Nicole le siguió la broma.

—Pero mi hermano es un magnífico tirador, y podría tratar de dispararte mañana, si le hablo de tu visita. Así que será mejor que me digas qué estás haciendo bajo mi ventana a estas horas de la noche. —Fingió horror—. ¿No irás a cantarme una serenata, verdad?

La grave carcajada del vizconde se oyó perfectamente desde donde ella estaba.

—Ni lo sueñes, fierecilla. Baja, anda, y te lo contaré.

Nicole no debía bajar. Sabía de sobras que no debía hacerlo. Pero también sabía que su sentido común tenía la batalla perdida. Asintiendo, entró en la habitación, cambió su camisón rápidamente por un vestido de mañana que se abrochaba por delante, pues de ese modo no necesitaba ayuda para ponérselo, se calzó las zapatillas de raso que había llevado esa noche, tomó un chal y bajó casi corriendo hasta la puerta trasera de la cocina, que daba al jardín. Esperaba que su cabello estuviera más o menos decente. Con las prisas no se había mirado al espejo.

Lo vio sentado en un banco, esperándola. Llevaba puestos los pantalones que había llevado esa noche, con la chaqueta a juego. Pero no había ni rastro del chaleco ni del pañuelo. Verlo con la camisa desabrochada le aceleró el pulso. Disimulando su estado arrebolado, puso los brazos en jarras y levantó una ceja, imitando a su hermano.

—¿Y bien, milord?

Richard sonrió y dio una palmadita en el banco, invitándola a sentarse con él. Ella negó con la cabeza.

—Antes contesta a mi pregunta.

Rio ante la determinación en la voz de la fierecilla.

—Una chica dura, ¿eh?

—Llámame precavida, mejor.

Richard alzó los hombros, indiferente, y se puso serio.

—Estaba en mi alcoba, vi luz en tu casa y decidí probar suerte.

—¿Suerte? Será mejor que te expliques, antes de que decida que debo hablar con el duque de Stanfort sobre esta entrevista.

Él sonrió, sabiendo que ella no le contaría nada a James, pues en ese caso tendría que explicar qué hacía ella en el jardín con él.

—Quería darte las gracias por lo de esta noche. Si no llegas a aparecer...

—Si no llego a aparecer, te hubieras comprometido con lady Elisabeth, lo que creo que era tu intención, al menos hace dos días. ¿Seguro que has venido movido por el agradecimiento, y no esperando una disculpa?

Aunque preguntó en broma se dio cuenta de que realmente le importaba la respuesta. Quería saber que no deseaba a Elisabeth Thorny. En ese momento le parecía la cuestión más importante del mundo.

—Seguro que vengo a darte las gracias, Nicole. Esa... —no quería insultar a nadie delante de ella— esa mujer me engañó, y casi me atrapa. Cuando oí voces en el pasillo, y vi que las puertas del jardín estaban cerradas por fuera, me di por vencido. La cara de esa... señorita lo decía todo. Daba por sentado que el compromiso estaba hecho. Cuando entraste, justo antes de que se abriera la puerta, fue... Jamás pensé que me alegraría tanto de verte.

Ella rio por el comentario. Socarrona, preguntó.

—¿No, eh?

—No, definitivamente no. —Richard también sonreía.

Nicole, juguetona, se acercó y comenzó a mirar alrededor de él, exagerando cada movimiento.

—Pues para estar tan agradecido, no veo ningún regalo.

Él chasqueó la lengua. En otra mujer hubiera odiado el comentario, pero era obvio que ella no lo decía en serio.

—Ya decía yo que se me olvidaba algo...

Se echó la mano a la frente. Se estaba divirtiendo muchísimo, lo que le parecía increíble, dado el humor que presentaba media hora antes. Ajena a sus tribulaciones, Nicole siguió.

—Improvisa, Richard, o no creeré que estés tan agradecido.

Él sonrió ante la idea que se abría paso en su cabeza. Era una estupidez, pero no sabía si era por la alegría de ella o por lo relajado de la situación, que se atrevió a decir.

—¿Un beso, tal vez?

Ella se sorprendió ante el descaro de Richard, pero recogió el guante.

—Eso, señor, sería un regalo mío hacia usted, y no al contrario.

El cazador que había en él se despertó. Poniéndose en pie se le acercó lentamente, dándole tiempo a que se apartara, si así lo deseaba. Una vez delante de ella, le acarició una mejilla con el dorso de la mano.

—¿Estáis segura, milady?

Ella estaba hipnotizada. Su proximidad, la leve caricia de su mano, la cercanía de sus labios, la tenían subyugada. No pudo contestar. Richard tomó su silencio como una invitación y la besó.

Pretendía que fuera un roce delicado, pero en cuanto acarició la boca de ella, y sintió cómo la dama se tornaba lánguida en sus brazos y suspiraba contra sus labios, supo que estaba perdido, tan perdido como ella. La abrazó, pegándola a su cuerpo, le instó a abrir la boca, aumentando la presión de sus labios, y se deslizó en su dulce cavidad, rozando la aterciopelada lengua, y sintiendo un tirón en la ingle ante la respuesta de ella.

Nicole sintió que caía en un abismo de sensualidad. ¿Cómo pudo dudar alguna vez que el hechizo de Richard era real? Ahí estaba, de nuevo, inundada por un cúmulo de sensaciones maravillosas, que la transportaban al país de la magia. Se aferró a él porque no pudo hacer otra cosa, porque sintió que necesitaba anclarse a algo, y supo que ese cuerpo cálido la mantendría sujeta para siempre. Bajó las manos hasta su pecho, y sintió la calidez que este emanaba. Se recreó siguiendo las líneas de sus músculos, sus costillas y su abdomen. Sintió la rigidez de él contra su estómago, consciente de lo que significaba, pero lejos de sentirse cohibida, el instinto la acercó más a su figura. Devolvió los envites de su lengua con avidez.

Richard, por su parte, se estaba volviendo loco. La había besado anteriormente, aunque siempre con contención, asegurándose de no llevar las cosas demasiado lejos. Pero esa noche no había represión alguna. Y ella se acomodaba a él como si su cuerpo hubiera sido moldeado para ello. Una creciente excitación le estaba anulando la razón. Sus dedos se dirigieron hacia los botones delanteros del vestido, que desabrochó con presteza. Apartó la tela y sintió la camisola de fina batista contra su piel. Tomó un pecho lleno y lo ahuecó con la mano. Al instante sintió el endurecido pezón contra la palma

Nicole gimió y se revolvió contra él de puro deseo. Su mente estaba obnubilada, no podía pensar, solo sentir. Se arrastraba por una espiral cada vez más intensa, sentía una tensión que intuía que solo él podría relajar. Se hizo adelante, ofreciendo su cuerpo, y gimiendo de nuevo cuando sintió que él le pellizcaba la rosada cúspide, aumentando así el calor de sus entrañas.

Cuando ella suspiró de nuevo, entregada, él supo que si no paraba entonces, ya no podría hacerlo. Haciendo acopio de su experiencia y autocontrol, rebajó la intensidad del beso, tomó las manos de ella, que vagaban a placer por su cuerpo, y con suavidad la alejó, al tiempo que ponía fin al contacto de sus bocas.

La sensación de pérdida para ambos fue casi angustiosa. Richard le abrochó los botones del vestido mientras repasaba mentalmente los grandes ríos de Europa, tratando de ablandar su cuerpo.

Ella seguía con los ojos cerrados, intentando serenar su respiración. Cuando estuvo segura de que había dejado de temblar, abrió los ojos. Le gustó ver a Richard también alterado. Su cuerpo se mantenía rígido todavía, y sus ojos la miraban con una intensidad que la hacía arder de nuevo. Tenían el color más hermoso que jamás hubiera visto. Como para escapar de su hechizo, dio un paso atrás, y sonrió, vacilante. Richard habló.

—Creo, preciosa, que lo dejaremos en tablas.

Le tomó la mano, se la besó deslizando sensualmente la lengua por el dorso, y guiñándole un ojo la acompañó hasta la puerta de servicio, encarándola hacia la seguridad de la casa, alejando de él la tentación. Aun así, no pudo evitar darle una cariñosa palmada en el trasero, al tiempo que se despedía.

—Gracias de nuevo por lo de esta noche. Por todo.

Y sin más, dio media vuelta y regresó a su casa.

Nicole, en cambio, estuvo más de cinco minutos parada, tratando de entender qué había pasado. Abatida ante su propia ignorancia, entró en casa.

10

Todavía no era la hora del almuerzo cuando Richard entró en el White's. Había quedado para jugar una partida de billar con James, y comerían juntos después. Saludó al conserje, dejó en la entrada el abrigo y el sombrero, y se dirigió a una de las salas, donde el duque se encontraba ya, embadurnando de tiza su taco.

Richard entró mirando su reloj intencionadamente, pues sabía que él haría alguna referencia al hecho de estar esperándole.

—Llegas tarde, Sunder. —Había un tono entre reprobatorio y jocoso en su voz.

—De eso nada, Stanfort. Estoy siendo rigurosamente puntual.

—En cualquier caso, deberías disculparte por hacer esperar a un duque —le dijo James en broma, mientras le lanzaba un taco.

Richard lo atrapó al vuelo y lo dejó apoyado sobre el verde tapete, mientras se quitaba la chaqueta y se aflojaba el nudo del pañuelo. Con total parsimonia, destinada principalmente a exasperar a James, tomó la tiza y preparó su taco. Una vez a punto, empezó la partida.

—Mi hermana me ha contado lo que pasó anoche —le dijo James.

Richard prefirió no recordar todo lo que había pasado la noche anterior con Nicole Saint-Jones. Se colocó en un lateral de la mesa, y apuntó hacia la bola roja, haciendo una triple carambola.

—Esa zorra me asustó de veras, James. Por un momento me vi casado.

El aludido sonrió, mientras esperaba su turno apoyado en una de las paredes recubiertas de madera. Imaginaba el apuro de su amigo, y se alegraba de que no hubiera sido atrapado por semejante arpía. Pero no sería su mejor amigo si no se burlara un poco de él.

—Ya. Creí que estabas interesado en casarte. —Se calló un segundo, antes de enfatizar—. Y con esa dama en concreto, por cierto.

Sunder estaba tirando en el momento que oyó su respuesta. Erró. James, satisfecho, se dispuso a jugar. Richard, ignorando su treta para hacerle fallar, continuó con la conversación.

—Me equivoqué, eso es obvio. De todas las zorras que puedas haber conocido...

—Lady Elisabeth Thorny es la más artera, envidiosa, malintencionada..., ¿continúo? —replicó el duque, dándole impulso a la bola blanca.

—Vaya, gracias por avisarme cuando te hablé de ella, amigo. —Casi masticó la palabra «amigo».

—No hubiera dejado que te casaras con ella, Richard. Pero me apetecía verte hacer el tonto un rato.

Richard gruñó por lo bajo algo sobre amistades de demasiados años. James siguió con la partida, riendo abiertamente.

—Reconoce, viejo, que ha sido divertido.

—Pues tu diversión, Stanfort, casi me casa. Si no llega a ser por tu hermana...

Esta vez fue James quien erró el tiro. Richard sospechó que

era la mención de Nicole la que le había descentrado. Se colocó rápidamente para continuar jugando, tratando de abortar cualquier intento de James de hablar al respecto del papel de su hermana en lo que había ocurrido la noche anterior. Pero fue en vano.

—Qué suerte que te estuviera prestando tanta atención, ¿no?

Richard levantó la cabeza y miró serio a James, que también estaba tenso.

—¿Vamos a discutir?

James se relajó al punto.

—No. Y en realidad era a lady Elisabeth a quien vigilaba. Creo que si mi hermana pudiera, la despellejaría viva.

Richard se relajó también. Al parecer estaba exonerado de que Nicole vigilara a lady Elisabeth. Aunque algo le decía, algo que por cierto le hacía sentir ufano, que era a él a quien Nicole controlaba, y que se había inventado una excusa para James.

—Mujeres —dijo, encogiéndose de hombros.

Finalizaron la partida en silencio, que ganó el duque. Sonrió significativamente. Richard se burló.

—Regodéate con esta victoria, ya que no puedes ganarme a boxeo, esgrima, ni ningún otro deporte que requiera esfuerzo físico.

James alzó la ceja con insolencia.

—¿Me estás llamando viejo, Sunder? —Ante la callada de su cuñado, sonrió—. Pregúntale a tu hermana cuán en forma estoy.

Richard se envaró al punto, pero no quiso entrar en polémicas. En ese tema tenía todas las de perder. Había cosas de su hermana y su mejor amigo que prefería no saber. Y estaba seguro, pensó no sin cierto regocijo, de que había cosas que era preferible que James y su esposa no supieran sobre la hermana de este y el propio Richard.

Nicole se estaba preparando para salir. Había quedado a comer con lord Preston. Acudirían a un picnic con las hermanas Sutherly, y con Stevens, Marlowe y Hanks, los sosos del reino. La mayor de ellas había pedido a Nicole que las acompañara. Intuía que algo se cocía entre aquellos seis. Tal vez las hermanas le pedían que acudiera para no levantar demasiadas sospechas. O tal vez para poder charlar después con alguien que no fuera de la familia.

Cuando le había propuesto la compañía a Kibersly, este no se había mostrado demasiado satisfecho. Pero cuando ella se lo había pedido por favor, él no se había podido negar.

Ella estaba muy satisfecha con lord Preston por eso. Le parecía muy positivo que el marqués tuviera en cuenta sus peticiones, y cediera. Solo esperaba que, una vez casados, él siguiera respetando sus deseos, y no fuera simplemente una estratagema para que ella le diera el sí.

Se puso un vestido especialmente favorecedor, en tonos lila, pues era uno de los colores que Kibersly también solía utilizar. A él le gustaría ver que ella se conjuntaba con su estilo de vestir. Darían la apariencia de pareja compenetrada.

A la hora convenida bajó al vestíbulo, no queriendo hacerle esperar. Si él era extremadamente puntual, se merecía que ella también lo fuera. Como cada mañana, había nuevos ramos de flores con su nombre en un sobre, emplazados en el *hall*. El marqués no traía flores esta vez, sino una caja de bombones. Se la entregó, haciéndole una reverencia.

—Para compensar la racanería de tus otros admiradores...

Se refería al regalo de Richard, sin duda. Nicole asintió, pero no se llevó ningún dulce a la boca, como hiciera con el único bombón que Sunder le había regalado. Agradeciendo el detalle con una radiante sonrisa, más forzada que real, tomó el brazo que él le ofrecía y salieron hacia el carruaje.

—Por favor, querida, explíqueme de nuevo por qué vamos a comer con tan selecto grupo.

Sabía que el marqués estaba bromeando, aunque había algo de protesta en su tono.

—Las hermanas Sutherly me caen bien.

Lord Preston asintió, antes de añadir:

—Creo que a vuestro hermano y a lord Richard también. Bailaron con todas ellas en distintas ocasiones durante la temporada pasada. El éxito social de esas damas radica en esas atenciones.

Había cierto deje desdeñoso en su voz que molestó a Nicole, pues había sido ella quien había instado a su hermano a que bailara con las damas, que pasaban más tiempo sentadas en un lado de los salones de baile que emparejadas en la pista. James había referido al vizconde de Sunder que hiciera lo mismo. Y el hecho de que dos de los solteros más codiciados vieran algo especial en las muchachas hizo el resto. Muchos jóvenes les imitaron, espoleados por la curiosidad y por la frecuente emulación que de ellos hacían.

¿Por qué lord Preston no podía ser agradable todo el tiempo? Le acompañaba a una comida que no le apetecía especialmente, pero al mismo tiempo hacía comentarios innecesariamente desagradables. No queriendo dudar de su decisión, lo dejó correr.

El tono que había empleado al referirse a James le hizo recordar que aún no había preguntado a su hermano si había averiguado algo sobre el marqués. Sabía que tal vez aún fuera pronto, pero tenía ganas de eliminar cualquier incertidumbre y acabar con ese asunto de una buena vez.

Cambió de tema para evitar estropear el día, y le preguntó por sus pasiones menos conocidas. Le habló de los combates de boxeo, deporte en el que afirmaba destacar, considerándose un gran pugilista. Aunque, eso sí, no quiso darle detalles por no herir su sensibilidad. A ella no le gustó demasiado que la sobreprotegiera en algo tan banal, pero prefirió escuchar lo que él le quisiera contar. Sí le habló el marqués, en cambio, de su gusto por las carreras de caballos, comprometiéndose a llevarla a la Royal Ascot ese mismo año. Estuvo hablando de los mejores jinetes, de las grandes sagas equinas, y de los mejores criadores.

El hermano de Nicole bromeaba sobre que ella había aprendido antes a montar que a caminar. La joven atendió encantada al monólogo del marqués al respecto.

Cuando llegaron a Hyde Park encontraron al grupo de amigos fácilmente, en un pequeño claro entre dos parterres. La manta ya estaba extendida y algunas cestas habían sido abiertas. No obstante, por deferencia, no habían empezado sin ellos, que habían sido especialmente puntuales. Parecía, pensó Nicole, que los otros seis habían llegado pronto. Quizá estaban impacientes por verse. Se sentó en un extremo, intentando averiguar quién estaba interesado en quién. El marqués entregó a su lacayo la cesta de Nicole, y se sentó a su lado.

Mientras comían la conversación versó sobre temas generales. Nicole prefirió mantenerse un poco al margen y observar a las otras tres parejas. Evaluando, le pareció que existía un interés romántico en al menos dos de ellas. La menor de las Sutherly no parecía prestar demasiada atención a Hanks, pero solo tenía diecisiete años. Si sus dos hermanas mayores se casaban con Stevens y Marlowe, seguro que Hanks pediría la mano de la menor y los padres de esta aceptarían encantados.

Le gustó la idea de que las tres hermanas se casaran con tres hombres que eran amigos íntimos. De ese modo no se verían separadas unas de otras. Se preguntó qué ocurriría con ella si se casaba con Kibersly. Era obvio que no mantenía una buena relación con James.

Sintiéndose optimista, decidió que James, que tanto la quería, haría a un lado sus reservas para acercarse a su cuñado. Y seguro que lord Preston estaría encantado de emparentarse con un duque, y el de Stanfort, nada menos. Fantaseó con que lo haría también movido por el amor que sentiría por ella, y que trataría de granjearse la amistad de su hermano exclusivamente por hacerla feliz.

Estupefacta, se preguntó de repente si el marqués estaría enamorado de ella. Había estado tan concentrada en sus sentimientos que no había tenido en cuenta los de él. No sabía si deseaba una declaración de amor por su parte. Quizá sería hermoso que la amara y ella, con el tiempo, se enamorara también.

Tan ensimismada estaba que no se dio cuenta de que reinaba el silencio y todos la miraban expectantes hasta que fue demasiado tarde. Parecía obvio que le habían hecho una pregunta, y no tenía ni idea de cuál. Azorada, se disculpó.

—Espero que disculpen mi falta. Estaba pensando en el baile de pasado mañana, el primer gran acontecimiento de la temporada, y me he abstraído —improvisó.

Todos asintieron, considerando plausible su excusa. El baile de los Guestens era el más importante a celebrarse hasta ese momento. Acudirían más de trescientos invitados.

—Le preguntaba, lady Nicole, por sus conocimientos sobre el chocolate. Según comentó el vizconde de Sunder, es usted una eminencia.

Sintió cómo Kibersly se tensaba a su lado. No había preguntado al respecto, pero suponía que no le había gustado nada que se excusara para ir al tocador y apareciera en la biblioteca con Richard y lady Elisabeth Thorny.

—Bueno, me encanta el chocolate, lo que es un fastidio dado lo mucho que engorda. —Cuando vio que todos iban a decirle que ella no necesitaba privarse de nada, negó con la cabeza—. Todavía. Veremos más adelante si tengo que dejarlo. En cualquier caso es mi pasión y mi enemigo más acérrimo. Y ¿no dijo Wellington que había que conocer a fondo al enemigo para combatirlo? Pues eso hago, estudiarlo detenidamente.

Todos celebraron el chiste con aplausos. Para aplacar a su acompañante, prosiguió:

—Afortunadamente cuento con la inestimable ayuda de lord Preston, que esta mañana me ha traído una gran cantidad de ejemplares a los que pienso dedicarme con fruición en breve.

De nuevo todos sonrieron. El marqués, más relajado, le tomó la mano y se la besó con decoro.

—Estoy a su entera disposición, milady.

El resto de la sobremesa transcurrió con tranquilidad. Ya pasada la hora del té, Nicole volvía a casa escoltada por su acompañante, satisfecha por cómo había sucedido todo.

Y, tal como sospechaba, las hermanas Sutherly le habían pedido visitarla a la mañana siguiente. Hablarían de sus acompañantes, estaba segura. Había pensado visitar a Alexander temprano, pero bien podía retrasarlo un poco para departir con las muchachas. Ellas le gustaban cada vez más.

Aquella noche, en la tranquilidad de su alcoba, Nicole retomó sus reflexiones donde las había dejado esa tarde. ¿Qué esperaba que su esposo sintiera por ella? No le parecía justo exigir un amor que ella no sentía, aunque reconocía que le sería muy conveniente un marido enamorado. Quizá así evitaría infidelidades como las que su madre había tenido que sufrir durante años con estoicismo. No deseaba un matrimonio como el de sus padres, basado en la distancia y el desprecio.

A pesar de su optimismo inicial, consideraba complicado enamorarse de él. Tal vez el tiempo, la convivencia y los hijos crearan un vínculo fuerte entre ellos, suficiente para hacerlos felices a ambos. Pero ¿amor? Lo dudaba. Solo una vez había estado cerca de enamorarse, y lo que había sentido entonces no tenía nada que ver con sus citas con lord Preston. No había ilusión, ni anticipación, ni nervios. Quizá por eso seguía sin estar segura de si quería que él la amara.

Y todo ello suponiendo que él se le declarara, y que su hermano diera su beneplácito al compromiso. En el primer extremo estaba casi segura de que no encontraría problema alguno. Estaba convencida de que antes de que terminara la temporada el marqués haría una petición formal de su mano. Todo en su actitud, la forma en que la trataba, y la posición que ocupaba, siempre cerca de ella, era una declaración pública de sus intenciones.

James era quien parecía tener la clave. No tenía nada en contra del marqués de Kibersly, aparte de la antipatía que sentía por él. Él debía de estar haciendo averiguaciones al respecto, pero no le había dado todavía un veredicto. Debía de estar tomándose el asunto muy en serio. Bendito fuera.

Solo quedaba el detalle del deseo. En cuanto le besara el asunto quedaría resuelto.

Involuntariamente su cuerpo se tensó de pasión insatisfecha al recordar el beso de Richard. Todo su cuerpo había reaccionado a su contacto. Se había sentido viva, transportada a otro lugar, a un lugar donde solo ellos existían. Sus manos la habían acariciado allí donde nadie había osado tocarla jamás, y había sido como ser rozada por el fuego. Había sentido calor en su centro, y una languidez que se había extendido hacia sus extremidades, convirtiendo su cuerpo en gelatina.

Richard.

Aquel hombre era realmente como el chocolate. Su pasión y su acérrimo enemigo. Un hombre a tomar en pequeñas porciones, y del que cuidarse en los excesos.

No, un hombre al que no tomar en absoluto. No debía repetirse lo que había ocurrido en los jardines. No era decoroso, ni conveniente para su salud mental.

Tenía que sacárselo de la cabeza. Ya lo había tachado de su lista, en la que nunca debió estar. Pero había resultado tan placentero escribir su nombre solo para desecharlo, escribiendo un montón de estupideces sobre él... Había sido una niñería, pero le daba sensación de control. Era como si fuera ella quien le rechazaba, y no él quien no la cortejaba.

Control. Sería muy necesario con él. O tal vez con ella misma.

Mientras, apenas a unos cien metros de allí en línea recta, el objeto de sus desvelos estaba en la biblioteca siguiendo una línea de pensamiento muy similar.

«Control, Richard, control. No puedes besar a la muchacha cada vez que se te antoje, y menos todavía dejarte llevar, como anoche. Si no llegas a detenerte cuando lo hiciste, el resultado de la incursión nocturna habría sido muy distinto.»

Su miembro se estiró pensando en cuál podría haber sido ese resultado. Condenación, Nicole era exquisita, más aún de lo que hubiera podido imaginar. Puro fuego en sus brazos. Le había respondido con pasión. Había sentido sus manos alrededor de su cuello, en su torso. Y se había excitado como nunca lo había hecho. Ninguna mujer experimentada, cortesana o casada, había conseguido volverle loco hasta ese punto. Había tenido que ejercer sobre sí mismo un control que desconocía poseer.

Control. Todo se reducía a eso. Pero por si acaso sería mejor que no se quedara a solas con ella. Y que tampoco imaginara que lo hacía.

En ese momento sonó la puerta y entró en la estancia Nodly, el mayordomo.

—Milord, disculpe, pero hay una señorita en la puerta que pide hablar con usted.

Ilusionado ante la idea de que fuera Nicole, y reprochándose esa emoción, se dirigió hacia la entrada principal.

Su desencanto fue inmediato, y su confusión fue todavía mayor. Marien estaba en la puerta de su casa. ¿Cómo se atrevía a presentarse allí, lugar al que nunca antes había acudido? Desde el principio habían aclarado que siempre se verían en el pequeño apartamento de ella. ¿Habría ocurrido algo? Al acercarse, se enfadó. ¿Y cómo, además, llegaba de esa guisa? Vestía un traje casi indecente, tan escotado que dejaba poco a la imaginación. Iba excesivamente maquillada, buscando realzar sus rasgos. Pero sus labios, rojos de carmín, se le antojaron vulgares frente a la boca llena que había probado la noche anterior.

—¿No me invitas a pasar, mi amor? —preguntó con voz pastosa.

Genial, como guinda del pastel, Marien iba borracha. Le sorprendió, ya que no era dada a beber, pues recordaba a su propia madre más ebria que sobria. Las pocas veces que ella se excedía con el alcohol, se volvía agresiva, además. Pensó en avisar a uno de los palafreneros para que la sacara de allí, pues a él le arañaría, y no pensaba someter a semejante tortura a su fiel mayordomo. Pero la desechó. Marien bien merecía ser recibida correctamente. Le debía un poco de educación, al menos. Ella se adentró en el vestíbulo.

—Bonita choza. ¿Quizá quieras enseñarme la planta alta? Ahí es donde están las estancias de los aristócratas, ¿no? Quizá podría darte mi opinión sobre tu cama.

Nodly se atragantó, pero su rostro no demudó. Resignado, tomó el brazo de Marien y la dirigió a la biblioteca.

—Nodly, le agradezco su diligencia. La... señorita y yo mismo estaremos en mi estudio. Asegúrese de que no seamos molestados. Si oye gritos o cristales rotos, no se alarme.

El mayordomo asintió sin alterar su compostura. Ese hombre era definitivamente imperturbable. Con humor, volvió a llamarle.

—Ah, Nodly. —Cuando este se volvió, le sonrió con picardía—. Si lo que oye es un golpe seco y a continuación un cuerpo que se desploma, entonces sí, tenga la bondad de interrumpirnos con presteza.

El mayordomo volvió a asentir, inalterable de nuevo. Maldito fuera, algún día conseguiría sacarlo de su impavidez.

Se volvió dispuesto a iniciar una maldita batalla campal en la tranquilidad de su casa, cortesía de cierta actriz. Esa idea, y la imagen que se le presentó, le borraron la sonrisa de cuajo. Ella estaba sirviéndose una generosa copa de brandy. Él se acercó presto y se la quitó de la mano.

—Creo que ya has tomado más que suficiente, Marien.

Le habló con suavidad, sintiéndose responsable de su estado. Ella trató en vano de atraparla de nuevo. Al no conseguirlo, se cruzó de brazos enojada y se sentó en el sofá más cercano. Armándose de paciencia, le habló con cariño.

—¿A qué has venido?

—¿Así es como me recibes, querido? —Hizo un mohín muy femenino.

Trató de levantarse para abrazarlo, pero resultaba obvio que su estado de embriaguez no se lo permitía. Él se sentó a su lado, compadeciéndola.

—Marien, esta visita no ha sido buena idea.

—Te echo de menos, Richard. —Su voz delataba su tristeza. Y era real, ella no estaba actuando—. Creo que tal vez te precipitaste al dejarme. Entiendo tu postura, pero soy paciente, te esperaré.

Intentó echarle los brazos al cuello. De nuevo el alcohol le hizo errar el movimiento. Richard lamentó el dolor de ella, pero no quiso darle falsas esperanzas. Eso sería cruel.

—Mal que nos pese, hice lo correcto, querida. —Suspiró—. Será mejor que te lleve a casa.

—¿Te quedarás a pasar la noche conmigo? —Había anhelo en su voz.

Le recordó a la muchacha que conocía, de la que se enamoró. Triste, negó con la cabeza.

—Sabes que no puedo. —Trató de ser delicado con ella—. Si las circunstancias fueran otras, Marien... pero son las que son, y me temo que me es imposible acompañarte.

Ella asintió, sonriendo con tristeza.

Richard salió a buscar a un mozo que acompañara a su antigua amante a casa. Para cuando volvió de nuevo a la biblioteca, ella roncaba sonoramente. Rio, a su pesar, mientras la cogía en brazos y la depositaba en los de uno de los mozos del establo.

Apenado por cómo había acabado todo, indicó al muchacho que iría con ellos la dirección y se fue hacia sus aposentos en la planta alta. A la mañana siguiente hablaría con su abogado y aseguraría el futuro de Marien.

En Bekerley Square, en cambio, la conversación trataba de un tema bien distinto. James y Judith estaban en la sala de estar de ella, con un oporto en la mano.

—No me gusta ese tipo, Judith. No me gusta en absoluto. Pero no encuentro nada reprobable en él. Por más que he buscado, parece ser trigo limpio, el muy desgraciado.

Judith asentía. Entendía las reservas de su marido, aunque también sospechaba que para él ningún hombre sería lo suficientemente bueno para Nick.

—Quizás es trigo limpio, después de todo.
—Es un capullo —declaró James, frustrado.
Judith sonrió.
—De acuerdo, es un capullo trigo limpio.
El duque sonrió, a su pesar.
—No sé qué hacer.
Judith le acarició el brazo con suavidad, al tiempo que le respondía.
—Tendrás que confiar en el instinto de ella.
—El instinto de ella ya falló una vez.
Ella le besó suavemente, con cariño.
—Olvidemos eso, ¿de acuerdo? Ellos ya lo han superado. Hazlo tú también.
James la miró, arrepentido.

—Será la fuerza de la costumbre, supongo. —Volvió al tema que le preocupaba—. ¿Qué hiciste tú cuando Richard te dijo que pretendía cortejar a Elisabeth Thorny?

—Absolutamente nada —dijo, ufana.

James chasqueó la lengua, escéptico. Alzó la ceja, tratando de presionar a su esposa. Ella accedió a contestar, poco impresionada por su gesto, pero sí compadecida por su preocupación.

—Bueno, técnicamente no hice nada. Traté de que fuera tu hermana quien le hablara mal de él, pero la muy tunanta decidió lavarse las manos, como Poncio Pilatos.

El duque sonrió, y una idea comenzó a fraguarse en su mente. Tal vez Richard le hiciera el trabajo sucio. Su mujer era una fuente de sabiduría.

—De todas formas, había pensado acudir a algún baile en breve. Alexander ya toma un poco de caldo, no solo pecho, y me apetece bastante volver a la actividad, aunque en pequeñas dosis. Quizá podría acudir al baile de los Guestens, pasado mañana, y formarme mi propia opinión al respecto de ambos. ¿Qué te parece?

Besó a su mujer sonoramente en agradecimiento. Pero no contaba con que ella transformaría el beso en algo mucho más sensual y profundo. Encantado con los derroteros que estaba tomando la situación, se dejó hacer.

11

Richard estaba con James en el salón de la mansión ducal. Judith se mantenía ocupada con asuntos de la casa, y había dejado a Alexander al cuidado de su marido. El niño se lo estaba pasando en grande. Sin la supervisión de la madre, padre y tío estaban lanzándose al pequeño el uno al otro. El bebé no paraba de reír y de agitar los bracitos, pidiendo más. Ambos caballeros estaban en mangas de camisa, y riendo también con el juego.

Un golpe en la puerta les interrumpió. La niñera de Alexander entró en el comedor. Al verlos, trató de ocultar su sonrisa. Era obvio lo que ambos lores habían estado haciendo. Hizo una ligera reverencia antes de hablar.

—Disculpe, excelencia. Su excelencia la duquesa me ha pedido que me lleve al pequeño. Es hora de que coma, y dado que su esposa está ocupada todavía, lo llevaré arriba y le daré un poco de consomé, si me lo permiten.

Ambos adultos miraron al niño, que fruncía el ceño a la espera de que se iniciara de nuevo la actividad. James, en un acto sin precedentes, se decidió.

—Eso no será necesario. Pida a cocina que traigan aquí todo lo preciso para dar de comer a mi hijo. Yo mismo me encargaré.

La cara de la muchacha reflejó su sorpresa, pero salió de la estancia sin discutir. Richard, en cambio, no fue tan educado. Mirando ceñudo a su amigo, le preguntó a bocajarro.

—No quiero dudar de tus aptitudes como padre, Stanfort, pero ¿estás seguro de que sabes lo que haces?

James era un duque, y no pensaba que hubiera algo que pudiera dársele mal. Richard rio mentalmente ante su arrogancia.

—Por supuesto. No puede ser tan complicado, cuando la mitad de la población es capaz de hacerlo. —Había suficiencia en su voz.

—Ya, viejo, pero esa mitad tiene algo en común: son todo mujeres —insistió, viendo lo que podía ocurrir, y tratando de refrenar la ilusión que le hacía a él también dar de comer al pequeñín.

El duque sonrió, restando importancia al detalle.

—Bien, pues tú y yo seremos los primeros hombres en hacerlo.

—¿Yo? —preguntó Richard, al tiempo que se acercaba a la mesa, encantado ante la idea, pero haciéndose el hastiado—. Y pensar que estoy buscando una esposa para que se encargue de todo...

James se mofó.

—Descubrirás que las esposas se encargan exactamente de lo que les da la gana.

En ese momento entró Tunewood, el mayordomo, estoico como siempre, seguido de la niñera y dos doncellas. Colocaron frente a su señor un mantel de hilo, un plato de fina porcelana a rebosar de caldo de pescado, una cucharilla de plata y un pechito de lino. Salieron en cuanto terminaron de emplazarlo todo, aunque a James le pareció ver una sonrisilla sospechosa en el rostro de Tunewood.

—Una mesa digna de un marqués, sí señor.

Richard no parecía tan seguro como James. Quizá después

de todo iba a resultar que él era el más realista de los dos.

—Veremos si sus humildes servidores son también tan dignos... —murmuró, mientras se acercaba a la mesa.

Media hora después, ninguno de ambos estaba seguro de si había más comida en el estómago del pequeño o esparcida por el mantel, la mesa, las sillas y la alfombra aubusson que Judith había encargado tres meses antes. Alexander había decidido que no quería la sopa, sino seguir jugando, y había derribado casi todos los intentos de cucharadas que su padre y su padrino habían hecho.

Ellos, en cambio, estaban más contrariados que enfadados. Sus camisas y pantalones estaban manchados ahora, y el pelo de James también estaba empapado de un grasiento mejunje. Aun así, sonreían.

En ese momento la puerta se abrió y entró Judith hecha un basilisco. Se encontró a dos hombres hechos y derechos con cara de bobalicones.

—¿Pero se puede saber qué narices está pasando aquí?

La voz de ella los puso a ambos a la defensiva.

—Estamos dando de comer a este pequeñín, ¿a que sí? —dijo James, mientras acercaba una cucharada a la boca de su hijo, mirándole suplicante para que colaborara.

Como para dejar clara su postura, Alexander dio un manotazo a la cuchara, que salió despedida. Richard la atrapó al vuelo, y se puso la mano, con cubierto incluido, detrás de la espalda, disimulando.

—Permitidme dudarlo, por el lamentable estado de mi alfombra nueva. —Se hizo el silencio. Miró a su hermano, divertida—. Y Richard, pedazo de tonto, te he visto atraparla y esconder la cucharilla.

Judith cogió al niño, extendió la mano para que su hermano le pasara la cuchara, tomó un poco de sopa y se la dio a su hijo, que la aceptó a regañadientes.

—Traidor —murmuró James por lo bajo.

Al ver la cara de aflicción de ambos, especialmente de su marido, ella le quitó hierro al asunto.

—Es cuestión de práctica. —Le sonrió, orgullosa—. Hagamos un trato, yo le daré de comer y tú, querido, le enseñarás a montar.

James asintió, encantado.

—Trato hecho.

Ella le besó en la cabeza, y se llevó al niño hacia la salida, donde le esperaba Tunewood, demasiado cerca de la puerta, en opinión del duque. Cotilla. Seguro que se había estado riendo de ambos un buen rato.

Judith subió al bebé a la segunda planta, donde le podría dar la comida sin interrupciones.

Una vez solos, los hombres volvieron a sentarse, ajenos al desastre de su alrededor.

—Parece que tu esposa te ha dado una clase magistral de por qué los hombres no dan de comer a sus hijos.

—Parece que tu hermana nos lo ha explicado a ambos.

Richard le concedió el punto. Reconocía que le había encantado el intento, pero que no pensaba repetir.

—Hablando de hermanas, Sunder. —Ahora su amigo se mostraba serio—. Necesito que me ayudes con la mía.

Richard levantó una ceja, a la espera. Stanfort carraspeó.

—Necesito que le hables mal del marqués de Kibersly.

El vizconde se encogió de hombros.

—Puedo hacerlo encantado, y ni siquiera tendría que esforzarme. La pregunta es: ¿por qué no lo haces tú?

La voz de James sonó afligida.

—Le prometí que respetaría su decisión, si no encontraba nada inconveniente en ella.

—¿Qué decisión? —Richard se alarmó. Sospechaba lo que iba a oír.

—La elección de su esposo.

—¡¿Tu hermana va a casarse con el marqués de Kibersly?!

Su voz salió mucho más aguda de lo habitual, pero su mejor amigo estaba tan ensimismado en sus lamentos que pareció no darse cuenta, afortunadamente.

—Eso parece. Todavía no he recibido ninguna petición por parte de él, pero si ella lo ha elegido, poco podrá hacer el tipo.

Richard sintió que caía. No quiso indagar por qué, pero supo que las cosas no iban nada bien.

—Pero ese hombre tiene un montón de puntos inconvenientes, empezando por la puntilla de los puños de sus camisas...

—Y continuando por el tamaño de su ego, lo sé. —Realmente se veía a James frustrado—. Pero Nick también, y aun así cree que será un buen marido. Y por más que he investigado, no juega en exceso, no bebe en exceso, le gustan las mujeres, pero sin estridencias, tiene una posición más que aceptable...

—¡Pero es un imbécil! ¿Me vas a obligar a comer con un imbécil todos los años por el cumpleaños de Alexander?

El duque parecía no haber pensado en que el matrimonio de su hermana le obligaría a coincidir a menudo con Kibersly. Su disgusto se hizo más patente al instante. Se atusó el cabello.

—Mierda, Richard, pues ayúdame. Dile lo que sea, lo que te parezca, pero hazle cambiar de idea. Miente si es necesario.

Chasqueó la lengua.

—Si le miento yo, me odiará a mí y no a ti.

—Será una mentirijilla piadosa, no irás al infierno. O no por eso, al menos. Además, Nick ya te odia.

—Eso no es cierto. Hicimos las paces, ¿recuerdas?

«Las paces y muchas otras cosas, por cierto.»

—¿Qué te importa lo que mi hermana piense de ti, Sunder?

Cierto, ¿qué le importaba a él? Pero le importaba, y mucho.

—No son sus pensamientos, sino cómo los exterioriza —se justificó—. Lamento ser yo quien te diga que Nicole tiene un carácter de mil demonios.

James se echó a reír.

—Bueno, entonces tal vez debiera dejar que se casara con ese tipo, y que le haga la vida imposible al pobre diablo.

Ambos se quedaron en silencio un rato. James fingía estar especialmente interesado en el frutero que había en un extremo de la mesa, pringoso también, a la espera de saber si había encontrado en el vizconde un aliado o no. Richard, por su parte, se estaba poniendo enfermo solo de pensar en Nicole con semejante hombre, con cualquier hombre, en realidad. ¿Y ella decía que él era un asno? ¿Y entonces qué era el marqués, el rey de los asnos? Sabiéndose atrapado, accedió.

—De acuerdo, viejo, cuenta conmigo. Pero me debes una. Y grande.

Stanfort le miró, sinceramente agradecido.

—Sea.

Nicole se dirigía a pie, acompañada como siempre de la severa señora Screig, a casa de su hermano. Había estado más de una hora con las hermanas Sutherly, hablando de la comida del día anterior. Y efectivamente no se había equivocado, pues las dos hermanas mayores estaban interesadas en Stevens y Marlowe. La pequeña, por su parte, todavía no pensaba en matrimonio, pero no parecía desaprobar a Hanks. A Nicole le encantaba la idea de que las tres hermanas contrajeran buenos matrimonios, y que lo hicieran ilusionadas, además.

Ojalá ella estuviera en la misma situación.

Decidida a no dejarse llevar por el pesimismo, aceleró el paso hasta llegar a su antigua casa. Tunewood abrió la puerta antes de que le diera tiempo a rozar la aldaba siquiera.

—Milady, bienvenida.

—Gracias, Tunewood, ¿se encuentran los duques en casa?

Algo brilló en la mirada del viejo mayordomo.

—La duquesa debe de estar dando de comer al joven marqués. El duque debe de estar dándose un baño.

Nicole se moría por preguntar algo más sobre el enigma que el anciano le planteaba, pero sabía que sería gastar saliva inútilmente. Tunewood solo contaba lo que quería contar. Intrigada, subió directa al cuarto de los niños, donde encontró a su cuñada dando un caldo a Alexander. Cuando ella la vio la saludó con la cabeza y la invitó a entrar, mientras dirigía otra cucharada a la boca del niño, que parecía un poco reticente.

—Hola, precioso. —Besó la cabeza de su ahijado y saludó también a su cuñada—. Parece que no tiene demasiada hambre. ¿Le están molestando los dientes?

Oyó que su cuñada soltaba un bufido muy poco elegante.

—Si dices eso es porque no te has cruzado con mi hermano ni con el tuyo, ¿verdad?

Intrigada, negó con la cabeza. Judith abandonó la apostura y soltó una carcajada.

—Deberías haberlos visto. Estaban intentando darle de comer ellos solos. ¿Te imaginas? Para cuando he llegado estaban empapados de sopa, y este duendecillo se lo estaba pasando en grande. Me he llevado a Alexander y los he enviado a los dos a darse un baño.

Nicole rio, imaginando la escena. Vaya par de cuñados estaban hechos aquellos dos.

—Ya. Pues mejor, así nos quedamos al niño para nosotras solas.

Pasaron un buen rato en silencio, Judith dando de comer a Alexander y Nicole entreteniéndole. Una vez que lo hubieron acostado, bajaron al salón azul, el favorito de ambas, y pidieron un té.

—¿Sabes que mañana acudiré al baile de los Guestens?

Ella profirió un gritito y la abrazó, encantada.

—Qué maravillosa noticia. Me alegro muchísimo. Creo que será divertido que volvamos a estar juntas en un baile. La última vez James y tú la armasteis y luego os fuisteis de viaje por Europa, dejándonos el pastel a los demás. Confío en que esta vez seáis más moderados.

Ambas sonrieron recordando aquella noche.

Después la estuvo poniendo al día de las nuevas debutantes, los posibles compromisos, los comentarios más jugosos... no era concebible que la duquesa de Stanfort volviera a la alta sociedad sin saber exactamente cómo estaban las cosas.

Judith, no encontrando un momento sutil para preguntar, habló directamente.

—¿Y qué hay de ti, Nick? ¿Alguien a la vista?

La aludida apenas se sorprendió. Suponía que su hermano ya habría comentado a su esposa cuáles eran los planes de ella.

—Bueno, tal vez. Creo que el marqués de Kibersly podría ser un buen esposo.

Su cuñada se mantuvo impasible. Era obvio que tenía una opinión, y que no quería que ella la conociera. Una vez más, se vio obligada a justificar su decisión.

—Lo sé, pero creo que es la mejor opción. O la menos mala, si quieres verlo así.

Judith siguió en silencio, básicamente porque no sabía qué podía decir.

—No sé, Nick, ojalá... —balbució.

—¿Ojalá contara con más tiempo? ¿Ojalá tuviera un matrimonio como el tuyo? —Sorbió el té, tratando de aclararse—. Ya. Pero eso no parece posible. Así que tendré el término medio, ni lo que tuvieron mis padres, ni lo que tiene mi hermano contigo.

Judith le tomó las manos. Como amiga, debía aceptar las decisiones de ella y animarla.

—Me gustan poco los términos en los que expones tu matrimonio, imagino que tan poco como te gustan a ti. Pero Nick, Kibersly es un buen hombre, apuesto e inteligente, que todavía tiene que madurar. Estoy segura de que el tiempo y la convivencia harán el resto. Mereces ser feliz, así que lo serás. Simplemente lo sé.

Nicole sintió un alivio casi físico ante las palabras de su amiga. Sabía que Judith la entendería y sabría animarla. Ahora solo esperaba que tuviera razón.

Una vez lavado y aseado, Richard volvió a casa de su cuñado. La batalla campal con Alexander, primero, y el favor que James le había pedido, después, habían hecho que se olvidara del motivo de su visita. Y tenía unos asuntos de negocios que quería comentar con él, referente a sus inversiones en Estados Unidos. Sería interesante viajar allí y estudiar más de cerca el mercado americano. Tal vez más adelante, ya casado, se lo planteara. O tal vez intentara convencer a James para que viajara él. Confiaba ciegamente en sus opiniones.

Traspasó el umbral de la puerta, evitando la mirada del mayordomo, demasiado afectada incluso para él, y se dirigió a la biblioteca, cuando una figura envuelta en azul apareció en su campo visual. Sin pensárselo, se dirigió a ella, la agarró del brazo y la empujó hasta la puerta más cercana, que resultó ser una diminuta estancia con un ventanuco que hacía las veces de pequeño almacén.

—¿Pero qué demonios...?

Nicole había sentido que alguien tiraba de ella y la metía en el cuarto donde se guardaban las vajillas y cristalerías que se usaban en las reuniones multitudinarias. Vio la cara de pocos amigos de Richard, y compuso exactamente la misma expresión.

—¿Qué mosca te ha picado, Sunder?
—Tú.

Se cruzó de brazos, apoyó el hombro contra la pared de al lado, bloqueando la puerta, y la miró. Estaba preciosa, envuelta en seda azul, con la melena rizada apenas recogida. El tono seco de ella detuvo su examen.

—Será mejor que te expliques, y que lo hagas en otro lugar. Esto supera cualquier límite del decoro. Incluso tus límites del decoro —puso especial énfasis al referirse a sus límites.

—Explícate tú, porque yo no pienso moverme. —Ante el silencio de ella, siguió—. ¿Qué tal si me cuentas que la otra noche, cuando me dejaste que te besara, ya estabas prometida a otro hombre?

Nicole se envaró ante el comentario. Parecía que su hermano había puesto un maldito pregón. También ella se cruzó de brazos, y levantó la voz sin quererlo.

—Yo no estoy prometida, milord, y no tengo por qué darle explicación alguna, simplemente porque, como usted ha tenido la bondad de definir, la otra noche dejara que me besara.

Richard alzó una ceja. Y también la voz.

—Prácticamente prometida, pues.

Ella se empecinó todavía más.

—Me temo que no sé de qué me está hablando, caballero, pero le agradecería que se hiciera a un lado y me dejara salir.

Richard la miró, furibundo.

—Hablo de la otra noche, cuando te besé. Y de Kibersly.

Maldito fuera. Se suponía que los caballeros no acorralaban a una dama. En ningún sentido.

—Mis intenciones con el marqués no son de su incumbencia. —Le empujó, pero ni siquiera logró moverlo un milímetro. Molesta, dio un paso atrás, lo miró a los ojos y le habló con su deje más duro—. Apártate, Richard.

—No hasta que me digas en qué estabas pensando. Yo nunca toco lo que no es mío.

Ella volvía a gritar, exasperada ahora.

—¿Acaso pensabais la otra noche que era vuestra, señor?

—No, maldita sea. —Se explicó, contrariado—. Quiero decir que no toco lo que es de otro.

—No es eso lo que tengo entendido. Si queréis os hago una lista de las damas casadas que no son vuestras, aunque hayáis podido pensar en algún momento que sí lo fueran.

Él se picó ante lo incontestable de esa afirmación. Contestó con otro golpe, y cumpliendo de paso su compromiso con James.

—O mejor podríais explicarme qué pretendéis comprometiéndoos con el capullo de Kibersly.

Ella ahogó un grito a duras penas.

—¿Cómo os atrevéis a hablar así de mi prometido en mi presencia?

—Así que es cierto, después de todo.

Ambos gritaban ya.

—Aunque no sea de vuestra incumbencia, no, no se ha realizado ninguna petición.

—Todavía. Si has decidido que lo quieres, poco puede hacer, el pobre tonto.

—Maldito seas, Richard... —gritó, perdida ya toda la paciencia.

No supo qué iba a decir, pues en ese momento se abrió la puerta de par en par, y la cabeza de su hermano apareció por el quicio.

—¿Se puede saber qué diablos...?

Nicole estalló.

—Cállate, James. Y ni se te ocurra insinuar que aquí sucedía nada indecoroso, o no respondo de mí.

James la miró como si estuviera loca. Observó también a Richard, al que se veía sulfurado. Se colocó entre ambos, apaciguador.

—Ni se me ocurriría pensar en nada deshonesto con el escándalo que estabais armando.

Richard sabía que era una bocazas, todos los presentes lo sabían. Así que no reprimió la broma.

—Bueno, en realidad a veces se puede armar mucho escándalo...

—¡Cierra la boca, Sunder! Y que alguien me explique por qué tanto alboroto.

Nicole, al sentir los ojos de su hermano clavados en ella, pasó la responsabilidad a Richard.

—Pregúntale a él.

James le miró. Richard se alzó de hombros.

—Le he dicho que su prometido es un capullo.

—¿Pero cómo se te ocurre, Richard? —La voz del duque era exageradamente inocente.

Cabrón.

—¡No es mi prometido! —espetó ella casi a la vez que su hermano.

—Todavía —dijeron ambos hombres a la vez.

Nicole se cruzó de brazos. Estúpidos. Los dos.

—¿Y para eso era necesario meterse en un armario?

—Bueno, tu hermana tiende a levantar la voz cuando se la contraría.

Ella trató de esquivar a su hermano para saltar sobre Richard y golpearle, sin éxito. El muy canalla parecía estar disfrutando con los intentos frustrados de ella.

—Tranquila, fierecilla.

De nuevo hubo un forcejeo. James, medio divertido medio enfadado, decidió poner paz.

—Basta. Richard, deja de insultar al prom... casi prometido de mi hermana. Y, Nicole, reconoce que tal vez Kibersly... —ante la mirada de ella, iracunda, se arrepintió—. Déjalo, Nick, no reconozcas nada. No hay nada que reconocer. Nada en absoluto.

Se hizo el silencio. Nicole esperaba una disculpa. Bien, pensó Richard, pues que esperara sentada.

—Será mejor que salgamos de aquí. Si esperáis, milady, que llegue una disculpa por llamar capullo a Kibersly, el armario podría quedarse sin aire.

Y dicho lo cual, salió del pequeño cubículo, y se dirigió sin mirar atrás hacia el fondo del pasillo.

—Stanfort, cuando cierres la boca y reacciones, te espero en tu biblioteca, quiero preguntarte unas cosas sobre la fábrica de envases de vidrio.

Nicole dio un empellón y salió en dirección contraria. James se quedó todavía unos segundos dentro del cuartucho, sin estar seguro de lo que acababa de ocurrir.

12

El salón de baile de los Guestens estaba desbordado. Más de trescientos invitados se movían por él, saludando a los conocidos y charlando sobre el devenir de la temporada. El primer gran baile no parecía estar decepcionando a nadie. Cientos de velas iluminaban el salón, haciendo que los trajes de las damas, ataviados con finos abalorios, lanzaran miles de coloridos destellos.

Como en otros bailes, había una sala con pequeñas exquisiteces para aquellos que tuvieran apetito durante la noche, y una segunda sala con mesas y sillas donde los invitados de más edad, y algunos jóvenes poco interesados en el baile, pudieran jugar al faraón. Pero el grueso de los asistentes estaba en el salón, donde la temperatura, a pesar de la altura de los techos, era demasiado elevada. Afortunadamente la gran estancia daba a una terraza porchada que se mantenía abierta, bajo el pretexto de dar a los caballeros un lugar resguardado en el que fumar, y que constituía un vano intento de orear el enorme aposento.

Durante el día el cielo había ido cubriéndose, y esa noche había empezado a llover, impidiendo a los asistentes salir a los jardines de la casa. El ambiente estaba tan cargado que la anfitriona se había visto obligada a abrir las estancias de la planta baja de su casa, para repartir así a los invitados, antes de que alguna dama pudiera desvanecerse consecuencia del hacinamiento. Eso supondría el fracaso de la fiesta, y las críticas serían despiadadas durante ese año y los siguientes.

James y Judith estaban en una de esas salas, con los condes de Bensters, Julian y April. La condesa estaba embarazada de nuevo. Judith y ella charlaban animadamente, mientras sus esposos presumían de sus respectivos vástagos a apenas unos metros de ellas. Otras parejas paseaban por la estancia también, huyendo del sofocante calor de la sala de baile. Judith se alegraba de estar allí, a pesar del ambiente casi asfixiante. Era la primera vez que acudía a una velada desde que naciera Alexander. Adoraba a su hijo, pero necesitaba también relacionarse con adultos de vez en cuando. Y con ese baile, pensó irónica moviendo con elegancia su abanico, probablemente acabaría hastiada de ellos hasta el final de la temporada.

Sonrió. Lástima que April no estuviera en Londres de forma regular. Desde que ella se casara con James había coincidido con la condesa apenas una docena de veces, pero disfrutaba mucho de la compañía de aquella mujer. Era la esposa de Julian, amigo íntimo de su esposo, y por ende de su hermano. Se habían casado cuatro años antes, tras un pequeño escándalo, que quedó redimido con el matrimonio. Pero no se renunció a la curiosidad por conocer las circunstancias del enlace, que no habían sido esclarecidas. Se hablaba de un duelo, y eso no se olvidaba fácilmente. Desde entonces vivían en el norte, donde estaba situada la finca familiar de los Bensters, un lugar que antes Julian procuraba evitar como al mismísimo infierno, y del que ahora parecía casi imposible apartar. A pesar de la distancia, mantenían su amistad intacta, y las dos mujeres habían llegado a apreciarse sinceramente. A Judith le encantaba la personalidad de April, tan poco artificial. La condesa había sido criada en un internado prusiano, y según ella misma decía, se había convertido en una superviviente que no se dejaba intimidar por quienes dictaban las normas sociales, ni por esas mismas normas en sí.

Media hora antes los duques habían dejado a Nick en el salón con el marqués de Kibersly. En cuanto fueron anunciados y hubieron saludado a los anfitriones, James había escoltado a su hermana hasta un grupo de jóvenes, y había ofrecido galante bailar a Judith. Ella había declinado, prefiriendo la tranquilidad de una buena conversación en un lugar más tranquilo.

Era consciente de que difícilmente podría hacerse una opinión propia al respecto de su cuñada y el marqués sin estar en el salón. Quizá después se acercaría a bailar una pieza con James, un vals a ser posible. Se había fijado, eso sí, en que la cara de Nick no había reflejado genuino placer al tomar la mano de su pretendiente, pero aun así sí se la veía contenta. Y el marqués desde luego parecía encantado.

Demasiado encantado, en realidad. No era habitual que un hombre fuera tan evidente en sus intenciones, pero aquel hombre en concreto estaba siendo una excepción. Judith sonrió a la baronesa de Standwich, que se había acercado a saludar a la condesa de Bensters, y aprovechó para excusarse y buscar una copa de cava. James, atento, le miró por si necesitaba algo. Declinó su ofrecimiento con la cabeza y salió al pasillo simulando buscar a un lacayo. No quería tomar nada en realidad, pero necesitaba pensar, y el bullicio lo hacía difícil.

Según James, no había razón alguna para pensar que el marqués tuviera necesidad de casarse con Nick, o ninguna otra dama, más allá del deseo de hacerlo. Sin embargo había algo en su comportamiento que hacía dudar a Judith, pero no era capaz de definir qué.

Ese hombre le daba mala espina, y no quería exteriorizar sus reservas sin tener una explicación para ello. No debía influir en su cuñada gratuitamente.

Quizá le preguntara a Richard. James llevaba casi un año

alejado de la vida más disoluta de los solteros, y no contaba con información de primera mano sobre algunos asuntos. Su hermano, en cambio, sería una buena fuente de información. Probablemente a su marido ya se le habría ocurrido, pero aún así decidió que hablaría con Richard en cuanto tuviera una oportunidad.

Resuelta, se relajó unos minutos y volvió a la sala, donde April se había unido al grupo de su esposo, huyendo de los dragones que la acechaban. Riendo interiormente ante su astucia, pues no sería interrogada sobre su estado, ni sobre ninguna otra cosa referente a su matrimonio, estando acompañada de aquellos dos, se acercó a ellos y tomó la mano de James, más animada.

Richard entró en la mansión de los Guestens a disgusto. No quería estar allí. Solo el hecho de que Julian estuviera presente le había arrastrado hasta el baile. James le había avisado de que el conde de Bensters y su esposa asistirían, así como su hermana y él mismo, y dado que no habían coincidido todos juntos desde el bautizo de Alexander, decidió acudir, a pesar de que no tenía ningunas ganas de asistir a la velada.

Volverían a estar los tres amigos juntos, James, Julian y él mismo, como en los viejos tiempos. Los tres mosqueteros, como solían llamarles. Solo que ahora dos de ellos estaban casados y ya eran padres.

«Paciencia», se reprendió.

El asunto del matrimonio le estaba empezando a fastidiar de veras. Creía haberlo solventado con lady Elisabeth, y ahora tenía que volver a empezar desde cero. Miró desde lejos a las damas congregadas en el salón con desánimo. Ninguna de ellas le interesaba en lo más mínimo, lo que le parecía increíble. Él amaba el amor, vivía enamorado la mayor parte del tiempo. La apatía que le anegaba en aquel momento le era totalmente ajena. Y tenía que llegarle precisamente en ese momento, en que estaba predispuesto a enamorarse. Maldita fuera su suerte.

Vio de soslayo una melena del color del fuego meciéndose al compás de la música, pero, tras admirarla apenas un segundo, sus ojos se posaron con disgusto en la pareja que le acompañaba en el vals. Nunca le había gustado el marqués de Kibersly, y en ese momento le gustaba todavía menos. El muy cretino estaba demasiado cerca de Nicole, y la trataba como si fuera de su propiedad. Ese estúpido necesitaba que alguien le parara los pies. Se dio cuenta de que estaba apretando los puños con fuerza y se obligó a relajarlos y a sonreír. Nicole Saint-Jones no era cosa suya. Y además se mostraba receptiva a los avances del marqués. Eso lo enfureció más allá de lo razonable.

Quizá después de todo sí le interesara una de las damas de la sala. Pero como había dicho, ella no era cosa suya. O no podía serlo, más bien. Por un momento se imaginó pidiendo a James permiso para cortejarla. La sola idea le hizo sentirse estúpido.

Se obligó a moverse y se dirigió directamente a las estancias abiertas en la planta de abajo, ignorando el baile, convencido de que sus amigos habrían huido de la multitud. Eran varias, pero solo cuatro de ellas estaban ocupadas. Otras tres, más dos salitas menores, permanecían vacías.

No hubo de buscar demasiado. En la segunda habitación en la que se asomó divisó a ambos matrimonios. Al igual que los duques, los condes hacían una magnífica pareja. Bensters tomaba a April de la cintura, en un contacto íntimo poco habitual en los cónyuges de la nobleza inglesa. Se les veía felices. Richard se sintió orgulloso. Se sabía responsable directo de esa unión, aunque por poco le cuesta, si no la vida, sí un balazo en algún lugar incómodo. Afortunadamente era James quien se había llevado la peor parte de aquello.

Sintió una punzada de envidia. Él quería un matrimonio como el que sus amigos tenían. E, infantilmente, pensó que lo merecía más que ellos. Julian había jurado no casarse jamás, y James no creía en el amor. Y allí estaban los dos, perdidamente enamorados y plenamente correspondidos. De los tres, él era el que creía en el amor, y en la felicidad conyugal, y en cambio era el único que permanecía soltero, y sin cambios a la vista. Tal vez debiera tomárselo con más calma y esperar un poco más, a ver si alguna muchacha despertaba su interés.

«Alguna otra muchacha», su conciencia parecía no dejar de burlarse de sus deseos.

Esquivando sus propios pensamientos, se acercó a saludar a sus amigos, sabiendo que solo así su mente se mantendría alejada de Nicole.

—Stanfort, Bensters.

—Sunder —contestaron ambos al unísono, con la misma solemnidad.

Las damas se miraron y pusieron los ojos en blanco, en señal de burla. Siempre el mismo ritual. Un saludo frío utilizando el título, como si fueran casi desconocidos. Judith ofreció la mejilla a su hermano, sonriente, y April hizo lo mismo. Ambas fueron recompensadas con un beso.

El conde de Bensters no permitiría a ningún otro hombre besar a su esposa, quizá ni siquiera a Stanfort. Pero Sunder había sido un buen aliado de la condesa contra él mismo en el pasado, y a pesar de ello, o tal vez por ello, le estaría eternamente agradecido. Fue, de hecho, el vizconde quien le entregó en el altar a April. Y ello a pesar de aquella aciaga noche en que se batieron en duelo.

—¿Podré contar contigo para un combate mientras estés en la ciudad, Julian? James ya no sirve ni de *sparring*. Desde que se casó...

Dejó la frase inconclusa, a la espera de que empezaran las bromas, que no se hicieron de rogar. Al minuto los hombres se estaban lanzando afiladas chanzas, para deleite de la condesa.

Su hermana, en cambio, no dejaba de mirarle, suplicante. Richard no sabía bien qué estaba ocurriendo, y ante los reproches silenciosos de ella, estalló.

—¿Qué, hermanita?

Todos le miraron, entre divertidos y escandalizados por su falta de diplomacia. Judith se puso colorada. James intervino.

—Creo que quiere hablar contigo en privado, Sunder.

—Si quisiera hacerlo, solo tendría que pedirlo, en lugar de mirarme con ojos de loca. —Todos rieron.

—Te lo estaba pidiendo, Richard, pero de forma discreta e inteligente. Tal vez por eso eres el único que no se estaba enterando —aportó Julian, para regocijo del grupo.

Judith resopló de forma poco femenina, y Richard se sintió arrastrado hacia la salida. Mientras se alejaba, preguntó con sorna.

—Nos disculpáis, ¿verdad?

Se metieron en una pequeña sala un par de puertas más allá. Era una estancia pequeña, en la que apenas cabía un escritorio, tres sillas y un par de estanterías. Debía de ser el despacho del secretario de lord Guesten, pensó. Su hermana la sacó de sus cavilaciones.

—Desde luego, hermanito, a veces pareces haberte criado entre salvajes.

—Lo dices tú, que viviste seis años con ellos.

Ella respondió airada, de forma casi automática.

—Los americanos no son salvajes, Richard. En el tiempo que estuve allí...

Él simuló un bostezo, gesto que la hizo callar. Él la pinchó.

—No me has traído aquí para hacerme una disertación sobre las costumbres de Boston, ¿verdad?

Su hermana negó con la cabeza, y se puso seria.

—Es Nicole.

El estómago de Richard se contrajo al instante. Con estudiada indiferencia, preguntó.

—¿Le ocurre algo?

—No, no. —Ella movía las manos, tranquilizadora—. Es Kibersly, no me gusta.

Él soltó una carcajada seca.

—Deberás ponerte a la cola. Hay una larga lista de personas que lo detestan.

—Lo sé —asintió Judith—, pero ninguno de los miembros de tan selecta lista corre el riesgo de tenerlo que soportar en la familia. Solo James, tú y yo.

Richard levantó una ceja, al tiempo que negaba con la cabeza.

—¿Yo? A mí no me incluyas, querida.

—Lo invitaré a todas las reuniones familiares a las que tú acudas, a los cumpleaños de Alexander, lo instaré a que practique deporte contigo...

—No sigas, Judith, lo he entendido. —Puso cara de pocos amigos. Se negaba a dejarse manipular por su hermana—. ¿Qué quieres?

—Quiero que te asegures de que no es un capullo.

Se encogió de hombros, resignado.

—Lo siento, Jud, me temo que sí lo es.

Ella le miró frustrada.

—¡Pues haz algo! No puede casarse con Nick. Busca algo sórdido.

—Es James quien debe hacer eso, no yo.

—Ya lo ha intentado, sin éxito.

Ya, y también había intentado que fuera Richard quien se metiera, y había vuelto a discutir con la joven. Discusión de la que había disfrutado, al ver cómo se desbordaban sus pasiones e intentaba, incluso, golpearle. Insistió en su negativa, aun a sabiendas de que terminaría por ceder.

—No es mi hermana. —Le miró, serio como nunca.

—Pero yo sí, y te lo estoy pidiendo.

Ahí estaba. Judith le estaba poniendo cara de corderito, y él no podía resistirse a su hermana cuando le miraba así. Maldita fuera, bien que lo sabía.

Derrotado, asintió.

—Haré lo que pueda.

Se consoló con la recompensa, compuesta por un sonoro beso y una sonrisa deslumbrante. Por eso adoraba a su hermana. Las expectativas que depositaba en él eran enormes, y le hacía sentir casi heroico que le creyera capaz de cualquier cosa.

La acompañó de nuevo con el grupo, y se disculpó para buscar una bebida. Quizás hiciera algunas preguntas aquí y allá. Seguro que James ya lo había hecho, pero había dado su palabra. Otra vez.

Nicole estaba bastante nerviosa. Esa era su gran noche. En apenas unos minutos besaría al marqués de Kibersly, y si todo iba como cabía esperar, se comprometería con él. Su vida iba a dar un giro, y aunque no se sentía preparada para ello, sabía que el tiempo reposaría sus inquietudes. O eso esperaba, al menos.

Estaba haciendo lo correcto. A pesar de las reservas que su hermano pudiera tener, lord Preston no tenía tacha, y era el mejor candidato. Eso seguro.

Se había acicalado especialmente. Llevaba el cabello recogido en lo alto de la cabeza y sujeto por dos peinetas de oro viejo, dejando que cientos de hebras onduladas le acariciaran la espalda. Unos llamativos pendientes de diamantes, con una gargantilla a juego, adornaban sus orejas y su escote. Un vestido de color crema, elegante en su sencillez, cerraba el conjunto. Estaba segura de que se la veía hermosa, y la mirada de muchos jóvenes así se lo había confirmado.

En cuanto habían llegado al baile, lord Preston la había reclamado para sí, y su hermano había aceptado, poco convencido, en dejarla a su cuidado. Aunque la posesividad casi arrogante que mostraba respecto de ella era una actitud que seguía molestándole, quería creer que cuando se casaran él sosegaría sus exigencias. Le había reservado un vals, y se había asegurado de tener los dos siguientes bailes libres para poder desaparecer discretamente con él. Tendría que pedirle que le acompañara a un lugar más íntimo. Solo esperaba que Kibersly no se negara. Sería bochornoso traspasar así los límites del decoro y ser tachada de descarada, en lugar de apreciar su invitación.

Era imposible que él se negara, se animó. No después de su actitud en las últimas semanas. En ese instante, las notas de su vals la sacaron de sus cavilaciones y vio al caballero rubio acercarse a ella. Sonriendo, se armó de valor y se dirigió hacia la pista de su mano.

Una vez que todas las parejas estuvieron preparadas, comenzó a sonar la alegre melodía. Ella se mantuvo callada, disfrutando de las atenciones del marqués. Este respetó su silencio y se limitó a dirigirla por el salón mientras le lanzaba ardientes miradas. Después de lo que a ella le pareció una eternidad, finalizó la pieza. Aprovechó el pequeño caos que siempre se formaba tras el vals, mientras los caballeros buscaban donde dejar a sus parejas, para acercarse a él y susurrarle.

—Lord Preston, ¿le importaría que buscáramos un lugar más tranquilo, más íntimo? Me gustaría... eh... hablar con usted a solas.

Sintió que la mano de él se tensaba sobre la suya y por un momento pensó que se negaría. Apenas un segundo después el marqués asintió y la condujo con aparente serenidad hacia un lateral del salón, donde estaba su grupo de amigos habitual. Ella en cambio pudo notar que no estaba tan sosegado como pretendía aparentar.

—Deme un minuto, y volveré por usted.

La voz de él sonó inusitadamente ronca, y eso la tranquilizó. No era tan inocente como para ignorar el motivo de su tono agravado. Supuso que habría ido a otear la planta baja, en busca de un lugar donde poder hablar. Bueno, hablar no era lo que tenía en mente, se recordó. Y probablemente él lo sabría también. Atenazada de nuevo por los nervios, tomó una copa de champán de uno de los camareros y se la tomó prácticamente de un trago, tratando de calmarse. ¿Por qué no podía tomarse un maldito whisky? Estaba alterada, y apenas escuchaba lo que decían sus amigas. Era impaciente, y esperar la crispaba más todavía.

No había transcurrido ni un minuto cuando regresó Kibersly, y le ofreció el brazo. Con aparente impavidez, se disculparon y desaparecieron disimuladamente por el pasillo. Nicole se sentía flotar, apenas notaba el suelo contra sus zapatillas de baile. La condujo hasta una habitación pequeña, con tres sillas, una mesa y un par de estanterías. Debía de ser el despacho del secretario del anfitrión, pensó Nicole distraída. Oyó el chasquido de la puerta, aunque no el del pestillo. Pensó en pedirle que cerrara con llave, pero no se atrevió.

—¿Lady Nicole?

El tono de él era interrogativo, y destilaba cierta urgencia. Se sintió bloqueada, de repente no tenía ni idea de qué hacer. No era la primera vez que la besaban, pero este iba a ser sin duda el beso más importante de su vida. Notó el inicio de un ataque de pánico, y antes de que la paralizara se lanzó.

—Béseme.

Él reaccionó con sorpresa a su ruego. Probablemente esperaba besarla, pero no que ella se lo pidiera directamente. Más adelante se lo explicaría, tal vez cuando se casaran. Sería su broma privada, su pequeño secreto, pensó esperanzada.

—Béseme —repitió, con voz más firme esta vez.

El marqués se le acercó, le tomó la cara con las manos con

exquisita delicadeza, y cautivó sus labios, moviéndolos con suavidad sobre los de ella.

Nicole se concentró. Sentía los labios de él sobre los suyos batiéndose rítmicamente. Sentía el calor del cuerpo de él, tan cercano. Sentía la lengua de él, intentando traspasar sus labios con persuasión, sin insistencias.

Pero no sentía mariposas en el estómago, ni se le encogieron los dedos de los pies. Algo no iba bien. Quizá no había suficiente pasión, reflexionó. Richard había estado más cerca de ella, y la había acariciado.

Sacándose al maldito vizconde de la cabeza, le tomó de las solapas y lo acercó más a su cuerpo. El marqués no necesitó más estímulo. Imprimió más urgencia al beso, y posó sus manos en la espalda de ella, bajando suavemente hacia su trasero. Lo oyó gemir suavemente.

«Nada —pensó Nicole, fastidiada—. Es más. Nada de nada.» Al parecer Kibersly sí estaba disfrutando, pero ella no sentía que el suelo temblara bajo sus pies. ¿Y ahora qué? ¿Se disculpaba educadamente y salía de allí? ¿Cómo se le decía a alguien que te estaba besando, a petición propia, «gracias pero acabo de descubrir que no me interesa»?

Richard salía a por una copa, tras comprometerse con su hermana a averiguar más cosas sobre el condenado marqués de Kibersly y haberla acompañado de regreso junto a Stanfort, cuando vio la melena que lo martirizaba a todas horas, dirigirse hacia la sala en la que poco antes habían estado Judith y él. Un caballero rubio la acompañaba, y no había que ser muy listo para saber quién era.

Se detuvo, tentado de interrumpir la cita clandestina. Pero se repitió que no era asunto suyo. Quizá debiera avisar a James. O quizá no, sería contraproducente. Si Stanfort los pillaba se armaría un gran revuelo, y antes de que acabara la noche habría compromiso, lo que sabía de sobras que no soportaba que pudiera ocurrir. Las amenazas de Judith resonaron en su mente, dándole un motivo más seguro para malograr la cita.

Tal vez podría quedarse en el pasillo y vigilar que nadie entrara. ¡Y una leche iba él a quedarse haciendo de carabina mientras la bruja pelirroja besaba a otro! Maldiciendo en voz baja, se encaminó a la salita en cuestión.

Una vez allí, abrió la puerta sin contemplaciones, y se encontró con una tórrida escena. Nicole estaba abrazada al petimetre, y este la tenía agarrada por... maldito cabrón. Sintió que la cólera lo invadía. Nicole era suya. Suya.

Ante la súbita interrupción, la pareja se separó bruscamente y miró hacia él. Nicole tuvo la honradez de sonrojarse. El marqués, en cambio, parecía encantado con la interrupción.

—Sunder, no le esperábamos.

Richard no se lo podía creer. La furia que sentía amenazaba con desbordarse.

—Fuera.

Le satisfizo ver que el muy estúpido se contrariaba.

—Por supuesto —le dijo el marqués, como si él no hubiera pronunciado palabra—, haré lo correcto.

Un grito ahogado salió de la garganta de Nicole. Ninguno de ambos le hizo caso. Estaban completamente concentrados el uno en el otro, midiéndose. Ella nunca había visto a Richard tan enfadado.

—Lo único correcto que harás, Kibersly —le habló en un tono engañosamente suave—, será largarte de esta habitación y mantener la boca bien cerrada.

El marqués quiso protestar, pero Richard no le dio opción. Se le había agotado la paciencia, así que lo tomó de la pechera, y lo lanzó fuera de la habitación sin contemplaciones, cerrando la puerta bruscamente, mientras trataba de serenarse sin éxito.

Acto seguido echó el pestillo, y se volvió para encararse con Nicole, quien le miraba como un cervatillo asustado. ¿Tenía miedo de lo que Richard pudiera decir o hacer?

Mejor. Chica lista.

13

Nicole oyó un par de intentos de abrir la puerta de nuevo, una maldición, un segundo de duda, y los pasos airados de Kibersly que se alejaban. Maldito fuera el marqués por no quedarse e insistir. Y maldito Richard también, que la miraba como si ella fuera una mujer caída en desgracia y él un ejemplo de moralidad. Se cruzó de brazos y lo enfrentó, tratando de ocultar con su mal genio el temor que sentía sobre las posibles consecuencias de lo que acababa de hacer. Richard no la delataría, ¿verdad? Sería terrible casarse con un hombre al que no deseaba, y más terrible si era por la acusación del hombre que la desvelaba.

—La puerta, por favor.

—¿La puerta? —Él la miraba como si estuviera loca—. Haberlo pensado antes de entrar, señorita.

Los ojos de ella echaban chispas. Trató de serenarse antes de contestar.

—Abre la maldita puerta, Richard. Si alguien intenta entrar y la encuentra cerrada, estaremos en un lío.

Él tuvo que acceder. Por más que le fastidiara, ella tenía razón en ese punto. Se acercó a la puerta y abrió el pestillo suavemente, al tiempo que le decía:

—Ah, entonces será por eso que antes la dejaste abierta. Si alguien intentaba entrar, al estar la puerta abierta no estarías en un lío, a pesar de encontrarte literalmente pegada al capullo de Kibersly, mientras la mano de él descansaba sobre tu...

No necesitó mirarla para saber que la había enfadado.

—Serás... ¡todo esto es culpa tuya, Richard Illingsworth!

Oyó que él chasqueaba la lengua, con tedio.

—Creí que habías abandonado la mala costumbre de culparme de todos tus males. —La retó con la mirada a que contestara. Al no hacerlo continuó, más sosegado—. En cualquier caso no he sido yo quien te ha obligado a meterte en esta sala con tu perrito faldero para dejar que te manoseara el trasero.

—Tú... tú... —Estaba tan enfadada que no le salían las palabras.

—¿Yo? ¿Yo? —repitió, esperando que le explicara lo ocurrido. Necesitaba saber qué veía en aquel estúpido. Hubiera matado por entenderlo.

Se estaba riendo de ella. Volvía a reírse de ella. Una furia desconocida la invadió y perdió el control. Alzó la voz al tiempo que aplastaba su dedo índice contra el pecho de él, completamente fuera de sí.

—Si tú no me hubieras besado la otra noche no estaría aquí, Richard Illingsworth. —Golpeó el pecho con el dedo, con más fuerza—. Si no me hubieras hecho sentir mantequilla en tus brazos, no estaría aquí, Richard Illingsworth. —Repitió el gesto de su dedo con más furia todavía—. Si no fueras el único hombre que me hace sentir mujer, no estaría aquí, Richard Illingsworth. —De nuevo el insidioso dedo se clavaba entre las costillas de él—. ¡Pero aquí estoy, intentando que otro hombre me haga sentir como tú para casarme con él!

Richard se quedó completamente quieto. Si ella se hubiera desnudado frente a él y hubiera bailado la danza del vientre no le hubiera excitado más. Nicole le deseaba. Solo a él. Él la hacía sentirse mujer. Mantequilla en sus brazos.

Un sentimiento completamente nuevo para él le invadió, al tiempo que se volvía loco de deseo. En un solo movimiento cerró la distancia que los separaba y la besó como nunca la había besado. Como nunca antes había besado a una mujer. Sin delicadeza, sin reservas, sin guardarse nada de sí mismo. La devoró, tratando de saciar un apetito que ni siquiera sabía poseer.

Nicole, más que verlo llegar, lo presintió. Sintió su boca, y su cuerpo reaccionó al instante. Se le contrajo el estómago de anticipación, se abrió el mundo bajo sus pies para engullirla en un torbellino de placer, y ya no pudo pensar.

Richard no podía aminorar la intensidad de su pasión. La besaba con fiereza. Una parte de su mente sabía que le magullaría los labios, que le dejaría marcas en el cuello con su ardor, pero la otra parte le decía que marcarla era su derecho, que era suya y de ningún otro. Ella, en su fiera inocencia, se lo había confesado, sellando el destino de ambos. Sus manos comenzaron a deslizarse por el cuerpo de Nicole. Acunó los pechos con las manos. Eran exquisitos, cubrían perfectamente sus palmas, como si estuvieran hechos a su medida. La sintió gemir y pellizcó el diminuto bulto de su pezón a través de la tela, que reaccionó irguiéndose contra sus dedos. Pero necesitaba más. Sus manos abandonaron su rostro y se deslizaron con apremio por la espalda hasta su trasero, que sintió perfecto también, y que presionó contra su erección. Insatisfecho a pesar del íntimo contacto, comenzó a tirar de la falda hacia arriba. Le urgía sentir su piel. Estaba hambriento, y ella era su maná.

Nicole se ahogaba y solo Richard parecía mantenerla a flote. Cuando le pellizcó los pezones, arrugados de excitación, un gemido gutural salió involuntariamente de su garganta, pidiendo más. Él la complació bajando las manos más allá de la cintura, atrayéndola. El cuerpo de ella cobró vida y se apretó contra el bulto creciente de la virilidad de él. Notó que sus faldas subían, el frío de la noche, y el tacto de él sobre su piel, que en contraste con el calor que sentía, la llevaron a la locura.

—Nicole...

Oír su nombre la transportó al siguiente nivel, a uno que ni siquiera sabía que existía. El ronco susurro, velado contra la boca de él, era tan ardiente que la arrastró indefectiblemente hacia la pasión que le ofrecía, hacia donde ambos se dirigían con deleite.

Un coro de gritos los devolvió a la realidad. Las hermanas Sutherly, los tres sosos del reino, y un par de muchachas más que Richard no conocía, estaban en el umbral de la puerta, que alguien había abierto de par en par.

Sin tiempo apenas para reaccionar, soltó sus faldas, la tomó presto de la cintura, le dio la vuelta colocándola de espaldas al pequeño grupo congregado en la puerta para que nadie pudiera verla, y se tomó un segundo para mirarla profundamente.

Y fue en ese preciso momento cuando Nicole se enamoró de él. Tenía el pelo alborotado, probablemente era ella quien se lo había dejado en ese estado. Todavía la mantenía cogida, sabiendo que las piernas de ella no le respondían aún. Su boca, sus maravillosos labios, estaban inflamados por la pasión, como también debía de estarlo la suya propia. Pero fueron sus ojos los que la derribaron. Refulgía de pasión, se veían del color del mejor whisky, y la miraban con una mezcla tal de calor, ternura y preocupación, que todas sus defensas cayeron como fichas de dominó y supo que amaría a ese hombre mientras viviera.

Richard le acarició la mejilla con suavidad, seguro ya de que ella había recuperado la compostura. Hizo acopio de tranquilidad y se dio la vuelta, para saludar al creciente público que se acumulaba en la puerta. Estaban metidos en un buen lío.

En ese momento llegó James, seguido de Judith y con los condes de Bensters pisándoles los talones. Como si de Moisés en el mar Rojo se tratara, la multitud se abrió y los dejó pasar. Se hizo el silencio. No hacía falta que nadie les explicara lo que acababa de ocurrir, el estado de sus ropas y peinados hablaba por sí solo.

Fue Judith quien los sacó a todos de su estupor, y salvó la situación.

—Jovencitos —los riñó en tono cariñoso, que podría engañar a cualquier que no la conociera bien—, creí que habíamos acordado que sería un secreto hasta que la duquesa viuda fuera informada del compromiso.

Y entonces estallaron las voces de todos los curiosos y la noticia corrió como la pólvora. Los respectivos hermanos de los duques de Stanfort estaban prometidos.

Judith se sentó frente a Richard en el carruaje de este. Estaban solos. James y Nicole habían cogido el coche ducal, solos también.

Bendita April, que había felicitado a Nicole efusivamente en cuanto Judith había anunciado el compromiso. Había hecho que todo el mundo reaccionara con cierta credulidad, a pesar de lo jugoso de la noticia. Las felicitaciones habían llovido desde todas partes, y a la alta sociedad allí congregada les había parecido la unión perfecta, dada la relación de sus respectivos hermanos.

Los dragones, como su marido llamaba a las cotillas más recalcitrantes, estarían hablando ya. Todas las matronas harían comentarios malintencionados sobre lo indecoroso de la situación en la que habían sido sorprendidos, pero los rumores acabarían en el altar. Se era más permisivo con aquellos que hacían lo correcto.

En cuanto habían tenido ocasión, se habían despedido de

los Guestens, que estaban encantados de que hubiera sido precisamente en su fiesta donde se hubiera anunciado el enlace. Todos lo considerarían un éxito social, más aún cuando ese año los Tremaine no iban a celebrar su célebre baile en los jardines. Y era el primer compromiso de la temporada, además.

Ambos carruajes habían llegado a la vez a la puerta de sus anfitriones, mas una mirada había bastado para saber con quién iría cada uno.

Y allí se encontraban ahora. Richard estaba muy malhumorado. Saltaba a la vista que no estaba satisfecho en absoluto con lo que había ocurrido. Afortunadamente su hermana esperaba en silencio a que él quisiera hablar. Fuera había un atasco monumental, como si todo el mundo hubiera dado la fiesta por concluida, una vez satisfecha la morbosidad, así que disponía de al menos media hora para aclararse.

¿Qué demonios había ocurrido? Se había comprometido con la única mujer a la que nunca había considerado como posible esposa. A la que jamás se atrevió a considerar. Todo había ocurrido demasiado rápido. Primero la había sorprendido besándose con Kibersly, luego le había dicho que le deseaba, y él se había abalanzado sobre la muchacha sin control, y después habían sido interrumpidos por las amigas de ella.

Se apoderó de él una fría certeza: Nicole le había engañado. Había preparado una trampa para el marqués, como hiciera con él lady Elisabeth. Pero él había fastidiado el plan al interrumpirlos. Supuso que para la dama tanto daba uno que otro, y había aprovechado la coyuntura para atraparle a él.

La rabia le inundó, y tuvo que hacer un esfuerzo monumental para que sus sentimientos no se reflejaran en su rostro. Su hermana le miraba atentamente, y no quería que supiera qué estaba pensando.

Estaba atrapado. Por más que deseara negarlo, Nicole había tejido la telaraña perfecta y él, en su estupidez, se había enredado sin ayuda de nadie. Y pensar que se había preocupado sinceramente por ella al ser sorprendidos, temiendo que pudiera desmayarse. No había otra opción, tendría que casarse con ella. Aunque las circunstancias no le permitían alegrarse como pensó que le ocurriría si alguna vez lograba tenerla.

Pero se aseguraría de que a ella le disgustara la idea tanto como a él.

En el otro carruaje James no conseguía mejores resultados que su esposa. Nick estaba en absoluto silencio, y no parecía que fuera a cambiar de actitud. Seguía cavilante, y James consideró pertinente dejarla con sus pensamientos. Al menos de momento. Cuando llegaran a Park Lane toda la familia tendría una conversación en la biblioteca. Una conversación que sería muy larga, por cierto.

El duque no sabía cómo se sentía. Desde luego no estaba satisfecho con la indiscreción de Richard y Nick, pero no podía evitar sentirse aliviado al saber que esos dos se casarían. Se sentía feliz, incluso. A pesar de sus diferencias, estaba seguro de que sería un buen matrimonio para ambos. Satisfecho con sus pensamientos, se recostó en el mullido asiento de terciopelo rojo del carruaje.

Nicole, en cambio, aún no se podía creer todo lo que había ocurrido en un lapso de tiempo de apenas diez minutos. Había besado a lord Preston, el que iba a ser su esposo si todo iba como esperaba. No había disfrutado nada del interludio, aunque tampoco había sido desagradable. Se había quedado sin candidato al altar. Había sido sorprendida por Richard, y habían discutido. Él la había besado. Había disfrutado muchísimo. Los habían descubierto. Ella se había enamorado. Estaban prometidos.

Su mente, incrédula, repetía una y otra vez la escena, paso

a paso, tratando de asimilar lo sucedido, buscando dónde estaba el truco.

Richard. Tras la pasión del beso, las caricias y los suspiros, tras la violenta interrupción y el escándalo, él la había mirado. Había posado su mirada en ella y Nicole había podido ver en sus ojos infinita ternura y preocupación. Solo su hermano la había mirado así. «¡Bueno, sin la pasión, claro!», se amonestó al punto.

Ese hombre siempre había despertado en ella emociones fuertes, y hubo una vez en que incluso pensó en casarse con él. Pero ahora iba a ocurrir de verdad. A pesar de lo extraño de las circunstancias, estaba... esperanzada. Richard tenía que quererla un poco, ¿no? Nadie besaba así, ni miraba así, si no sentía algo especial. O eso esperaba.

Le entró el pánico. El año anterior había presupuesto lo mismo, y al final había estado equivocada. Aunque entonces él no la había besado con ese apremio. El sonrojo sustituyó al miedo, y rezó para que su hermano no supiera en qué estaba pensando exactamente.

El carruaje se detuvo y se abrió la portezuela. Nicole se sorprendió al ver que estaba en casa de su hermano, no en la suya. En su antigua casa, de hecho. Ni siquiera se había dado cuenta de la dirección que tomaban, tan ensimismada estaba. Precedió a James y se encontró con la mano enguantada de Richard, que le ofrecía ayuda para bajar del vehículo. La sintió firme, en contraposición a la suya, que temblaba ligeramente. Trató de sonreír, pero algo en la mirada de él se lo impidió.

Bueno, tampoco podía esperar que él diera saltitos de alegría por lo ocurrido. Pero todo iría bien, se dijo. Al final esta sería una maravillosa anécdota, se prometió. Una aventura de tantas como esperaba vivir con él, rezó.

Entraron en la casa. Judith había llegado apenas un minuto antes y les aguardaba en la entrada, mientras su hermano prefería esperar fuera. Debía de haber aprovechado para ordenar al mayordomo que preparara el estudio para una pequeña reunión, pues había cierta actividad en la casa, poco habitual a altas horas de la noche, y el fuego de la chimenea estaba encendido. Ella sí le sonrió, y Nicole se sintió reconfortada. Con timidez, le devolvió la sonrisa, tomó el brazo que su cuñada le ofrecía y fueron juntas hacia la biblioteca.

Detrás les seguían Richard y James. Los hombres, en cambio, apenas se miraban. Ninguno de ambos quería sacar conclusiones precipitadas, y prefería esperar a ver cómo se desarrollaba lo que quedaba de noche, y cómo reaccionaba el otro.

Una vez dentro, y servida una copa de oporto y tres de whisky, pues esa vez sí se tuvo en cuenta la petición de Nicole, se hizo el silencio. Todos se miraban pero nadie parecía tener nada que decir. Fue Richard quien se decidió.

—James, Judith, ¿os importaría dejarnos a solas a mi prometida y a mí durante unos minutos?

No pasó desapercibido a ninguno de los presentes que prácticamente había escupido la palabra prometida. La preocupación se reflejó en el rostro de Judith, quien miró a su esposo buscando opinión. Este asintió y ambos salieron en silencio de la estancia.

Una vez solos, Richard se encaró a la muchacha, que estaba sentada en uno de los enormes sillones orejeros de James. Allí sentada, parecía más menuda y mucho más frágil.

—Escúchame y no me interrumpas.

El rostro de ella se tornó lívido ante su tono. «Mejor.»

—A ver si adivino lo que acaba de ocurrir. Planeas con tus amiguitas las Sutherly ser sorprendida con Kibersly en una situación que asegure el compromiso.

—¡¿Qué?! —Su tono destilaba pánico.

—Te he dicho que no me interrumpas, Nicole —contestó con voz fría como el acero. Ella calló, desorientada—. Te largas con el pobre desgraciado, pero llego yo y te estropeo el plan. Y piensas ¿qué más dará uno que otro? La cuestión es casarse, ¿no? Me enredas hablando de deseo, y yo caigo como un jovencito inexperto. —Aplaudió—. Buen trabajo, Nicole, muy buen trabajo. ¿Quién te lo ha enseñado, lady Elisabeth?

Solo de pensar en la hija de los Bernieth se puso enfermo, y su rabia aumentó considerablemente, lo que hacía un momento le había parecido imposible.

—¿De eso iba todo esto, lady Saint-Jones? ¿De demostrarle a lady Elisabeth que tú sí eras capaz de atrapar a un hombre con el truco más viejo del mundo? —Ella seguía callada, completamente espantada—. Pues enhorabuena, milady, acabáis de ganar un marido. Solo espero que sepáis lo que eso va a significar para vos.

Ella salió de su estupor poco a poco, horrorizada. Él creía que ella le había engañado. Y viéndolo desde su punto de vista, era comprensible. La situación era casi insostenible. Sería mejor que se explicara, y rápido, pues era su futuro lo que estaba en juego. Ya exigiría una disculpa después por sus ofensas.

—Richard, sé lo que parece, pero tienes que creerme...

—¿Creerte? —la interrumpió. Su tono era cruel—. No me hagas reír. Tenemos poco tiempo, antes de que vuelvan a entrar, así que déjame acabar. No pienso decirle a James la artera de primera que es su hermanita, y te agradeceré que tú no presumas de tu gesta ante nadie. No quiero que ninguno de ambos tome partido en nuestra relación y vuelva a ocurrir lo mismo que el año pasado. Ni James ni Judith tienen la culpa de... —no encontraba palabras para definirlo, así que optó por ser intencionadamente grosero—... de esta mierda, así que no les salpiquemos.

En ese momento la puerta volvió a abrirse, y los duques entraron. Richard rebajó a duras penas su enfado a mera irritación.

—Bien, sobran las palabras. Elegid fecha para el enlace, y acabemos con esto.

Judith miró a su hermano con preocupación.

—Richard...

—No pasa nada, Jud. Simplemente no me gusta sentirme obligado a nada.

—Haberlo pensado antes de levantarle la falda a mi hermana, Sunder.

En el tono de James no había rencor ni enfado, solo constataba un hecho. Aun así fue como si le echaran sal en una herida. Tuvo que hacer uso de todo su autocontrol para no contestar con la misma mordacidad. Optó por el silencio.

Pasado el momento de tensión, Judith volvió a hablar.

—Creo que para San Jorge podría ser un buen día. Apenas queda una semana, lo que es conveniente en caso de que sea necesaria una boda rápida.

Dejó caer el comentario con suavidad, esperando no crear un cisma. Pero si no habían traspasado el límite, sería más conveniente un noviazgo largo, para acallar especulaciones desagradables. Era importante saber hasta dónde habían llegado. Fue Richard quien contestó.

—No, no es necesaria una boda rápida.

James soltó el aire que estaba conteniendo. El alivio que sintió fue enorme.

—Bien, entonces podemos preparar una boda para el final de la temporada. Así nos aseguramos que hará calor, y tenemos tiempo suficiente para preparar una gran fiesta. —Miró a su marido, con cariño—. La boda que nosotros no tuvimos.

James sonrió al recordar las circunstancias de su boda. Incluso Richard alzó las comisuras de los labios al pensar en aquellos días.

Fue la voz de Nicole, baja y asustada, las que los trajo de vuelta al presente.

—Creo que San Jorge estaría bien. —No miraba a nadie en concreto, solo pensaba en voz alta.

Todos se volvieron a mirarla, y luego a Richard. James dio un paso adelante, amenazante.

—No la he tocado, James. —Ante la mirada desconfiada de su amigo, rectificó—. No la he deshonrado, James.

—¿Nick?

—No es eso, James. —De nuevo había que esforzarse para oírla, y ella seguía mirando al vacío, como un conejo asustado—. Es solo que cuanto antes pase, mejor.

La incertidumbre atenazaba su corazón. Él pensaba que lo había engañado, y ni siquiera le había dejado explicarse. Su orgullo le decía que debía enfadarse por la falta de confianza por parte de él. Precisamente por parte de él, después de todo lo que le había hecho pasar a ella. Pero su corazón le gritaba que era importante convencerle de que estaba equivocado. El signo de su matrimonio dependía de ello. Y tenía miedo de no conseguir hacerle ver lo que había ocurrido en realidad. Richard podría hacerla sufrir como ningún otro hombre lo lograría jamás.

Sobrecogido por un momento al ver el terror en la cara de ella, asintió.

—San Jorge, entonces. Si me disculpáis...

Y sin más, Richard salió de la estancia y de la casa.

Ya en la cama, el duque de Stanfort trataba de tranquilizar a su esposa.

—Todo saldrá bien, pequeña. Esos dos están locos el uno por el otro, aunque todavía no lo sepan. Es cuestión de tiempo.

James estaba ahora muy satisfecho con la unión. Y no solo por el estrechamiento, aún mayor, de los lazos entre todos ellos, sino porque estaba convencido de que realmente podría funcionar. Conocía a Richard, y sabía que no se habría acercado a su hermana solo por lujuria. Y sospechaba que los sentimientos de Nick eran mayores de lo que ella se atrevía a reconocer.

Judith, en cambio, no parecía tan convencida, dada la reacción de ambos, pero era una mujer optimista.

—Espero que tengas razón, James, de verdad que lo espero.

Nicole descansaba en su antigua alcoba, pues no había querido volver a su casa, donde estaría sola. Se había quedado dormida completamente exhausta, tratando de hallar, sin éxito, la manera de enderezar la situación. No iba a dejarse llevar por la desesperación. Lo arreglaría. Necesitaba reparar lo ocurrido ya que, a pesar de lo precario de la situación, sabía que casarse con Richard era lo mejor que le podría ocurrir.

Richard, por su parte, estaba en su estudio, con una copa de whisky sin tocar, maldiciendo su suerte y a sí mismo, por desear, a pesar de todo, a la fiera de ojos verdes. Una parte de sí, a la que se negaba a dar rienda suelta, estaba loca de alegría. Quería creer que había una explicación distinta a lo ocurrido, pero por más vueltas que le daba, no la hallaba.

«Maldito Sunder.» No muy lejos de allí, Preston, el sexto marqués de Kibersly, desahogaba su rabia lanzando la enésima copa contra la pared. El mayordomo entró una vez más, solícito, y le sirvió una copa nueva, mientras una doncella recogía el desastre.

Había rozado el éxito con las manos. Cuando ella le había pedido, con claras intenciones de intimar, que buscaran un sitio donde estar a solas, la euforia lo había envuelto. Por fin, tras tantas semanas de arduo trabajo, iba a atrapar a lady Nicole Saint-Jones. Había confirmado así que había hecho la elección acertada.

Para asegurarse la victoria, le había pedido un minuto. Había escrito una nota anónima a las hermanas Sutherly, pidiéndoles que acudieran a la salita del secretario de lord Guesten, estancia que conocía bien pues no era la primera cita clandestina que tenía allí. Le dijo a un lacayo que se la entregara a las damas unos quince minutos después, tiempo suficiente para garantizar el resultado.

Pero había aparecido el maldito Sunder para estropearlo todo. Cuando lo había sacado de la habitación y había cerrado con llave no tuvo más remedio que irse, para evitar que otros le vieran tratando de abrir, quisieran ayudarle movidos por la curiosidad, y descubrieran entonces a Sunder con lady Nicole, forzando así el matrimonio entre ellos.

Poco importaba que no se hubiera quedado allí. En su enfado había salido en la dirección equivocada, y no había podido avisar a tiempo al grupo de mequetrefes para que no acudieran.

Y las consecuencias habían sido desastrosas.

Maldita su suerte. Necesitaba una heredera antes de que acabara la temporada. Su padre había dilapidado gran parte de su herencia antes de morir, y las inversiones que él había hecho para tratar de levantarla no estaban dando los frutos esperados. De momento había conseguido acallar cualquier rumor al respecto, pero en octubre le vencían unas letras importantes que no podría atender, y entonces su imagen de hombre rico y despreocupado caería como un castillo de naipes.

Si de algo estaba seguro era de que Nicole no quería casarse con Richard Illingsworth, y que se había visto atrapada en la seducción del dichoso vizconde. Apenas se habían dirigido la palabra durante la temporada. No era posible que ella tuviera interés romántico alguno hacia ese hombre.

Que Sunder la besara, en cambio, le había sorprendido.

Probablemente la envidia, el deseo de poseer todo lo que él tenía, le había instado a besar a la muchacha. Debía de ser eso, dado que al vizconde nunca le habían interesado las vírgenes. No encontraba otra explicación posible. Había abusado de la inocencia de la muchacha.

Debiera olvidar a la joven y centrarse en otra, lo sabía, pero algo dentro de él se rebelaba a tirar por la borda todos sus esfuerzos.

Haría un último intento antes de claudicar.

14

Hacía dos días que estaba prometida, ¡dos días enteros!, y todavía no había visto a su futuro esposo. Según le había dicho su hermano, había ido a Westin House a anunciar a su padre la inminente boda.

James había hecho lo propio, mandando un aviso urgente a Bath con la misma noticia, para que su madre regresara a Londres tan pronto como le fuera posible.

Desde la noche del baile las visitas para felicitarla no habían dejado de sucederse. Muchas jóvenes y sus madres habían tratado de sonsacarle información sobre su relación con Richard, de la que, aunque ningún noble dudaba abiertamente, pues hubiera sido una ofensa a la casa Stanfort, sí cuestionaban en pequeños círculos. Nadie se explicaba que el vizconde hubiera permitido el cortejo a Nicole, estrecho y público, del marqués de Kibersly, hasta la misma noche del baile de los Guestens, si tenía un acuerdo con la hermana del duque. Ni siquiera Sunder podía ser tan permisivo.

La protagonista de las pesquisas prefirió ignorar con elegancia las preguntas indiscretas, sabiendo que la boda acallaría a las chismosas.

De las innumerables visitas, la más emotiva fue, tal vez, la de las hermanas Sutherly. Se deshicieron en disculpas por haberla sorprendido en flagrante delito. Se las veía realmente afligidas, y Nicole terminó por restar importancia a su obvia participación en lo ocurrido. El alivio de todas ellas fue más que evidente al saberse perdonadas. Apreciaban sinceramente la amistad de Nicole, una de las pocas damas que las había aceptado sin reservas desde el principio. Si bien no eran amigas íntimas, sabían que ganarse la estima de lady Nicole Saint-Jones era importante, y no solo por los beneficios que socialmente les pudiera reportar.

Le explicaron que aquella noche, poco después del vals, un lacayo les había estregado una nota sin firmar citándolas en la salita, y que habían acudido, junto con el resto del grupo, creyendo que se trataba de algún juego.

Una vez resuelta la controversia, la abrazaron y felicitaron profusamente. Las tres parecían de acuerdo en que sería un buen matrimonio, y que sería dichosa con Richard Illingsworth a su lado.

Ella misma deseaba fervientemente que así fuera, y tiempo atrás pensó que, efectivamente, con Richard tendría una vida maravillosa, pero tras la conversación de dos noches atrás su sentido común comenzaba a dudarlo seriamente. Richard no la había visitado antes de irse, ni había enviado nota alguna explicando su marcha. James y Judith habían justificado la reacción de él y la habían animado a que no se preocupara. Y así lo hacía durante el día, pues la vorágine previa al enlace no le permitía detenerse a pensar ni un segundo. Pero por la noche su cabeza no dejaba de pensar en que él tenía razones, aunque infundadas, para sentirse engañado. Deseaba hablar con él antes del enlace. Necesitaba explicarle lo que había ocurrido realmente, lo extraño de la misiva a las Sutherly y lo inconveniente del resto. Pero para contárselo él tenía que aparecer, y según estaba viendo su prometido no tenía intención de hacerlo.

Poseía el traje perfecto para la boda, uno de los vestidos de noche que todavía no había estrenado. Le habían cosido a la seda decenas de pequeñas perlas hasta conseguir un efecto soberbio. Pero era necesario encargar ropa nueva dada su inminente condición de casada, especialmente ropa interior.

Se sonrojó pensando en ello. Había aspectos de su matrimonio que no temía, y uno de ellos era la noche de bodas. Esperaba que su madre, que debía haber llegado esa tarde pero inexplicablemente se había retrasado, le explicara algunas cosas, pero estaba convencida de que con Richard todo iría bien.

Aquella noche tampoco iba a salir. Había declinado todas las invitaciones que habían ido llegando los dos últimos días, pues no se sentía con ánimos de soportar más escrutinios. Estaba agotada tras el ajetreo de la mañana y la tarde, y además la ausencia de su prometido daría que hablar.

Se encontraba sentada en el comedor de su casa, tomando un ligero refrigerio, y tratando de resolver el pequeño misterio de la fatídica nota. ¿Quién la habría enviado? ¿Quién podía saber lo que iba a ocurrir? Ella no había contado a nadie sus planes, desde luego.

Richard no podía haber tenido tiempo, y su actitud no parecía indicar que fuera precisamente el artífice del compromiso.

Y el marqués estaba descartado también, por motivos igual de obvios. Al margen de que deseara o no casarse con ella, no había tenido ni idea de sus intenciones hasta que ella se las había expuesto.

La única persona que la odiaba lo suficiente como para tratar de perjudicarla era lady Elisabeth, pero por muy mezquina que pudiera ser, no haría algo que pudiera beneficiar a Nicole. Y casarse con el vizconde de Sunder era, se mirase por donde se mirase, un privilegio.

Por tanto, no tenía ni idea de quién podría haber sido. Y las hermanas Sutherly estaban muy convencidas del anonimato del mensaje.

Terminó de cenar y se dirigió directamente a su dormitorio. Una vez dentro y a solas, se sirvió una pequeña cantidad de su reserva de whisky, que empezaba a mermar escandalosamente, y se sentó delante del secreter, tratando de solucionar el enigma.

Algo pequeño impactó contra el cristal, sacándola de sus pensamientos. Esperanzada, dejó la copa y se acercó al balcón.

Richard regresaba a galope tendido. Veía a lo lejos las luces de Londres. Era tarde, y una persona más calmada habría esperado al día siguiente. Pero él no estaba precisamente calmado.

Hacía dos días había decidido salir de la ciudad. La mañana siguiente al compromiso había acudido a White's a desayunar, pero cinco minutos en el club le habían bastado para saber que tenía que salir de allí.

Las palmaditas en la espalda, las sonrisas falsas, los comentarios jocosos, le habían agobiado más de lo que esperaba. Y eso que era con Nicole con quien estaba comprometido. No alcanzaba a imaginar cómo se hubiera sentido si se hubiera tratado de otra mujer. Así que había tomado su caballo y había huido, sí, huido, a la tranquilidad de su finca en Berks. Bajo el pretexto de tener que anunciar las buenas nuevas a su padre, lord John, conde de Westin, dejó intempestivamente su casa de la ciudad mandando una sencilla nota a la mansión de los Stanfort, con sus intenciones para los siguientes días.

El campo le relajaba, aunque no siempre había sido así. Hubo un tiempo en el que las obligaciones de su título le atosigaban, y trataba de esquivarlas viviendo en Londres casi todo el año. Pero dos años antes, coincidiendo con la llegada de su hermana, la paternidad de Julian y el giro en la vida de James, algo en su interior le había impulsado a seguir el camino de la responsabilidad. Había tomado las riendas de su patrimonio, había dejado de lado la vida disipada, y había comenzado a buscar a la que sería su esposa.

Y ya la había encontrado. Nicole. Como cada vez que imaginaba su vida con ella, su corazón se templó.

En su fuero interno reconocía que era afortunado a pesar de las circunstancias. Ella sería una magnífica vizcondesa, y una esposa aún mejor. No era una de esas insulsas damas sin personalidad. Nicole era una leona, como ya le dijera James una vez. Si bien la vida no sería tranquila a su lado, sí sería... emocionante.

En el sosiego del campo, y tras dos días, su enfado había mermado hasta desaparecer. Le costaba creer que Nicole fuera tan ladina. Quizá ambos habían sido víctimas de su propia pasión. Aunque no le gustaba que ella hubiera estado tonteando con Kibersly de forma tan evidente, sabía que le deseaba a él. Y solo a él. Y eso le henchía de orgullo. Ella era suya. Probablemente tanto como él era de ella.

Atónito ante esa conclusión, casi cae de su montura. Se obligó a centrarse de nuevo en *Fausto*, su caballo castaño, y en el camino.

Era cierto, esa pequeña fierecilla le había conquistado poco a poco. La temporada anterior con su carácter confiado, que él había traicionado miserablemente, y ese año con su genio, su honestidad y su pasión. Amaba a la muchacha, pero se cuidaría muy mucho de que ella lo descubriera. Por primera vez en su vida estaba enamorado de verdad. Y por primera vez no pensaba reconocerlo. No hasta que ella se lo confesara primero.

Lo que había sentido por otras mujeres, mujeres que ya no parecían existir en su mente, no era comparable a lo que sentía por ella. Era, además, una mujer a la que admirar y respetar. Definitivamente era un hombre afortunado. En cuanto aclararan el tema del marqués, y ella se disculpara convenientemente, empezarían de nuevo.

Se sentía optimista. Y al parecer no era el único. Su padre se había mostrado encantado con la noticia. A pesar de las circunstancias poco aconsejables que habían impulsado el matrimonio, estaba convencido de que sería una unión magnífica. La dote de ella y el linaje eran perfectos.

Lord John Illingsworth se estaba haciendo viejo, y saber que su hijo continuaba con la estirpe familiar, le tranquilizó lo indecible. Abrazó a su hijo y lo miró con orgullo. Richard todavía tenía que reprimir la emoción al recordar la cara de su padre en el momento del anuncio. Jamás le había visto así. Parecía orgulloso de él como nunca.

Contento, tiró de las riendas de su zaíno y aminoró la marcha. Acababa de entrar en la ciudad. Dirigió a su semental directamente a Grosvenor Square, con idea de darse un baño, tomar algo y quedarse en casa. No le apetecía en absoluto salir y encontrarse con algún indeseable.

Atravesó el camino de grava y lanzó las riendas a uno de los mozos de cuadra, que había salido a recibirle al oír los cascos del caballo. Nodly le abrió la puerta, atento como siempre, y le miró con reproche.

Genial. Al parecer su mayordomo había decidido juzgarle. Algún día despediría a ese viejo tunante.

—¿Algún problema durante mi ausencia, Nodly? —le preguntó con intención.

—Ninguno, señor.

Richard aprovechó la extraña contención del mayordomo y avanzó hacia la escalera, antes de que el sirviente cambiara de idea. No llegó al primer escalón.

—Aunque... me temo que circulan terribles rumores sobre usted. —Con fingido horror continuó—: Se habla de una boda, milord.

Él se volvió y miró al viejo con cariño.

—¿Tan terrible será un matrimonio con lady Nicole Saint-Jones, Nodly?

El mayordomo sonrió ante la confirmación de la noticia, y le miró con orgullo, mientras en sus ojos aparecía un brillo sospechosamente acuoso. De nuevo, como ocurriera con su padre, una potente emoción le embargó. Lo que le faltaba, pensó con fastidio, se estaba volviendo un blando.

Nicole se asomó al balcón y la incipiente ilusión fue sustituida por la decepción. No era Richard quien esperaba en su jardín, sino lord Preston. No tenía ni idea de qué hacía el marqués allí, pero le hizo señas indicándole que bajaba en un minuto. Era consciente de que acudir a hablar con él no era la mejor idea, pero sentía que le debía algo a ese hombre, después de lo ocurrido en casa de los Guestens.

Con un echarpe sobre los hombros, salió de su habitación, tomó la escalera de servicio y accedió a las cocinas, vacías en aquel momento. Por la puerta de atrás, llegó al jardín, tal y como hiciera la noche en que Richard la visitó. Pero esta vez no le esperaba Sunder, sino Kibersly. Tratando de simular su disgusto, se acercó a él.

—Excelencia, no le esperaba.

El caballero se volvió al oírla, mientras fruncía el ceño ligeramente.

—¿Excelencia? Creí que habíamos acordado que sería lord Preston, milady.

Le lanzó una mirada destinada a atraparla, pero ella era inmune a los encantos del marqués, tal y como había descubierto dos noches antes. Con tiento, respondió:

—Me temo, milord, que ahora ya no sería adecuado.

Él asintió, contrito.

—Entiendo.

Se hizo el silencio. Nicole se estaba poniendo nerviosa. ¿Qué hacía allí? Si alguien los descubría, malinterpretaría la situación, y sus problemas se multiplicarían. Quizá debiera ser directa, resolver el asunto que hubiera llevado al marqués a su jardín, y regresar a la seguridad de su alcoba. Seria, preguntó:

—¿A qué habéis venido, milord?

De nuevo, él compuso una expresión encantadora.

—Me temo que me siento responsable en cierto modo de lo que ocurrió la otra noche, Nicole.

No le gustó que la tuteara, pero no quiso entrar en debates superfluos, dadas las circunstancias.

—Creo que no le entiendo.

—La otra noche no debí dejarte a solas con Sunder. Me alejé de la puerta tratando de evitar un escándalo. —Hizo una pausa, pasándose los dedos por el pelo en un gesto teatral—. Jamás pensé que ese hombre abusaría de ti.

Era ensayado. Nicole estaba segura de que ese hombre estaba tramando algo, pero no sabía qué. En cualquier caso no estaba de humor para dramas.

—Olvide lo ocurrido, milord. No tiene sentido torturarse por algo que ya no se puede cambiar.

—Pero sí se puede. —El tono de él la puso alerta.

¿De qué iba todo aquello? Sin tiempo a reaccionar, él se le acercó y se arrodilló frente a ella, tomándole las manos.

—Te amo, Nicole. Te amo como nunca he amado a nadie. Deseaba que fueras mi esposa, y tras el beso que compartimos, mi mayor deseo era pedirte en matrimonio. Y, a pesar de que ahora estás prometida, sigo deseando ser tu esposo.

Violenta, ella trató de soltarse, pero él no se lo permitía, pues era mucho más fuerte y sus manos rodeaban sus muñecas como tenazas de hierro.

—Huyamos —continuó él, actuando claramente—. Tomemos mi coche y vayámonos a Gretna Green. Para cuando alguien quiera darse cuenta de nuestra ausencia, ya seremos marido y mujer.

Se levantó y trató de besarla. Ella se apresuró a retirarse.

Comenzaba a preocuparle la situación. Ese hombre parecía desesperado. ¿Sería posible que tratara de llevársela a la fuerza? Trató de aportar cordura a la situación.

—Me temo que eso no será posible. Ya estoy prometida, milord. No avergonzaría a mi familia huyendo a Escocia.

«Ni casándome con un patán como tú.»

—La gente lo entenderá, Nicole. —Su voz intentaba ser persuasiva—. Nadie esperaría que quisieras casarte con Sunder pudiendo casarte conmigo.

En ese punto la acercó hasta pegarla a él, y tomándola con fuerza por las mejillas, la besó.

Richard estaba en el balcón de su habitación fumando un puro, una costumbre poco habitual en él. Después del baño había bajado a cenar. A pesar de no haber advertido de su llegada, la cocinera se había esmerado. Una selección de fiambres fríos y quesos, pan recién horneado, patés y una tarta de frambuesa habían saciado su voraz apetito sobradamente.

Había declinado una copa en su estudio, a pesar de que debía de tener un buen montón de correo por revisar. No le apetecía leer las decenas de felicitaciones que seguro estarían esperándole encima de la mesa.

Subió a su habitación, tomó un pequeño habano y lo encendió con una de las brasas, saliendo al punto por los ventanales para evitar que el olor perdurase en la alcoba. La noche era fresca, pero no llovía. Vio luz en la habitación de Nicole, y sonrió. Tuvo que hacer acopio de su voluntad para no ir a visitarla. Si hubiera sabido qué decirle, habría recorrido la corta distancia que los separaba. Pero no estaba seguro de qué hacer. Debía pedirle explicaciones por lo ocurrido. Pero una parte de sí no quería conocer las respuestas. Ella podía decirle cosas que él tal vez no quisiera oír.

Al día siguiente se acercaría a hablar con ella. A la luz del día, y correctamente acompañados, todas sus emociones estarían bajo control. Tenían mucho que decirse, pero también algo que callarse. Sonrió de nuevo, optimista. Domaría a la pequeña fiera.

En ese momento la vio asomarse y hablar con alguien que, al parecer, la esperaba abajo. La sonrisa se borró de su rostro y todo su cuerpo se puso alerta. ¿Qué demonios estaba pasando allí? Reaccionó a toda prisa. Arrojó el puro al suelo y lo pisó con un pie. Entró en la habitación, tomó la chaqueta que había dejado caer de cualquier manera contra una de las sillas de su alcoba, abrió la puerta y bajó las escaleras tan rápido como pudo. Giró hacia el ala de servicio, saludó a una doncella que llevaba montones de sábanas, y que se afanó en hacerle una reverencia, y salió por la puerta trasera de la casa. Hecho una furia, agrandó sus zancadas, esforzándose en llegar cuanto antes al jardín de ella.

A apenas veinte metros vio a Kibersly esperándola, y una rabia furibunda se apoderó de él. Su primer impulso fue correr hacia allí y golpearle. Pero entonces apareció Nicole en el umbral de la puerta, y su gesto mostró un profundo disgusto. Si el marqués hubiera estado de cara a la joven, también lo habría visto, pero al estar de espaldas no se percató. Antes de llamarle, ella compuso una sonrisa forzada.

Nada que ver con la visita que él le había hecho unos días antes. Entonces, ella había mostrado sorpresa, e incluso un cierto placer al verle. Decidió confiar en ella, y se acercó sigiloso hasta uno de los pequeños muros de separación. Desde allí podría escuchar sin ser visto. Confiaba en ella, pero tampoco iba a desperdiciar la oportunidad de asegurarse de que su confianza era correcta, ¿verdad?

Cuando el marqués ofreció a la muchacha huir juntos, un sentido de posesividad que no sabía que tuviera se apoderó de él, y salió de su escondite sin apenas percatarse de sus actos. Pero tan concentrados estaban el uno en el otro que no repararon en su presencia. La última frase que pronunció el marqués, respecto a que nadie querría a Sunder pudiendo casarse con el muy engreído Kibersly, unido al beso que trataba de darle a Nicole, fue la gota que colmó el vaso de su paciencia. Tiró del marqués con fuerza y lo empujó varios metros atrás.

Nicole dejó de sentir la presión en sus labios repentinamente. Aliviada, miró al frente y vio a Richard frente a ella, con cara de pocos amigos. Su alivio se esfumó tan rápido como había llegado.

—Será mejor que subas, Nicole. —La voz de él fue dura, apenas contenida.

—No.

Ni siquiera hubo de pensarlo. Si se iba en ese momento, si huía, no podría explicarle a Richard lo que acababa de ocurrir, y en su relación ya había malentendidos de sobra, no quería añadir uno más.

Richard se encogió de hombros, aceptando su decisión, al menos de momento, y encaró al marqués.

—Bien, Kibersly, ¿cómo se supone que vamos a resolver esto?

Había una clara amenaza en su voz. El marqués se envalentonó.

—Puedo presentarte a mis padrinos, Sunder.

Se oyó el grito de Nicole. Richard no estaba seguro de qué provocaba el chillido. Quiso pensar que se preocupaba por él. Aunque innecesariamente.

—Me temo que no habrá duelo. —Su último duelo acabó con un balazo a James, recordó irónico, aunque no fue con él con quien se batió. De todas formas, y por más que le apeteciera batirse en duelo con aquel imbécil, no sometería a Nicole a los rumores que se desatarían—. No permitiré que el nombre de mi futura esposa quede manchado por un pedazo de mierda como tú.

El marqués se enfureció, tanto por el insulto como por la negación.

—Resolvámoslo ahora, entonces.

Se quitó la chaqueta y alzó los puños.

Richard habló a Nicole, y esta vez su tono no admitía discusiones.

—Nicole, te he dicho que será mejor que subas.

—Richard, te he dicho que no lo haré.

O sí admitía discusiones, después de todo. Fastidiado, Richard centró toda su atención en el marqués, que iba cambiando el peso de su cuerpo de un pie a otro, preparado para atacar en cuanto Richard levantara los puños. Sabía que Kibersly presumía de ser un buen pugilista, pero Richard era más fuerte y corpulento. Y además, estaba furioso.

Alzó los puños, y esquivó el primer golpe del marqués al tiempo que le propinaba un fuerte puñetazo en la sien. De un solo impacto, el tipo cayó inconsciente. Richard lo miró, despatarrado. Si Nicole se acercaba a socorrerlo, se plantearía seriamente la estrangulación. Afortunadamente ella no hizo nada.

Suspirando, se acercó al cuerpo inerte y comprobó que respiraba correctamente. Apático, pensó que podría haberse divertido un poco antes de tumbarlo.

—Imagino que no vas a subir ahora, ¿verdad, Nicole?

Él sonaba resignado a lo inevitable. Ella se cruzó de brazos, retadora.

—No.

Richard puso los ojos en blanco.

—Lo sospechaba. Ahora vuelvo.

Recogió el cuerpo inerte, se lo cargó en el hombro, y salió por el lateral del jardín. Seguro que el coche del marqués no estaría lejos. Si estaba planeando huir a Escocia... En el momento lo recordó, le dieron ganas de dejarlo allí mismo, y que pasara la noche a la intemperie. Una pulmonía sería poco castigo. Pero él era un caballero, así que siguió adelante con desgana. Llegó al callejón y distinguió un carruaje negro con el blasón de los Kibersly en la puerta. El cochero, en cuanto reconoció el bulto que cargaba Richard, bajó del pescante. Se permitió el placer de dejarlo caer.

—Parece que se ha desmayado.

Sin más, se giró y volvió sobre sus pasos. Al día siguiente el marqués estaría bastante dolorido, pensó satisfecho.

Cuando regresó, Nicole estaba clavada en el mismo sitio, esperándole.

Él no sabía bien qué le diría. Nicole, en cambio, sí. Tenía que convencerle de que ella no había invitado allí a lord Preston, ni le había alentado para que la besara. Antes de que él dijera nada, se apresuró a explicarse.

—Richard, no es lo que parece, él vino aquí sin ser invitado. Sé que no debí bajar, pero lo hice porque me sentía en la obligación de disculparme. —Él la miraba, imperterrito—. Soy consciente de que no eran el lugar ni el momento adecuados, pero mi intención fue del todo inocente.

Él seguía sin decir nada. Nicole no sabía cómo interpretar su silencio. Continuó.

—Fue él quien me besó, me pidió que nos fugáramos, pero yo me negué. Y traté de esquivar el beso o de apartarme, pero él me tenía agarrada con fuerza. Traté de soltarme, aunque sin éxito.

Richard pensó que nunca la había visto tan adorable. Estaba sonrosada, le miraba con genuino pavor, casi suplicándole que la creyera, y hablaba cada vez más deprisa, delatando su nerviosismo. Sonrió con ternura.

—Lo sé.

Ella continuó su perorata, sin prestarle atención.

—No pretendía que esto pasara, ni sospeché en ningún momento de sus intenciones, tienes que... —Se detuvo—. Espera un segundo. ¿Lo sabes?

Él volvió a sonreír, y asintió a modo de respuesta.

—¿Cómo lo sabes?

Su tono ya no era lastimoso, sino exigente. Todo en su actitud había cambiado. Esa era su Nicole.

—Estuve escuchando detrás del muro. Justo para oír que creía ser mejor partido que yo. Estúpido insufrible.

Le guiñó el ojo, pícaro. Ella se ofendió.

—Oh, muy bonito, milord. ¿No le explicaron de niño que es de pésimo gusto escuchar a escondidas?

—Lo cierto es que sí, pero recientemente alguien me mostró lo práctico que puede resultar oír sin ser visto, milady.

Ella sonrió a su pesar, recordando cuando fue ella quien escuchó tras la puerta del despacho de James, descubriendo las mentiras de él. Dado el buen ambiente reinante, decidió probar suerte.

—Richard, aquella noche no pretendía atraparte. No pretendía atrapar a nadie, de hecho. Las cosas sucedieron así.

Él se puso serio. No quería hablar de eso. Pero ella continuó, ajena a sus pensamientos.

—Parece ser que alguien mandó una nota a las hermanas Sutherly para que acudieran donde estábamos, pero yo no fui. Tienes que creerme.

Realmente no quería discutir sobre ello, no quería hablar de lo ocurrido. Se había propuesto empezar de cero con ella. A fin de cuentas ella también había dejado atrás su engaño del año anterior. Y Nicole ya se había disculpado. O algo parecido. Se dio por satisfecho.

—Richard, por favor...

La acalló de la mejor manera posible. La besó.

15

Pretendía que fuera un contacto suave, que de paso borrara el beso del otro hombre. Pero en el momento en que rozó sus labios, y ella abrió su cálida oquedad, supo que estaba perdido. Aumentó la presión de su boca, y su lengua aceptó la invitación de la de ella, iniciando un baile lento y sensual.

Y aun así no parecía ser suficiente. Nicole se acercó más a él, y sus pequeñas manos le tomaron del cabello y comenzaron a acariciarle. Richard la besó con pasión, como hiciera en casa de los Guestens, y se dejó llevar. Sus manos vagaron por la espalda de ella, con suavidad al principio, con urgencia después. Subió la palma por un costado hasta su pecho, y ella se volvió un poco, justo lo suficiente para recibir mejor la caricia. La mano de él rozó la suave turgencia por encima de la tela, sintiendo cómo el pezón se erguía. Soltó el pecho, y sintió contra sus labios el gemido de pérdida de ella. Sonriendo interiormente, comenzó a desabrochar los botones de la espalda del vestido, sin interrumpir el tórrido beso. Una vez finalizada la tarea, tiró del corpiño hacia abajo, y dejó que solo la camisola de fina batista se interpusiera entre sus manos y su deseo. La acarició de nuevo.

Ella se sentía lánguida y excitada al mismo tiempo. Acariciaba el firme torso de él al tiempo que recibía sus caricias. Sus caderas, con voluntad propia, se mecían contra él, sintiendo la excitación de su virilidad en su propio centro. Nicole no era una completa ignorante sobre lo que ocurría entre un hombre y una mujer, y sabía qué podía ocurrir si seguían por ese camino, pero no le importó. A fin de cuentas estarían casados en dos días, y por tanto lo que estaba ocurriendo no podía estar mal. El crujido de la tela de su camisola al romperse quebró el hilo de sus pensamiento. Estaba desnuda de cintura para arriba, y él había dejado de besarla y la estaba mirando. En realidad, la estaba devorando con los ojos.

—Eres hermosa —le dijo, casi con reverencia.

Y ella se sintió la mujer más hermosa del mundo. Richard acarició casi con postración sus pechos, y volvió a besarla. Sus labios fueron dejando una estela de fuego por su mandíbula, su cuello, sus orejas y su clavícula hasta llegar al nacimiento de sus senos. Bajó un poco más y tomó uno de los rosados botones que los coronaban en la boca y succionó son suavidad. Como premio a su audacia, ella gimió y se derritió un poco más contra la dureza de él. Sintió que le clavaba los dedos en la espalda e intensificó su dulce tortura.

Nicole sintió que la sexualidad de ambos la inundaba. Los movimientos de sus manos se tornaron más urgentes, y en un arranque tiró de la camisa de Richard para poder sentir su piel. Pudo notar cómo el cuerpo de él se tensaba, y sus labios se volvían más exigentes, lo que los colmó de placer a ambos.

Richard volvió de nuevo a la boca de ella, tan suave y llena, y la tomó en brazos. Se acercó al banco que había apenas a unos metros, sentándose con ella encima. Nicole buscó más proximidad y se sentó a horcajadas sobre las piernas de él, levantado su falda para poder sentir sus poderosos músculos contra sus muslos, más suaves. Le desabrochó la camisa y sus manos vagaron a placer por el pecho de él, rozando el vello que lo cubría y que le provocaba un dulce cosquilleo. Se separó para mirarle. Era perfecto. Su ancho torso, sus planos pezones, su ombligo. Bajó la mirada hasta el bulto que asomaba, enorme, en su bragueta. Sus manos, ignorantes pero llenas de ansiedad, volaron hasta allí y acariciaron. Richard gimió y la besó salvajemente. La reacción de él la hizo sentirse poderosa como nunca, mientras una sensación de calor se aglutinaba entre sus piernas. Necesitaba sentir el tacto de Richard allí, y le dirigió la mano por debajo de su falda.

Él supo que tenía que detenerse. Si seguía un poco más, ya no podría parar. Y a pesar de que era cuestión de días que se uniera a ella, y por más que lo deseara, sabía que el banco de un jardín no era el lugar adecuado para desflorarla. Quería que la primera vez de Nicole fuera perfecta. Que fuera especial para ambos. Haciendo acopio de una fuerza de voluntad que ignoraba tener, se separó y la apartó ligeramente.

La sensación de pérdida de ella fue atroz. Alzó la cabeza para mirarle, insegura.

—¿Richard?

Él la besó de nuevo, y una vez más se obligó a separase.

—Shhh, cariño, es mejor detenernos ahora. —Había ternura en su voz—. Si no lo hacemos, luego ya no podremos parar.

—Pero es que yo no quiero parar. —El tono lastimero de su prometida le llegó al alma.

—Cariño, no estoy seguro de que sea buena idea continuar.

—Nos casaremos en apenas dos días.

Mientras trataba de convencerle con palabras, volvió a acercarse a él, y se meció contra su virilidad. Richard gimió.

—Preciosa, de veras que este no es un buen lugar.

—Ah. —La decepción de ella le resultó arrebatadora. Se separó un poco para mirarla a los ojos—. ¿No es posible hacerlo aquí?

Él rio, una carcajada gutural cargada de sensualidad.

—Desde luego que sí, cariño, pero no sé si es lo más conveniente en tu primera vez.

La mano de ella, audaz, volvió a situarse entre ambos cuerpos y le desabrochó el botón del pantalón. Antes de cohibirse, metió la mano dentro y sintió toda la longitud del miembro de él, que anhelaba la atención de la joven.

—Hazme el amor, Richard, por favor.

¿Quién podía resistirse a semejante ruego? Él no, desde luego. A fin de cuentas solo era un hombre.

Apartó la mano de ella, temeroso de precipitarlo todo y acabar antes siquiera de haber comenzado.

Si iba a hacer el amor con Nicole, lo haría como una doncella se merecía hacerlo en su primera vez. Se abrochó el pantalón, la levantó de su regazo con ternura y le tendió la mano. Nicole vio su gesto y le tomó de la mano que le ofrecía. Sabía que él había claudicado.

—Subamos. —Su voz estaba cargada de promesas.

Ella asintió, y se colaron, como dos furtivos, por la puerta de servicio. Casi corrieron hasta la habitación, de pura impaciencia. Una vez dentro, Nicole cerró con llave y le miró, ardiente, soltando su mano del corpiño desabrochado, dejando su cuerpo a la vista de Richard.

Él respiró hondamente, calmando su pasión, y se centró en darle placer, en prepararla. Cerró la distancia que los separaba y la besó durante unos minutos. Su boca, desobediente, bajó por el cuello de la joven y atrapó de nuevo uno de sus pezones, y su mano, ajena también al control que él pretendía establecer, inició un sensual recorrido por su pierna derecha, elevándola a su cintura y abrazándose con ella. Su tacto comenzó desde el bien delineado tobillo, subiendo por las pantorrillas, las rodillas, que se detuvo a perfilar, sus muslos, hasta que llegó al centro de su cuerpo. Apartó la enagua y acarició el arrugado botón de su sexo, que encontró húmedo. Ella gimió largamente. Se separó unos centímetros para verla. Estaba preciosa, saqueada por la pasión. Introdujo un dedo en su cálido interior y Nicole se arqueó contra él.

«Pronto», se dijo. Siguió acariciándola rítmicamente hasta que supo que ella estaba al límite. La tomó en brazos y la depositó en la cama con infinito cuidado. Le quitó el vestido, la camisola, los zapatos y las medias, y la contempló, maravillado. Era la mujer más hermosa que jamás hubiera visto. Y era suya.

—¿Richard?

La urgencia de su femenina voz le acució a desvestirse. Se quitó los zapatos y las medias de una patada, y los pantalones y sus calzones siguieron el mismo camino. Su virilidad se irguió, orgullosa. Casi se arrancó la camisa, con las prisas. Parecía un adolescente, no un hombre de vasta experiencia. Pero con ella se sentía como si todo le fuera revelado por primera vez. Subió a la cama, la cubrió con su cuerpo, y la miró a los ojos con pasión.

—¿Estás segura? —Sabía que debía volver a preguntar, a pesar de que temía que ella recuperara el sentido común y se apartara.

Nicole apenas oyó su pregunta envuelta en una bruma de sensualidad. Se sentía presa de un dulce tormento, y necesitaba redimirse.

—Richard, por favor, haz algo.

Agradeciendo al cielo el carácter de ella, acercó la cabeza de su miembro a su cálida abertura y se deslizó apenas.

—Mi amor, esto va a dolerte.

Impulsó hacia dentro en un movimiento certero, y sintió cómo la resistencia de ella se rompía. Ella trató de moverse, molesta de repente por la sensación de escozor, pero él la sujetó con firmeza.

—Shhh, espera un poco, enseguida pasará —le susurró, tratando de darle aliento.

Nicole se quedó quieta, y tras lo que le pareció una eternidad sintió que él volvía a moverse dentro de ella. Esta vez no hubo dolor, sino un enorme placer.

Richard supo que no aguantaría mucho más. Bajó su mano hacia el centro de su joven amante, acariciando al tiempo que impulsaba sus caderas hacia Nicole, enterrándose profundamente en ella. Apenas unas embestidas después advirtió que ella estallaba de placer, y la siguió. En ese momento de gozo infinito todas las mujeres de su pasado desaparecieron y solo quedó Nicole, con su carácter indomable, con sus hermosos ojos, con su melena de fuego, con toda su pasión. Satisfecho como nunca, la acarició suavemente, dejando que volviera también ella a la realidad poco a poco, orgulloso de saber cuánto había disfrutado ella.

Nicole no estaba segura de seguir viva. En un momento su cuerpo se había tensado y al siguiente había estallado en mil pedazos, transportándola a un edén de placer. Lentamente volvió a la realidad de la mano de Richard, al dulce tacto que le acariciaba el cabello, al frío de la noche y la intimidad de su alcoba. Rio de felicidad.

A Richard el sonido de su risa le supo a gloria.

—Debiste hacerme caso cuando te di la oportunidad de subir —dijo mientras frotaba su nariz contra la de ella, cariñoso.

—Y yo te dije que no lo haría sin hablar antes contigo. —Lo miró a los ojos, todavía refulgentes de pasión, y le preguntó, mimosa—. Ahora dime, ¿quién tenía razón?

Él no contestó, no hacía falta. La besó con suavidad y después se separó, temeroso de aplastarla con el peso de su cuerpo. En silencio, le pasó el camisón que había debajo de la almohada por la cabeza, cubriéndola. Ella se dejó hacer, exhausta de repente. Una vez que terminó con Nicole, Richard se levantó, recompuso sus propias ropas, esparcidas por la urgencia en el suelo de la habitación, y se quedó un minuto en silencio, observándola a placer.

Preparado ya para irse, volvió a la cama, donde ella permanecía con los ojos cerrados. Le besó en la mejilla con dulzura.

—Buenas noches, preciosa.

Ella apenas contestó en un susurro.

Aquella noche ambos durmieron plácidamente.

La duquesa viuda llegó finalmente a la mañana siguiente, y con ella acabó la paz de Nicole. Lady Evelyn entró en su alcoba justo después de que esta terminara de bañarse, apoyándose en un bastón, entre reproches y felicitaciones por su compromiso.

Le costó más de veinte minutos aclarar la situación con su madre, que no dejaba de interrumpirla para reñirla o para quejarse de las prisas. Hasta tres veces tuvo que repetirle Nicole que no habían elegido la fecha tratando de evitar un escándalo, como ya ocurriera con su hermano James. Lo que, bien pensado, era rigurosamente cierto, pues cuando decidieron casarse por San Jorge todavía no había probado el placer que él le diera la noche anterior.

Mientras lady Evelyn hablaba y hablaba sobre los preparativos, ella dejó su mente divagar, asintiendo de vez en cuando para que su madre no notara que la estaba ignorando, si acaso se le ocurría fijarse en su hija por un casual. La noche anterior había hecho el amor con Richard, y había sido maravilloso. Nunca imaginó que ningún acto pudiera ser tan íntimo. Ni tan placentero. Todavía tenía ciertas molestias en esa parte concreta de su cuerpo. Había sentido dolor inicialmente, pero Richard había sabido mitigarlo y convertirlo en algo absolutamente delicioso. Estaba claro que debía de ser un hombre con una dilatada experiencia, pero no le importó. Solo deseaba que llegara la noche, convencida de que él volvería de nuevo a visitarla. Y esta vez no tendría que avergonzarse porque las sábanas estuvieran manchadas de sangre, pensó sonrojándose por la mirada de su doncella aquella mañana.

—Esta noche dormiremos en casa de James, será lo mejor.

Eso la devolvió a la conversación de inmediato. Se negaba rotundamente a privarse de la oportunidad de pasar un rato con él aquella noche.

—Madre, no creo que sea necesario...

—Ni hablar, dormirás en tu cama de siempre, y saldrás con tu hermano del brazo hacia la iglesia. —El tono de su madre no admitía réplica. Derrotada, desistió.

La ceremonia se celebraría en Saint Bartholomew the Great, una hermosa capilla del siglo XII, en la zona de Smithfield. Apenas acudirían una docena de invitados, las familias y unos pocos amigos íntimos. Su madre continuó desgranando lo que ocurriría al día siguiente, como si hubiera planeado ella toda la ceremonia, y no la inestimable Judith. Nicole volvió a sus pensamientos, distraída. Con lo que tenían preparado era casi imposible que pudiera ver a Richard durante ese día, y ahora sabía que tampoco podría verlo por la noche. Los nervios le atenazaron el estómago. Hubiera preferido hablar con él antes de casarse, la hubiera tranquilizado saber que estaban bien, que él había abandonado cualquier reserva respecto del matrimonio y que tenía también ilusiones puestas en su próxima vida en común. Deseaba fervientemente empezar con buen pie su vida de casada.

El silencio de su madre la devolvió una vez más al presente. Inexplicablemente, ella estaba callada ahora, y evitaba mirarla directamente a los ojos. Nicole estaba segura de que no le había preguntado nada, pues su cara sería de exigencia, no de azoramiento. Se puso alerta. Lady Evelyn carraspeó.

—Hija, ha llegado el momento de que te explique lo que ocurrirá en tu noche de bodas.

Nicole se asustó de veras. ¿Iba su madre a explicarle detalles sobre lo que había experimentado la noche anterior? Entre escandalizada e hipnotizada, se mantuvo en silencio.

—Verás, hija, mañana por la noche lord Richard deseará hacerte suya.

El rostro de su madre se tornó escarlata. Por un momento pareció claro que no sabía cómo continuar. Tomó aire, apartó la mirada de la de Nicole y continuó.

—Él... te tocará...y ...

Nicole casi se compadeció de su madre. Estaba realmente aturdida, y ella misma estaba empezando también a incomodarse. Ojalá pudiera decirle que no hacía falta que le explicara nada, que ya sabía lo que debía saber. Desgraciadamente para ambas, tenía que callar.

—Nicole, lo que quiero decirte es que es tu marido, y que debes dejarle hacer. Aunque te duela, aunque no te guste, aunque te pueda hacer sentir mal, él está en su derecho.

¿De qué hablaba su madre? Lo que había ocurrido entre Richard y ella el día anterior no había tenido nada de malo. Ni de incómodo. Había sido maravilloso, y estaba impaciente por que volviera a suceder.

—Cuando le des un heredero probablemente deje de ir a tu alcoba, y entonces todo será más fácil.

Ah, no, nada de habitaciones separadas. Su hermano y su cuñada dormían juntos, y ella pensaba hacer lo mismo. Y después de lo increíble que había sido la noche anterior, no pensaba permitir que él dejara de... bueno, de eso.

—Quizá el vizconde busque aliviarse en otra parte. Debes entender que él es un hombre de fuertes apetitos, Nicole.

Si su marido buscaba colmar sus apetitos, como decía su madre, en otra parte, ella se encargaría de asesinarlo personalmente. Y muy lentamente, por cierto.

Esperaba que Richard le fuera fiel. De repente la idea de él con otra mujer se le antojó inadmisible. Esperaba muchas cosas de su matrimonio, y por eso quería hablar con él. Pero parecía que no iba a ser posible porque tenía que ultimar compras, recibir visitas de felicitación y un montón de cosas más que definitivamente no quería hacer.

Su madre le apretó la mano, le sonrió con tristeza y salió de la habitación. ¿Eso era todo? Ahora era ella quien estaba confundida. ¿No iba a hablarle de los besos, de las caricias?

Bueno, pensándolo bien ella tampoco querría contarles a sus hijas lo que había experimentado con Richard, la víspera en que alguna de ellas se casara.

Hijos. Con Richard. Se llevó una mano al vientre, soñadora.

Todo iría bien.

Mientras, en la residencia ducal James y Judith hablaban en el estudio. Habían recibido una carta de su abogado en Estados Unidos. Al parecer, el heredero de la fortuna de Terence Ashford, el difunto esposo de Judith, había fallecido, y había que poner en orden de nuevo el vasto patrimonio.

—No deseo ir, James.

—Lo sé, pequeña. Pero hemos de ir. Aprovecharemos para profundizar en algunas inversiones. Podemos llevarnos a Alexander.

—Desde luego que vendrá con nosotros —exigió ella.

James sonrió. Esa era su Judith. El viaje a América era un contratiempo, pero tal vez sería bueno para su hermana y su cuñado que ellos estuvieran lejos durante sus primeras semanas de matrimonio.

No había querido hablar con Richard desde la noche del baile. Tenía mil reproches que hacerle, y que no podía lanzarle dadas las circunstancias de su propio matrimonio. Tenía también muchas reservas a corto plazo, a pesar de que estaba convencido de que a la larga el enlace sería un éxito. Pero tampoco podía expresarle sus dudas, dado que su mejor amigo había confiado en él en los peores momentos de su relación con Judith, poco antes de que finalmente se casaran.

Se sentía atrapado en ese sentido, atado de pies y manos. Nunca le había ocurrido que no pudiera hacer nada para cambiar las cosas a su gusto. Solo podía esperar, lo que se le daba francamente mal. Por eso pensaba que el viaje a Boston sería una buena opción.

—He mandado a uno de los mozos al puerto esta mañana temprano a buscar un barco —continuó—. El *Sirena de los Mares* sale pasado mañana, con la marea de la tarde. Es un barco cómodo. He reservado dos camarotes, uno para nosotros y otro para Alexander y la niñera.

Judith asintió, sabiendo que debían ir. Pero al contrario que su marido, no quería dejar a solas a su hermano y a Nicole. Temía la reacción de Richard ante un matrimonio forzado. La noche de los Guestens había dejado muy claro que no deseaba casarse. Y temía que cometiera algún error irreparable en su enfado. Cuando Richard se enfadaba no ponía freno a su ira. Y conocía a Nicole, y sabía de su orgullo, también.

Aquel matrimonio podía funcionar a las mil maravillas, o ser un completo desastre. Y Judith no podía quitarse de encima la sensación de que sería la segunda opción la que ambos tomarían.

Aquella noche Richard se dirigía con paso impaciente a casa de Nicole. Sabía que la duquesa viuda estaría allí, pero aun así quiso probar suerte. Se había pasado todo el día pensando en ella, recordando cada caricia, cada gemido. Quería... no, necesitaba volver a sentirla.

Nunca imaginó que se casaría con una mujer que lo igualara en pasión. En pasión, en carácter, en inteligencia. Sonrió. A pesar de las circunstancias, estaba encantado con la idea de casarse con ella. Si bien era cierto que no entendía qué había ocurrido exactamente la noche del baile, sí sabía que la noche anterior se lo había perdonado todo. Ella había confiado en él, y se había entregado con total abandono. Para Richard era más que suficiente. Era, de hecho, más de lo que jamás se atrevió a soñar.

Llegó al jardín trasero y vio la alcoba de Nicole a oscuras. Dubitativo, esperó.

Debía de amarle. Solo una mujer enamorada hacía el amor así. Bueno, y una mujer casquivana también, pero Nicole no entraba en esa categoría. Así que desde luego debía de amarle. Esta vez no cometería el mismo error que cometió en la terraza aquella fatídica noche. No le diría que sabía de sus sentimientos, sino que esperaría a que fuera ella quien le confesara su amor por él. Y entonces Richard le diría que también la amaba.

Sintiéndose un tonto romántico, tomó una piedrecita y la lanzó hacia la ventana de ella.

Nada. Repitió el proceso varias veces con idéntico resultado. Decepcionado, estaba a punto de irse cuando vio la puerta de servicio entreabierta. Sabía que no era buena idea entrar, pero él nunca había hecho demasiado caso a las buenas ideas. Con una sonrisa de depredador en el rostro, cruzó el umbral y se dirigió con sigilo a la segunda planta. Si le descubrían sería bastante bochornoso, pero al fin y al cabo iban a casarse en apenas unas horas, y ya habían sido descubiertos en una situación inconveniente. Más convencido, siguió avanzando hasta llegar a la habitación de ella.

La cama estaba vacía, y hecha. Mierda. Por lo visto ella no dormiría allí esa noche. Tal vez lo hiciera en casa de James y Judith. Pensándolo bien, tenía lógica. Echó un vistazo a la alcoba, en tonos ciruela. Era muy femenina, pero no era la habitación de una jovencita, sino la de una mujer. El secreter, una hermosa pieza en madera tallada, llamó de inmediato su atención, y se acercó. Abrió la tapa y encontró papel, pluma y tinta, secante, cera para lacrar, y un par de hojas. Muerto de curiosidad al ver la letra de ella, las cogió.

> *Requisitos para mi esposo:*
> *Inteligencia.*
> *Apostura.*
> *Responsabilidad.*
> *Honradez.*
> *Respetabilidad.*
> *Generosidad.*
> *Título.*
> *Fortuna.*
> *Que me trate como a un igual.*
> *Que me haga reír.*
> *Que con él todo parezca más emocionante.*
> *Deseo.*

Así era su Nicole. Una lista de requisitos sobre su futuro esposo. Sonrió engreído, convencido de que los cumplía todos. Bueno, tal vez la respetabilidad no hubiera sido su fuerte, pero lo sería a partir de ahora. Iba a ser un esposo ejemplar.

Leyó la segunda página, y un mal presentimiento se apoderó de él. Había un montón de nombres escritos, posibles candidatos, supuso. Todos excepto uno estaban tachados. Miró algunos candidatos. ¿Los sosos del reino? ¿De veras se había planteado desposarse con uno de ellos? Ella ya no le pareció tan inteligente. El único nombre que no había tachado era el del jodido marqués. Más que molesto, se obligó a refrenar su enfado. Sabía perfectamente que ella había valorado seriamente la posibilidad de casarse con Kibersly. Y había decidido olvidarlo. Iba a dejar la lista y volver a casa cuando la última línea le atrajo poderosamente.

lord Richard Illingsworth: Es engreído, estúpido, egoísta, inepto, y feo cuando pone cara de pez. Y solo es vizconde. Ah, y no es de fiar.

Un frío demoledor le atravesó el corazón. Nunca pensó que ella lo hubiera considerado un candidato serio. No después de lo que había ocurrido el año anterior. Pero sí lo había hecho. Le había puesto en su lista. ¡El último de su lista! Y le había desechado. Había tachado su nombre y se había quedado con el de aquel imbécil.

Y para mayor pecado añadía una lista de los defectos que la impelían a rechazarle. ¿Engreído? En absoluto, sencillamente realista. Muchas mujeres lo consideraban un buen partido. Quizá debiera hacerle ver cuántas. ¿Estúpido, inepto? No, eso seguro. ¿Egoísta? Quizá en algunos momentos de su vida, pero no desde que se hiciera cargo de sus responsabilidades. Lo de la cara de pez ni lo entendió. Y lo de que no fuera de fiar lo aceptó a regañadientes, dado su comportamiento del año anterior. Pero ¿que solo fuera vizconde? ¿Pero qué se creía, la muy niñata? Su título era tan antiguo como el de los Stanfort, e igual de respetado. Se negaba a que nadie, ni siquiera Nicole, la mujer a la que amaba, despreciara el apellido de los Illingsworth. De hecho, ella menos que nadie, dado que iba a adoptarlo al día siguiente, y debería hacerlo con orgullo, no con resignación. Maldita engreída.

Se sintió humillado. Maldita mil veces por engañarle. Ojalá no hubiera abierto el secreter. A veces era mejor no saber. Había llegado convencido de que ella se había entregado a él por amor. Y ahora descubría que se hubiera entregado a cualquier otro de la lista del mismo modo. Que su futura esposa era una... Prefirió no continuar. Dobló ambas listas y se las guardó en el bolsillo. Cerró el secreter y salió de la alcoba y de la casa con el mismo sigilo con el que había entrado.

Nicole iba a tener que darle muchas explicaciones. Pero eso sería después. Primero él se cobraría su venganza.

16

El día amaneció lluvioso, casi como si no diera su beneplácito al matrimonio que iba a celebrarse. La antigua habitación de Nicole vibraba de actividad frenética. Mientras una de las doncellas le aplicaba diligente las tenacillas en el cabello, otra buscaba las joyas que le habían ordenado. Dos doncellas más estaban retirando la tina de agua ya fría, tras el baño que se había dado, tratando de calmar sus nervios. Una última muchacha la aguardaba al lado de la cama, donde la ropa que luciría ese día estaba esperándola, planchada y almidonada con esmero.

Del vestido color beis destellaban pequeños brillos de luz, uno por cada perla cosida a su vestido. Habían sido necesarias cientos de las pequeñas piedras para cubrir la totalidad de la falda. Nicole había hecho deshacer el collar de perlas de seis vueltas que heredara de su abuela, pieza que después volvería a montarse. Afortunadamente su madre aprobaba el atuendo, a pesar de no haberlo elegido personalmente, y por tanto no había sido motivo de lamento. Aunque a juzgar por su gesto, sí tenía queja de otras cosas que, en un arranque de prudencia sin precedentes, parecía guardar para sí. Lady Evelyn seguía debatiéndose entre el fastidio de no celebrar una boda por todo lo alto, como correspondía a la hermana de un duque, y la satisfacción de saber que, por fin, su hija se casaba, y que también —a pesar del pequeño escándalo— lo hacía muy bien, con una de las familias más antiguas y respetadas del reino, además de adinerada.

Por suerte para Nicole, su madre todavía no se movía con agilidad, y aunque se había sentado en el centro exacto de la habitación, el lugar más molesto de todos, estaba quieta. Su cuñada, bendita fuera, no se encontraba allí. En un par de ocasiones había asomado su sonrisa por el quicio de la puerta, preguntándole silenciosamente si todo iba bien. Nicole estaba convencida de que todo no podía ir bien, pues se sentía desbordada. Tenía la sensación de que todo lo que ocurría a su alrededor era irreal. Que en cualquier momento todos los presentes desaparecerían y quedaría ella sola, en un día cualquiera.

Pero sabía que no iba a ser así. Aquel era el primer día de su nueva vida. Era el día de su boda.

Suspirando, dejó hacer a las doncellas, manteniéndose quieta y en silencio. Acabaron de peinarla y procedieron a vestirla con reverencia. Cuando finalizaron y la giraron para que la duquesa viuda diera su consentimiento, su madre derramó un par de lágrimas al verla, ya preparada, y la abrazó efusivamente.

—Mi niña es ya una mujer.

Fue todo lo que dijo, pero la congoja de su voz contagió a Nicole, que de repente se sintió insegura, aunque por motivos diametralmente opuestos.

No había hablado con él. No dejaba de repetírselo. Había logrado tranquilizarse al respecto, convenciéndose de que todo estaba solucionado. Habían hecho el amor, y Richard la había tratado con dulzura. Si estuviera enfadado todavía por lo sucedido, estaba segura de que la otra noche habría tomado un cariz bien distinto. Sin embargo las dudas habían abierto un pequeño resquicio en su seguridad, y la asaltaban cruelmente.

Trató de centrarse en lo que ocurría a su alrededor, dejando su mente en blanco. Le acercaron un espejo de cuerpo entero y se maravilló con el resultado, tratando de reconocerse en la belleza que veía reflejada. Estaba hermosa, con las capas de seda y tul cayéndole en cascada. Judith le había regalado las esmeraldas de los Stanfort, una joya antiquísima de la familia compuesta por perfectas piezas engarzadas con diamantes y oro. Nicole se había emocionado con el presente, que recibiera la noche anterior en privado. Ambas amigas habían pasado varios minutos abrazadas, embargadas por la emoción del momento.

Su cuñada le había explicado también que tenían que irse a América al día siguiente de la boda por problemas con la herencia de su difunto esposo. Le dijo que solo irían si ella estaba segura de que no iban a necesitar el apoyo de ambos. Nicole la tranquilizó enseguida. Probablemente Richard y ella irían a algún sitio de viaje de novios, así que no importaba dónde estuvieran los duques, pues igualmente no se verían en un tiempo.

Todo a su alrededor se detuvo, devolviéndola a la realidad, y sintió que le dejaban espacio. Bien, había llegado la hora. Nunca estaría más preparada.

Bajó las escaleras de la casa. James la esperaba abajo, orgulloso. Sería él quien la entregara a Richard. Su hermano vestía de azul marino, y representaba la elegancia personificada. Sostenía para ella un precioso ramo de orquídeas diminutas, entaipadas con sobriedad. Vio cómo Judith, que estaba detrás de él, se acercaba y la besaba con emoción en la mejilla.

—Te espero en la iglesia, Nick.

Besó suavemente a su esposo y salió. Del mismo modo que James sería el padrino y acompañaría a Nicole, Judith actuaría como madrina y estaría con Richard en el altar.

—¿Preparada, preciosa?

Ella asintió, tomó el ramo que su hermano le ofrecía y se encaminó hacia la puerta. Tunewood la sostenía, sobrio como siempre. Al pasar, ella se detuvo y le besó la mejilla con cariño. Nunca había visto al viejo mayordomo de la familia perder la compostura, y aquel gesto del hombre que la conocía desde niña la emocionó. Tanto como encontrar a todo el servicio de la casa fuera, esperando para despedirla. Con lágrimas en los ojos, tomó la mano que le ofrecía su hermano y subió al carruaje, ataviado con flores para la ocasión, mientras con la otra mano se despedía de todos ellos.

Richard esperaba en el altar de la pequeña capilla, a solas con sus pensamientos. En el primer banco descansaba su padre. Detrás de él, Julian y April le sonreían. Tanto su padre como Julian se habían acercado a hablar con él, intentando hacerle la espera más llevadera, pero había pedido que le dejaran solo. Asociándolo a los nervios por la inminente boda, bromearon y lo dejaron en paz.

En otro de los bancos se encontraban un amigo de su padre, y un par de amigas de Nicole, a las que apenas conocía. ¿Cómo iba a conocerlas a ellas, si apenas conocía a la que iba a ser su esposa? Había creído que sabía de ella, de su honestidad y su inocencia, pero la noche anterior había descubierto que la joven con la que iba a casarse no tenía nada que ver con la muchacha virtuosa que él pensó que era.

Richard se concentró en el lugar, apartando de sí sus recientes descubrimientos. Los altos techos, cerrados sobre tres alturas, se veían iluminados a pesar de la incesante lluvia, por la hilera de ventanas de piedra que daban luz a la estancia. Era un templo vetusto, cuyos muros encerraban prácticamente tanta historia como la capilla de la Torre, la más antigua de la ciudad. Muy a su pesar, por una pequeña rendija de sus pensamientos se coló la que iba a ser su esposa en menos de una hora. Y de nuevo sintió cómo la humillación lo paralizaba.

Aquella noche apenas había logrado conciliar el sueño, pues una y otra vez le venía la maldita lista a la cabeza, y se levantaba para analizarla, como si por leerla y releerla su contenido fuera a hacerse más agradable. No tenía que ver con las sandeces que había al lado de su nombre a modo de absurda explicación, que le habían herido el orgullo pero nada más. Era su nombre tachado lo que le había atravesado el alma, como un frío puñal. Sabía que el dolor era mayor porque realmente amaba a aquella mujer. Nicole se le había metido bajo la piel y no podía sacársela. Había tratado de encontrar cualquier explicación menos ignominiosa a sus anotaciones, toda la noche había buscado cualquier pretexto para olvidar lo que había leído decenas de veces, pero solo cabía una interpretación posible. Ella no lo había considerado lo bastante bueno.

Apretó las uñas contra las palmas de las manos hasta casi hacerse sangre, tratando de calmarse. Tampoco él la había considerado una candidata, básicamente porque jamás pensó que algo como lo que iba a ocurrir, que la corriente de pasión que sentía cada vez que estaba con ella fuera recíproca y terminara por comprometerles, fuera una cuestión posible. Pero eso no significaba que no la hubiera deseado. Ni que no hubiera tratado de cortejarla si las cosas hubieran sido distintas entre ellos. Si la temporada anterior no hubiera existido, si ella no le hubiera mostrado el consecuente desprecio tras sus actos, Nicole hubiera sido la primera candidata a esposa. Tal vez la única. Se hubiera dedicado con esmero a conquistarla.

Si su nombre no hubiera estado entre los aspirantes de la lista de ella, lo habría entendido. Pero verlo tachado, saber que había sido tenido en cuenta y rechazado, lo había destrozado.

Vio llegar un carruaje y a su hermana saliendo de él. El momento estaba cerca. Presta, Judith se acercó al altar y le besó amorosamente. Richard no podía hablar. Sabía que su voz delataría el rencor que sentía, así que la besó también y se quedó callado. Ella, nerviosa, le colocó de nuevo la flor en la solapa, flor que ambos sabían que estaba perfecta tal como estaba.

—Ella no tardará, salían justo detrás de mí.

Era obvio que la duquesa malinterpretaba su silencio, como los demás. Él asintió sin atreverse a mirarla. Todavía estaba a tiempo de olvidar la nota y seguir con su plan inicial, desposarse y conquistarla. Todavía estaba a tiempo de no fastidiar su matrimonio desde el principio. Sabía que si llevaba a término sus planes de venganza, antes de que acabara el día ella lo aborrecería, lo odiaría con todo su ser. Cínico, pensó que qué más le daba. Entre la indiferencia y el odio, prefería el odio, que al menos significaba algo para ambos.

Triste, pero convencido, apretó la mandíbula y esperó. Un minuto después, se detenía el carruaje ducal, y James ayudaba a bajar a su hermana. Desde lejos pudo ver cómo brillaba el vestido de Nicole, y algo se encogió dentro de él. Se obligó a permanecer impasible mientras su prometida se acercaba. Estaba preciosa. Dios, era la novia más hermosa de toda Inglaterra. De nuevo se emocionó, y de nuevo reprimió el sentimiento. Sabía que su hermana le estaba observando, pero no le importó. No quería sentir nada. Solo quería acabar cuanto antes, devolverle el golpe esa noche, y seguir adelante con su vida, con o sin ella.

Cuando James le ofreció la mano de Nicole, evitó mirar directamente a ninguno de ambos. Se volvió hacia el sacerdote, quien inició la ceremonia.

Nicole nunca había estado tan nerviosa. Richard estaba evitando mirarla de frente. Necesitaba ver sus ojos, leer en ellos que todo saldría bien. De repente eso se había convertido en lo más importante de su vida, más allá de lo que estaba ocurriendo. Pronunció sus votos en voz baja y escuchó los de él, y entonces los declararon marido y mujer. Richard se volvió, y el ánimo de ella se derrumbó. La miraba casi con odio. Depositó un beso en su mejilla, que tal vez para el público congregado pudo resultar decorosamente casto, pero que a ella le supo a traición, y tras intercambiarse las alianzas, le ofreció el brazo para recorrer de nuevo el pasillo, hacia el exterior, esta vez juntos y casados. «Hasta que la muerte nos separe.»

Fuera les esperaban los escasos invitados a la celebración. Les lanzaron pétalos de flores en un ambiente festivo. Llovieron abrazos y besos. Pero Nicole no supo de quién ni por qué. Solo podía sentir la presencia ajena de su esposo, que parecía estar a millas de allí, de ella.

Cuando subieron al carruaje, poco después, sus sospechas se vieron confirmadas. Solo unas frases salieron de los labios de Richard, dichas con crueldad.

—Sé que nunca creíste en mí como marido. Lamento decirte que estabas en lo cierto: seré un pésimo esposo.

Ella se pasó el resto del camino, hasta la casa de él, tratando de contener el llanto, mientras buscaba una explicación a las reacciones de Richard. De su esposo. Un escalofrío le recorrió la espina dorsal.

El banquete fue un infierno. Todos los invitados se sentaron juntos en una sola mesa redonda. Richard se mostró encantador con todo el mundo excepto con ella. La ignoró deliberadamente, sin importarle que el resto de los comensales pudiera darse cuenta de la tirante relación entre los recién casados. Tras los más de media docena de platos que había preparado la cocinera de los Illingsworth, pues el ágape se estaba celebrando en la mansión de él, o en la casa de ambos, se corrigió, sirvieron una selección de postres y oporto, madeira, brandy y whisky. Aprovechando que estaban prácticamente en familia, las damas y los caballeros no se separaron para la sobremesa, como era habitual, sino que disfrutaron de su mutua compañía, a pesar de impedir así que los hombres pudiera gozar de un buen habano.

Tentada estuvo de coger la licorera de whisky y beber directamente de ella, sin servirse siquiera en un vaso. Quizá así se relajara, o al menos lograra un poco de atención de su marido. El pavor ante la situación se estaba mezclando con el enfado. Si tenían diferencias, y a la vista estaba que así era, no había necesidad de hacer partícipes de ellas a los invitados. Solo conseguirían incomodar a algunos, y preocupar a otros.

Tras lo que le pareció una eternidad, James hizo un último brindis en honor de la pareja, de la que dijo sentirse especialmente orgulloso y a la que deseaba toda la felicidad posible, y los presentes comenzaron a despedirse, llenos de buenos deseos.

Una vez finalizado el ritual de despedida, Nicole quiso enfrentarse a Richard de forma inmediata, pero este acompañó hasta el carruaje a James y Judith. Resignada, subió a cambiarse de ropa, dilatando un poco más el momento de su conversación. Si tenían que discutir, lo que se le antojaba inevitable, mejor hacerlo con algo más cómodo.

Pidió a la doncella que la ayudara a quitarse el vestido, y que saliera justo después. Podía vestirse sola, y quería estar tranquila unos minutos. El *négligé* que había comprado para esa noche estaba sobre la colcha, iluminado por el fuego, retándola a que se lo pusiera. Nicole se sintió cobarde, sin fuerzas para usarlo, insegura de si a su esposo le agradaría que lo hiciera. Se puso una bata sobre su cuerpo desnudo, y se sentó frente a una mesa con un pequeño espejo. Todavía no habían llevado sus muebles. Echaba de menos su secreter y su tocador, donde podía pasar horas escribiendo o acicalándose. Tomó un cepillo de plata y pasó más de media hora desenredado y dando brillo a su melena, a la espera.

Estaba claro que su marido no iba a subir. Fuera ya estaba oscuro, y él seguía sin hacer acto de presencia. Dudaba mucho que su hermano y su cuñada siguieran allí, cuando lo lógico era despedirse rápidamente y dejar intimidad a los recién casados. Cada vez más molesta, se quitó la bata, se puso una camisola y un viejo vestido de día de uno de los baúles que habían llegado esa mañana desde su casa, y bajó a buscar a su esposo, sin importarle que su atuendo no fuera el más adecuado.

Lo encontró en la biblioteca, tan absorto que no la oyó entrar. Ella dudó antes de sacarlo de sus pensamientos.

—¿Richard?

El aludido se sobresaltó al verla. No se había permitido admirar a su mujer durante todo el día, pero su determinación acababa de irse al traste. Ella estaba en la puerta, con un vestido pasado de moda poco favorecedor, y todo el esplendor de su melena rizada desparramada sobre sus hombros. Estaba imponente. Nunca la había visto con el pelo suelto, y no le costó imaginarla con el cabello extendido sobre su almohada, mientras él le hacía el amor.

Su cuerpo, traicionero, respondió al impulso sensual, y su mente se enfadó todavía más por ello. No estaba seguro de poder mantener la calma con ella tan hermosa, así que prefirió ignorarla. En realidad no estaba seguro de nada.

Nicole no se dio por vencida. Al contrario, insistió.

—Richard, tenemos que hablar.

Insolente, puso cara de inocente sorpresa.

—¿Hablar, nosotros? ¿Acerca de qué?

Ella suspiró. Él se estaba poniendo difícil, y eso que aún no habían empezado a discutir. Aun así no se dejó amilanar.

—De tu comportamiento durante el día de hoy. Me has ignorado desde que me has visto. —Le pareció que era mejor ser directa.

—¿Ignorado? Difícilmente, dado que me he casado contigo, ¿no te parece?

El tono despectivo de su voz la encendió. Abandonó cualquier intención de mantenerse calmada.

—¿Y se supone que tengo que darle las gracias por ello, milord?

La mirada de él, gélida, la obligó a dar un paso atrás.

—¿Esperáis que os dé yo las gracias a vos, milady?

Se levantó y avanzó hacia ella. Nicole se encontró en el umbral de la puerta. Como no quería salir huyendo, por más que su mente le dijera que probablemente sería lo más conveniente dado el enigmático estado de ánimo de su marido, cerró la puerta y se apoyó contra ella.

—¿Se supone que debo caer rendido a vuestros pies porque hayáis decidido cazarme a mí como marido, y no a otro? —continuó, socarrón—. ¿Que debo agradeceros que no huyerais a Escocia con Kibersly?

Ella sintió cierto alivio, a pesar de la furia de él. Así que ese era el problema. Seguía sintiéndose engañado. Se armó de paciencia, a pesar de sentirse molesta porque la noche anterior todo había quedado aclarado, al menos en apariencia.

—Ya te dije que yo no invité al marqués a que me visitara a altas horas de la noche en mi jardín, como tampoco te invité a ti, por cierto. Creí que ese punto había quedado olvidado aquella misma noche. —Vio que él se ablandaba ante la velada mención de su interludio amoroso. Esperanzada, continuó con voz más suave—. Y ya te expliqué que alguien mandó una nota a las hermanas Sutherly para que acudieran a la salita de los Guestens. No te engañé, Richard. Lo juro.

Le pareció que dar su palabra daría mayor credibilidad a su discurso.

Él dudó. Estaba preciosa allí plantada, tratando de entender su enfado. ¿De veras quería discutir con ella, precisamente esa noche? ¿De veras deseaba estropearlo todo? Amaba a esa mujer, y tal vez con el tiempo lograría enamorarla. Quizá todo tuviera una explicación inocente.

La lista de ella le quemó en el bolsillo. ¡Y un cuerno explicaciones inocentes! Había hecho bien cogiéndola para que le acompañara durante todo el día, como recordatorio del desprecio de su esposa hacia él y su casa.

Sí, definitivamente quería humillarla, tanto como ella le había humillado a él. Esa noche la dejaría en ridículo delante de toda la alta sociedad, y tal vez así estarían en paz.

—Richard —prosiguió ella—. Puedo explicártelo de nuevo, si quieres.

Él levantó una ceja, se echó la mano al bolsillo de la chaqueta y le lanzó la maldita hoja de papel.

—Tal vez podríais iluminarme sobre esto, querida, ya que te sientes tan proclive a dar explicaciones.

Conforme caía el papel reconoció su letra, y supo qué era. Se quedó sin palabras, incapaz de reaccionar, sabiendo sin género de dudas lo que él debía de estar pensando. Sintió que la desesperación se adueñaba de su corazón. Él prosiguió, malinterpretando el terror de su gesto.

—Aunque no es necesario que os expliquéis. Creo que está muy claro. Pobre lady Nicole, obligada a casarse con alguien a quien no quería desposar. Con un simple vizconde inepto que pone cara de besugo.

Nicole tenía los ojos abiertos de forma desmesurada, y unas lágrimas comenzaban a rodar por sus lívidas mejillas. Balbucía, pero era incapaz de articular palabra.

Asqueado consigo mismo por su crueldad, y con ella por provocarla, Richard se dirigió a la puerta, dispuesto a salir de allí para culminar su venganza. Y al día siguiente, que saliera el sol por donde quisiera.

Ella se interponía entre la puerta y él, impidiéndole la necesaria vía de escape. Le exigió con rudeza que se apartara. Ante la negativa de ella, repitió.

—Hazte a un lado, Nicole.

Ella abrió los brazos en cruz, tratando inútilmente de bloquear la salida. Volvió a negar con la cabeza, despacio.

—No —susurró con poca convicción.

Él tuvo que esforzarse para no arrancarla de la puerta con sus propias manos.

—Nicole, sal de mi maldito camino.

Estaba apenas a un palmo de ella. La cogió de la cintura y la apartó de la puerta como si no pesara nada, tratando de hacerla a un lado. Ella se aferró a las solapas de su frac, desesperada.

—Richard, espera, déjame explicarte...

—No quiero saberlo, Nicole.

Y le tomó las manos para separarla de su cuerpo y alejarla definitivamente. Ella dijo en apenas un susurro contenido.

—Richard, yo te amo.

Él supo que ese era el momento de despreciar su amor, como ella misma había hecho con el de él; el momento de reírse de sus palabras y hacerla sentir tan destrozada como él mismo se sentía. Pero no pudo. Algo dentro de él se rompió en mil pedazos con las palabras de ella. Su corazón, probablemente. Desesperado también, abrió la puerta y salió dando un portazo.

Huyó de casa a lomos de *Fausto*, sin dirección alguna. No quería ir a White's, y soportar congratulaciones, pero era demasiado pronto para ir a buscar a Marien, a pesar de que ya había anochecido. Cabalgó por Hyde Park un rato, y se detuvo a orillas del serpentín buscando serenarse. La lluvia había cesado, y unos rayos de luz de la luna llena se filtraban entre los nubarrones.

«Te amo.» Las palabras resonaban en su mente una y otra vez, sin sentido. ¿Le amaba? Una parte de él quería creerla, la parte en la que él estaba enamorado de ella se moría por volver y solucionarlo todo. Pero su mente, la que rara vez fallaba, le decía que no se podía amar a alguien y tacharlo de una lista de pretendientes. No quiso ahondar en que ella le hubiera dicho que le amaba para manipularle. Eso sería horrible, y no podía pensar tan mal de ella. Quizá sencillamente había creído enamorarse de él tras hacer el amor la otra noche, y había hecho a un lado los reparos de su lista, una vez descartado definitivamente Kibersly.

En cualquier caso ya era tarde. Su orgullo no le permitía abandonarse a una mujer que lo había infravalorado tan desdeñosamente. Esa noche él le devolvería el golpe, y al cuerno con las consecuencias.

Se asomó la luna, su única compañía. Volvió a montar sobre su semental y puso rumbo a Drury Lane, deteniéndose frente a la fachada de ladrillo rojo. Su conciencia volvió a martillearle el corazón, sabiendo que sus arranques de furia le habían jugado más de una mala pasada. Ignorando de nuevo el impulso de volver a casa y hacer las paces con su preciosa esposa, buscó a algún muchacho con el que mandar el caballo de regreso a sus caballerizas. Para donde pensaba ir necesitaría un coche de alquiler.

Subió los escalones despacio. Sabía que Marien tenía libres los jueves, por lo que esa noche no debía trabajar. Y por lo que le había dicho su amigo Blackfield, todavía no había tomado otro amante. Llamó a la puerta y esperó que el destino resolviera su futuro. Si ella no contestaba, volvería a casa y hablaría con Nicole. Si Marien le atendía, seguiría con su plan.

Ignoró su desazón cuando oyó unos pasos que se dirigían a la puerta. Marien abrió, en bata.

—¡Richard! —La alegría en su voz era genuina.

—Marien. —Al ver que ella no abría la puerta de par en par, preguntó—: ¿Puedo entrar?

Ella se hizo a un lado, y lo dejó pasar. La habitación estaba hecha un desastre, pero a ninguno de ambos le importó. Ella estaba encantada de que él la visitara, esperanzada en que él no se hubiera casado, aunque sabía que eso era imposible. Tal vez fue esa certeza la que hizo que le invadiera una oleada de ira, al recordar cada palabra de su abrupta despedida. Le había jurado que le haría suplicar, y tenía intención de intentarlo al menos. Compuso el gesto.

Richard aborrecía el motivo de su visita, empezaba incluso a aborrecerse a sí mismo, ahora que veía con claridad lo que ocurriría en breve. A pesar de su alegría inicial, Marien le miraba en ese momento con estudiada indiferencia.

—Te dije que ella no saciaría tus apetitos. —Sonó presuntuosa—. Pero esperaba que mantuviera tu curiosidad al menos durante la primera noche.

Lo malicioso de su voz le molestó tanto como el comentario en sí. Quería largarse de allí, pero aun así se mantuvo firme.

—¿Te apetece venir a la ópera conmigo?

No pensaba rebatir ningún insulto dirigido a Nicole. Sería rebajar a su esposa al nivel de ella.

—¿Ahora? —La sorpresa era palpable.

Richard creyó imaginar lo que pensaba. Ser vista en la ópera con él le daría cierta notoriedad, lo que podría dar un gran impulso a su carrera, si no de actriz, sí de cortesana. Lamentaba que ella acabara así, pero no sería él quien la juzgara, dado que él pensaba utilizarla también. La vio elegir un vestido. Se desnudó frente a él, provocativa. Richard no sintió nada.

—Solo iremos a la ópera, Marien. Nada más.

Ella hizo un pequeño aspaviento, obviamente incrédula, convencida de que después de la representación volvería con ella allí, a su cama. Las razones que le impulsaban a abandonar a su esposa esa noche, y hacerlo además de forma pública, se le escapaban, pero no quiso tentar a la suerte preguntando. Richard, su amor, volvía a ella. Nada más importaba.

Para cuando llegaron a Covent Garden la actuación estaba a punto de comenzar. El vizconde la llevó directamente a su palco y esperó a que comenzara la función.

Y no tardó demasiado. Mientras la mezzosoprano cantaba en italiano sobre amores perdidos, que ahogaron más el ánimo de Richard, la gente reparó en ellos, y muchos espectadores comenzaron a dirigir sus prismáticos hacia donde se encontraban sin ningún disimulo. Se oyó un zumbido de rumores y algunos incluso los señalaron.

Ya era suficiente. Al día siguiente su escapada estaría en boca de todos, tal y como había planeado. Veinte minutos después de llegar, justo antes de que acabara el primer acto, la tomó del brazo y salieron de allí, tan sigilosamente como habían llegado. No quería cruzarse con nadie.

De nuevo en un carruaje de alquiler, Marien trató de acariciarle. Él frenó su avance tomándola de las manos. Pero debió de ser su gélida mirada lo que la hizo desistir. Al llegar a su edificio, la ayudó a bajar, le besó la mano y se despidió con un frío adiós.

Marien se dio cuenta de que él no había tenido ninguna intención de continuar su relación con ella, sino que él la había utilizado para dejar a su recién estrenada vizcondesa en ridículo. En lugar de enfadarse, se preocupó. Sabía que él no era un hombre cruel, y que solo cuando estaba herido actuaba como un desalmado.

Triste por él, por ella misma, y por la joven esposa, de la que ya se estaba compadeciendo, le acarició la mejilla al tiempo que le inquiría con preocupación.

—Richard, cariño, pero ¿qué has hecho?

Se apartó, asqueado consigo mismo como nunca, maldiciendo su dolor. Ofreció al cochero una suculenta cantidad de dinero para que lo llevara a Westin House, a cinco horas de camino en carruaje. Se sentía incapaz de volver a casa.

«Ojo por ojo», brindó en silencio, insolente.

Nicole se despertó sola. Había dormido en la cama de él, con la esperanza de oírle llegar. O bien no había regresado, o estaba en otra habitación. Tenía la lista en su puño todavía, completamente arrugada. Se había dormido dándoles vueltas a cómo resolver el entuerto, pero no había encontrado solución. La hizo a un lado, y buscó la campana para llamar al servicio. Tiró de la cuerda que había en la cabecera de la cama y ordenó a la doncella, que llegó poco después, que calentaran el agua de la jofaina y que le prepararan el desayuno.

—¿El señor ha desayunado ya? —preguntó como si tal cosa, tanteando.

La cara de la muchacha fue suficiente respuesta. Aun así le contestó, sin mirarla directamente.

—El señor no ha dormido en casa, milady.

Nicole le dio las gracias con voz ahogada y la despidió con la mano, tratando de no llorar. Abatida, buscó entre los baúles del vestidor, donde estaba su ropa todavía por colocar, a falta de decidir dónde dormiría ella, y sacó un vestido de muselina verde. Se aseó, se vistió y bajó a desayunar. Se encontró con varios sirvientes que la miraron casi con lástima. En ese momento odió a Richard con la misma intensidad con la que lo amaba.

Afortunadamente en la sala del desayuno estaba solo el mayordomo, quien le sirvió un poco de todo lo que había en las bandejas, y salió, dejándola a solas con sus pensamientos y el *Times*. Entendía el enfado de Richard. Siendo sincera consigo misma, si ella hubiera encontrado una lista igual, escrita por él, con el nombre de ella tachado, y un montón de insultos estúpidos justo al lado, se habría sentido igual de ofendida, o más. Reprocharle que hubiera hurgado entre sus cosas, dada la magnitud del problema que tenía entre manos, le parecía ridículo, a pesar de que algún día, cuando pudieran bromear sobre todo aquello, le amonestaría. Aún no había encontrado la clave para explicarle el porqué de su maldita lista. Le había dicho que le amaba, pero él no había respondido nada, lo que era mejor que haberse mofado de sus sentimientos. Aunque no mucho mejor, pensó con tristeza. Simplemente la había dejado sola, con su confesión en el aire, flotando entre ambos.

Tomó el *Times* y buscó directamente las páginas de sociedad, curiosa por saber qué habrían dicho de su enlace. Pero fue otra la noticia que llamó su atención. La noche anterior habían estrenado una nueva función en la Royal Opera, y entre los ilustres asistentes, destacaban la inusual presencia del vizconde de Sunder, acompañado por cierta actriz.

17

—Es hombre muerto.

Judith miró a su esposo, preocupada de repente. En todos los años que lo conocía, nunca había visto a James así. Estaba iracundo. En un momento leía la prensa mientras terminaba de desayunar, y al siguiente todo su cuerpo estaba en tensión.

—¿James?

No pudo decir más. Justo entonces entró su cuñada como un vendaval en la sala. El duque abrió los brazos y ella se lanzó al cobijo que él le ofrecía, mientras estallaba en llanto. James la alzó con suavidad y la acercó a la silla, donde se sentó con ella. El servicio, discreto como siempre, salió, dejándolos solos.

—¿Nicole? —probó de nuevo, con ella.

Tampoco obtuvo respuesta. James acariciaba el cabello de su hermana mientras le susurraba palabras de cariño. Ella seguía llorando sin consuelo. Judith se sintió ajena a lo que sucedía. De repente los dos hermanos estaban en un círculo en el que ella no cabía. Su esposo le indicó el diario e, inquieta, se acercó y lo miró. Estaba abierto por la página de sociedad. Había un artículo dedicado a la boda celebrada el día anterior. Lo devoró, temiendo no sabía exactamente qué, pero no halló nada de malo en él. Era halagador, de hecho. Alzó la vista, pero los dos hermanos estaban centrados el uno en el otro. Con el alma en vilo, siguió buscando entre los artículos.

Y entonces lo vio, y el horror se filtró en su mente.

—Debe... debe de ser un error. —Quería creer que no era cierto, de veras que quería, aunque era difícil que fuera el caso.

Ninguno de los presentes le hizo caso.

—¿Nick?

Al oír su nombre, esta lloró más fuerte. Judith se acongojó.

«¿Qué demonios has hecho, Richard?»

Richard se despertó, sintiéndose todavía ligeramente borracho. Miró a su alrededor, y reconoció el mobiliario de su alcoba de Westin House, lo que le sorprendió tanto como las dos botellas vacías, en el suelo. ¿Qué narices hacía allí, como una cuba? En cuanto trató de incorporarse y poner a funcionar su mente, su cuerpo se lo impidió. Se sentía enfermo. Le vino justo echar la cabeza a un lado y vomitar.

Asqueado, se levantó como pudo y se acercó a la jofaina, desorientado. ¿Qué se le escapaba? Su mente se retorció por el simple intento de recordar. El sol entraba a raudales por la ventana. Debían de ser más de las doce. Se lavó la cara y la boca, y se acercó a la campanilla, que atizó con debilidad.

Pidió un baño y se dirigió al vestidor, donde había un mullido sillón en el que esperar mientras limpiaban su desaguisado. Se sintió avergonzado de sí mismo. Nunca, en todos los años que había pasado allí, ni en sus momentos de mayor disipación, había vomitado en su propia alcoba. La humillación le mantuvo escondido. Debió de quedarse dormido unos minutos, pues un lacayo le despertó, casi con temor, indicándole que su solicitud estaba preparada. Pidió que le dejaran solo, y se metió en la tina.

Cuando el agua comenzó a hacer efecto, una frase le llenó la mente, y se sintió morir.

«Richard, cariño, ¿pero qué has hecho?»

Nicole se obligó a tranquilizarse. Llevaba más de una hora abrazada a su hermano, llorando. En el momento en que había leído el periódico había sentido que todo aquello en lo que creía se venía abajo. Sus esperanzas, sus sueños, su orgullo, su amor. Completamente humillada, había querido huir, y no se le ocurrió un lugar mejor que su hermano y su casa. En cuanto su madre se levantara y leyera la prensa, estallaría, y Nicole no quería estar cerca para verlo. No estaba segura de que no la culpara por lo ocurrido. Y ella no podría soportar ningún reproche. Solo quería quedarse allí, entre los brazos de su hermano, escondida para siempre.

Muchos miembros de la nobleza, si no todos, la culparían de aquello. Creerían que había algo malo en ella si en la noche de bodas el marido huía con su amante. Sería el hazmerreír de las mujeres casadas y un ejemplo de escarmiento para las solteras.

Cuando hubo acabado de leer el artículo se había levantado, corrido a las caballerizas, montado ella misma a su yegua y, subiéndose la falda, enseñando los tobillos y parte de sus pantorrillas, escapado a casa de James. Afortunadamente no había tenido que explicar nada. Su hermano la estaba esperando con los brazos abiertos, y la estaba abrazando. Era un pequeño remanso de paz dentro del caos que eran su corazón y su mente.

Pero tenía que detener el llanto y tranquilizarse. No podía pasarse el día gimoteando. Su madre la buscaría, y no quería que la encontrara, y menos así. O quizá alguien iría a visitar a los duques de Stanfort, y repararían en ella. O peor todavía, quizá Richard regresara a casa, y al no encontrarla fuera a reclamarla allí. Se negaba a que la viera en ese estado. O en cualquier otro.

Se separó poco a poco del resguardo de su hermano, y levantó la vista. Lo que vio en su rostro la calmó. Él se ocuparía de todo. James no dejaría que las cosas quedaran así. Miró a Judith, que estaba espantada, y no pudo evitar sentir cierta antipatía hacia ella. Estaba claro que dudaba de la crueldad de su hermano. Reprochándose su rencor, se levantó del regazo de James, y tomó un vaso de agua, dándose tiempo antes de hablar. Bebió primero y mojó una servilleta limpia después, frotándose la cara y tratando de borrar cualquier huella física de sus sentimientos. Ojalá el alma pudiera repararse del mismo modo.

Nadie dijo nada. Esperaban que fuera ella quien contara lo ocurrido. Pero no quería explicarles que había escrito una lista, ni que Richard la había encontrado y había pensado lo peor, ni que le había dicho que le amaba y él se había ido con otra mujer. No quería explicar todos los pormenores de su infierno.

—Anoche no durmió en casa.

Simplemente confirmó la noticia. No hacía falta más.

De los ojos de Judith vio brotar sendas lágrimas. Se sintió mal por su cuñada. Sabía que amaba mucho a su hermano, y conocer lo que había hecho, asumir que era un canalla, debía de ser también muy difícil para ella.

Fue James quien habló.

—¿Qué quieres hacer, Nick?

Con ello, su hermano le estaba dando carta blanca. Si le decía que quería mudarse allí para siempre, la apoyaría. Si le decía que quería el divorcio, pues la nulidad estaba fuera de opción aunque él no lo supiera, la apoyaría. Si le decía que quería huir al fin del mundo... Eso era exactamente lo que quería, y tenía la oportunidad perfecta. Saber eso, saber qué era lo que necesitaba en su futuro más inmediato, hizo que la invadiera una sensación de paz, después de la tormenta de incertidumbre.

—Llevadme con vosotros a América.

James la miró pensativo unos instantes. Después asintió. Judith, en cambio, no estaba segura.

—Nicole, lo que ha ocurrido es... ni siquiera sé cómo describirlo. Pero huir no es la solución. Tienes que hablar con él.

Sabiendo que tenía la atención de ambos, Judith continuó.

—La vuestra ha sido una historia complicada, y la hemos complicado más todavía forzando la situación y no permitiendo que os conocierais primero. Debes hablar con él —sentenció—, aunque sea para decirle a la cara que es un malnacido.

Nicole sabía todo eso, era consciente de que lo que decía su cuñada tenía sentido, pero no se sentía con fuerzas para enfrentarse a él, ni a la sociedad, ni a sí misma. Sobre todo a sí misma.

—Lo sé, Judith, pero no puedo. —Sollozó de nuevo, y de nuevo se obligó a serenarse—. No ahora. Solo necesito estar sola y lejos, sin presiones externas, durante un tiempo. Necesito pensar, y aquí me temo que no va a ser posible.

Ahora sí, Judith también asintió, con el alma rota. James salió de la sala, y comenzó a gritar órdenes. Todos partirían al anochecer.

Richard regresó a Londres esa madrugada. De nuevo viajaba a horas intempestivas. No debió haberse ido al campo, debió quedarse en Londres. Y debió quedarse con Nicole en su noche de bodas. Debería haber hablado, en lugar de dejarse llevar por su mal genio. ¿Es que nunca aprendería?

Recriminándose a cada milla su comportamiento, llegó a su

casa, agotado. Había supuesto un esfuerzo enorme cabalgar, tal como se encontraba, pero tenía que hablar con Nicole, y se merecía un poco de dolor físico en comparación con el que le debía de haber causado a ella. No sabía bien qué le diría, pero tenía que aclarar la situación. Ella le había herido, y él había respondido con la misma fuerza. Quizá pudieran olvidarlo y seguir adelante. Ojalá ella fuera mejor persona que él...

Por primera vez desde que tenía uso de razón, hubo de llamar a la puerta de su casa. Golpeó la aldaba, extrañado por la falta de diligencia de Nodly. El mayordomo le abrió la puerta y lo miró con desdén. Mierda. Decidido a ignorarle, y a ignorar cualquier comentario que tuviera que ver con su matrimonio, subió a su alcoba sin preguntar siquiera si su esposa se encontraba en casa. Él mismo se encargaría de buscarla. Encontró los baúles, todavía por colocar. Pero no vio ni rastro de Nicole. «Mejor.» Estaba aliviado de postergar un poco la pelea, y sorprendido por el valor de su esposa. Si hubiera estado en su piel, él no hubiera pisado la calle en las próximas semanas ni por petición real.

Dado que pretendía evitar a su padre a toda costa, se encerró en sus aposentos, decidido a esperarla, ensayando qué le diría.

Le confesaría su amor. No, primero le pediría que le explicara qué significaba la dichosa lista. Quizá sí hubiera una explicación, una tan sencilla que ni siquiera a él se le había ocurrido. Y después la perdonaría, le diría que anoche no le había sido infiel, y le confesaría sus sentimientos. Y le haría el amor durante el resto de la noche. Durante el resto de sus vidas.

Sabía que las cosas no serían tan sencillas, que su familia, la nobleza, y mucha gente los vilipendiaría, pero lo superarían. Tenían que hacerlo.

Desesperado como nunca por verla, esperó.

Nicole estaba en cubierta, sola. Decenas de marineros se afanaban en izar velas. Acababan de salir a mar abierto. No quiso volverse a observar las luces, ni ver cómo se alejaba de Inglaterra. Tenía que mirar adelante. Se sabía una privilegiada por haber podido huir. Porque no se engañaba, estaba huyendo de una forma cobarde.

Pero la tregua que James le había concedido no sería eterna, pues cuando regresaran a Londres, unas diez semanas más tarde, ella no podría seguir escondiéndose. Tendría que hacer frente a su matrimonio, y a los comentarios sobre ella y Richard. Con suerte la temporada habría finalizado, y tal vez podría retrasar su reaparición en Londres otros tantos meses, aunque estaba convencida de que la alta sociedad no olvidaría la afrenta. Ni ella tampoco.

Limpiándose con el dorso de la mano las rebeldes lágrimas que no obedecían las órdenes de su mente, se regodeó pensando en cómo reaccionaría Richard al saber que su esposa se había ido. Eso la hizo sentirse mejor al momento. Desde luego no era comparable a aparecer con tu amante en público el mismo día de tu boda, pero al menos le molestaría lo suficiente como para sentirse mal. Quizá no tan mal como ella se sentía, pero mal de todas formas. Tendría que conformarse con eso.

De nuevo la azotó la humillación. Todo el mundo habría leído esa mañana el *Times*. Incluso era probable que la noche anterior, mientras ella esperaba en la cama de Richard a que regresara, su ultraje fuera ya de boca en boca. Podía imaginarse a muchas damas riéndose de su suerte. Afortunadamente era la hermana de un duque... no, se corrigió, ahora era una vizcondesa. A pesar de que los Illingsworth eran una de las familias más antiguas y mejor valoradas de la nobleza, y de la importancia de la casa de Stanfort, su título no la protegería. Muchas condesas, marquesas, y algunas duquesas se divertirían a su costa, y ella no tendría más remedio que aceptarlo.

Una ráfaga de rebeldía la recorrió. Jamás, antes muerta. Nunca dejaría que todas las damas que la habían adulado antes por ser hija y hermana del duque de Stanfort se rieran ahora de ella por algo tan nimio como haberse convertido en vizcondesa. Encontrarían mucha resistencia, de hecho. Si pensaban que ella se lamentaría de sus circunstancias, que se avergonzaría de lo sucedido y agacharía la cabeza, violenta, cuando se cruzara con alguna de esas mujeres, estaban muy equivocadas. Por el amor de Dios, ella era una Illingsworth ahora, pero siempre había sido una Saint-Jones, educada para mantenerse en la élite. Volvería con la cabeza bien alta, y pobre de quien tratara de hacerla sentirse ridícula.

Y eso incluía a su marido. Aún no sabía qué cariz iba a tomar su matrimonio, ni tampoco cuál sería la postura de ella, pero sí sabía que no sería el conformismo ante una unión nominal y poco más. Había sido testigo de un matrimonio así por sus padres, y no lo quería para ella. Antes pediría el divorcio y se exiliaría por decisión propia. ¡Qué diablos! A pesar de todo estaba enamorada de Richard, y estaba casada con él, ¿no? Pues se esforzaría en atraparlo, y cuando lo tuviera en sus redes ya vería qué hacía con él. Pero sería algo que provocara sufrimiento.

Aunque eso sería mañana, pensó, cansada. Hoy solo quería sentir el viento azotándole la cara, y dejar que las lágrimas corrieran libres por sus mejillas.

Ajeno a las tribulaciones de su esposa, y también a su paradero, Richard entró en White's. Se había cansado de esperar, y convencido de que ella estaría en algún baile hasta altas horas de la madrugada, había decidido salir un rato, huyendo de la opresión de su habitación y de los silenciosos reproches de su mayordomo, que podía sentir a través de la inactividad de la casa. Había hecho sonar la campanilla dos veces, pero nadie había acudido. Entró al club y pidió un reservado. Le informaron al momento de que no había ninguno libre. Maldito James, que conseguía siempre uno solo por ser duque. Tampoco quiso pensar en la reacción de su mejor amigo, que sería legendaria. Huyendo del comedor, demasiado lleno para su gusto y para su último escándalo, prefirió ir a las salas de billar. Encontró una vacía y entró, cerrando la puerta tras de sí. Colocó las bolas y jugó un rato. Uno de los camareros le ofreció una copa, pero la declinó, pidiendo en cambio algo de cena. No le convenía emborracharse, dado que esa noche sí dormiría en casa. Ni tenía tampoco cuerpo para ello.

Aún no sabía cómo enfrentarse a Nicole. Y reconoció para sí que se sentía un poco acobardado al respecto. No estaba seguro de soportar mirarle a los ojos y ver en ellos todo el odio de su traición. Saberse un miserable únicamente aumentaba su dolor, grande ya de por sí. Chasqueando la lengua, siguió haciendo carambola tras carambola, dejando pasar el tiempo, intentando no torturarse.

Debían de ser las dos de la madrugada cuando entró un grupo de jóvenes donde él se encontraba. A la cabeza iba el marqués de Kibersly, y se veía a la legua que estaba completamente borracho. Cuando el joven le reconoció, pidió a sus acompañantes que los dejaran a solas. Con fastidio, se preparó para lo peor. ¿Sería poco educado romper un taco de billar en la rubia cabeza del maldito petimetre? Probablemente, y además le costaría el carné de socio. Que te echaran del White's una vez que adquirías la condición de socio era difícil, pero que te readmitieran si te echaban era prácticamente imposible.

Cuando todos salieron y solo quedaron ellos dos, miró al marqués alzando una ceja, a la espera de saber qué era lo que quería decirle. Este alzó un dedo, intentando parecer amenazador, pero era tal su borrachera que apenas inspiraba risa.

—Señor, usted ha tirado todos mis planes de futuro por la borda, para después tirar los suyos también.

Su voz era gangosa, y costaba entenderle. Richard no pudo evitar encontrar el lado cómico de la situación. Después de todo lo ocurrido entre ellos dos y Nicole, parecía que solo pretendiera reprenderle. Cómico y patético, pues incluso el asno de Kibersly sabía que él había cometido una estupidez de consecuencias aún por descubrir.

—Venga, ya, Kibersly. Lady Nicole era el mejor partido de la temporada, pero no me diga que la quería por encima de todo. No me lo trago.

Kibersly se envaró. Sobrio resultaba estirado cuando lo hacía. Ebrio, resultaba estúpido. Nicole debiera darle las gracias por librarle de semejante patán. ¿Y pensar que había encabezado su lista? Quizá se lo recordara. Aunque pensándolo bien, mejor no lo hacía.

—No es cuestión de lo que yo quería, Sunder, sino de lo que necesitaba. Y yo necesitaba casarme con lady Saint-Jones.

Intrigado, Richard calló. Tenía la sensación de que iba a descubrir el verdadero motivo del cortejo del marqués. El secreto que ni el mismísimo duque de Stanfort había logrado desvelar.

—Necesito una heredera, y casi la tenía, estuve así de cerca. —Intentó acercar sus dedos pulgar e índice, para mostrar un pequeño espacio, pero el alcohol no le permitía coordinar. Fastidiado por su poco éxito, continuó—: Incluso mandé una nota a las hermanas feas, para que nos sorprendieran en flagrante delito. Imagine mi sorpresa cuando la dama me pidió que nos encontráramos a solas.

Vaya, vaya, parecía que la historia de Nicole era cierta, había tratado de analizar su deseo por Kibersly, pero había sido este quien propiciara que fueran descubiertos. Bueno, el marqués, y su propia imposibilidad de estar cerca de Nicole y comportarse correctamente. O bien le hacía la puñeta, o bien la besaba hasta quitarles el sentido a ambos. De nuevo sus pensamientos se vieron interrumpidos.

—Y ahora tengo apenas cinco meses —alzó la mano, pero mostró solo cuatro dedos— para casarme, o lo perderé todo.

Así que era eso. Las finanzas del marqués no iban tan bien como parecía. Casi se compadeció del pobre tipo. Casi. No podía olvidar que había propuesto a Nicole dejarle a él plantado en el altar. Sabiendo que al día siguiente el pobre desgraciado recordaría poco de lo ocurrido, y con ganas de quitárselo de encima, se disculpó.

El otro, sorprendido con la disculpa, y atrapado en la caballerosidad de aceptarla y marcharse, cabeceó desorientado y salió por donde había entrado.

Poco después él mismo salía de White's dirección a su casa, y a su esposa.

—Repita eso, Tunewood.

El mayordomo no se amedrentó, a pesar de la dureza del tono del hermano de su señora.

—Los duques, y la vizcondesa, han partido esta tarde para Boston, milord.

Estaba estupefacto. Había ido a casa, y su propio mayordomo le había informado de que esa mañana varias doncellas de la casa Stanfort habían entrado y recogido algunos baúles de lady Illingsworth. Cuando le inquirió por qué no se lo había dicho antes, el viejo le contestó que porque milord no había preguntado. Más fastidiado que preocupado, había acudido a la residencia ducal a por ella. Se enfrentaría a James, y al mismísimo diablo si era necesario, para llevar a su esposa a casa. No habría más interferencias que las que él permitiera. Bueno, reconoció, más bien que las que ella creara, pero ese no era el caso. Pretendía que la familia se mantuviera ajena a los problemas de ambos.

Y ahora el mayordomo le decía que habían tenido que salir de viaje por algo relacionado con la cuantiosa herencia de Judith, y que lady Nicole había decidido acompañarles.

Su esposa había huido, con el beneplácito de su hermana y de su mejor amigo. Como el año anterior, ante sus trifulcas se habían puesto del lado de ella. Solo que esta vez estaba convencido de merecer su falta de apoyo.

Aquella noche, en la biblioteca de su casa, solo y tranquilo, tomó lápiz y papel y escribió una nota a Kibersly.

Lady Elisabeth Thorny sería una magnífica esposa.
Y solventaría cualquier necesidad del marquesado.
Además, ella sería feliz casándose con quien no pudo lady Nicole, por lo que el éxito del cortejo está casi asegurado.
Suerte,

Un amigo

No pensaba firmar la carta, aunque el marqués probablemente imaginaría quién la enviaba.

Al menos algo bueno saldría de aquel desastre. Estaba convencido de que lord Preston y lady Elisabeth se merecían el uno al otro.

18

Diez semanas después

Ella le había denostado. Él la había humillado. Hubieran quedado en paz, si su esposa no hubiera huido. Se suponía que le debía una afrenta, pero estaba dispuesto a pasarla por alto si ella no se lo ponía demasiado difícil. Tras mucho reflexionar, había decidido que esperaría una explicación y una disculpa por la lista, que había encontrado el día de la huida en su alcoba, arrugada, y que había memorizado, y lo dejaría correr.

Richard esperaba en el puerto la llegada del *Princesa de los Océanos*, que traería a Nicole de regreso a casa. Lady Evelyn le había avisado de la llegada de ella. Y para mayor confirmación, dos carruajes con el blasón de la casa de Stanfort esperaban en la calle, detrás del suyo.

La duquesa viuda había sido de gran ayuda durante aquel tiempo. No solo le había mantenido informado sobre el viaje de sus hijos. Había mandado además todas sus cosas al campo. Sus ropas, sus cuadros, sus antiguas muñecas... todo estaba ahora en Berks.

Cuando supo de la huida de su esposa, regresó a su casa

de Londres, mandó recoger sus pertenencias y se refugió en Westin House. Poco le importaba si su padre decidía regresar también. Quería olvidar todo lo que había ocurrido entre él y ella, y la forma más sencilla era irse de la ciudad. Si fuera posible, querría olvidar, incluso, que se había casado.

Su estancia en Westin House había resultado tranquila, pero intuía que con la llegada de la nueva vizcondesa esa tranquilidad se esfumaría. Porque daba por sentado que viviría con él, y que no pretendería esconderse en casa de James. Derribaría Stanfort Manor piedra a piedra si era necesario para llevarla al lugar al que pertenecía desde que se casaran.

Su padre había vuelto a la finca familiar dos días después de que él mismo se instalara. Tras tres días de silenciosos reproches y desplantes, la discusión había sido inevitable. Todo el servicio había oído las exigencias de lord John a su hijo, reclamándole su falta de piedad en su primer día de matrimonio, su desprecio hacia la que era su esposa, así como su pasividad ante la huida de ella. Le había increpado, incluso, el estar arrastrando el apellido de la familia por el fango, permitiendo que sus pares inventaran historias escabrosas sobre lo ocurrido aquella noche. La negativa de Richard a dar explicación alguna sobre el motivo de sus acciones había hecho estallar a su padre, quien, lejos de echar a su hijo de casa, y sabiendo que, a pesar de estar en su derecho, crearía un cisma insalvable entre ambos, había decidido ir a visitar a un amigo en Cambridge, por tiempo indefinido.

Richard sabía que el conde tenía razones de sobra para estar enfadado con él. Él mismo estaba furioso con lo que había ocurrido. Quizá, si sus sentimientos hacia Nicole no fueran tan intensos, habría actuado de otra forma. Pero el dolor y la traición todavía martilleaban su pecho cuando recordaba aquella lista, a pesar de la declaración posterior. Si ella le amara de veras, no habría huido, sino que se habría quedado a intentar salvar su matrimonio, ¿no? Seguía amándola, y ese amor le dolía más que nada en el mundo. Ojalá ella se hubiese explicado. Ojalá él no se hubiera dejado llevar por su dolor. Ojalá ella no se hubiera marchado. Ojalá lamentarse sirviera de algo.

Agradeciendo la misericordia de su padre, que había preferido darle tiempo e irse, Richard había pasado los días dedicado a sus negocios. La cosecha de los cereales estaba a punto de comenzar, y había que coordinar todo el trabajo. A pesar de que no solía encargarse él directamente de ello, ese año quería ocuparse de cualquier cosa que le distrajera de la realidad que le acechaba. Había pasado sus días entre arrendatarios, comerciantes y criadores de ganado, tratando de que la compañía de aquellos aliviara su soledad.

La madre de Nicole había acudido a verle también. Pero lejos de reprocharle su maldad, se había disculpado en nombre de su hija por cualquier falta que pudiera haber cometido el día de su boda. Le había implorado, incluso, que la perdonara y la aceptara de nuevo.

Aquel día había entendido el peso de su afrenta. Si la propia duquesa viuda atribuía a su hija lo ocurrido, no quería ni imaginar qué se estaría diciendo de ella en Londres. La culparían de la falta de deseo de su marido hacia ella, eso seguro. Dirían que había algún defecto en Nicole que había hecho al vizconde de Sunder correr la misma noche de bodas en brazos de su amante.

Se sintió un canalla, y deseó poder hacer marcha atrás en el tiempo. Hubiera buscado una forma menos notoria de devolver el daño. Había lastimado el orgullo de Nicole, lo único a lo que una mujer podía aferrarse, y ahora se detestaba por ello.

Tras explicar a lady Evelyn que no había nada malo en su hija, e inventar una riña de enamorados para explicar su marcha, le había pedido su colaboración. La duquesa viuda había estado encantada de poder ayudar, y le había mantenido al día de las novedades que su hija le contaba por carta. La última de las cuales era, por cierto, que volvían a Inglaterra.

Así que allí estaba, en el puerto, esperando a una esposa que le despreciaba más que nunca, sin saber exactamente qué le diría.

Su mayor deseo era que ambos fueran capaces de olvidar lo ocurrido, y pudieran empezar de cero. Pero sabía que eso sería, sencillamente, imposible.

El barco fondeaba a apenas dos millas del puerto de Londres. Nicole estaba en cubierta, impaciente por desembarcar y afrontar todo lo que allí la esperaba. Aquel viaje había resultado un bálsamo para ella. La primera semana había sido dura. Se avergonzaba de todo lo ocurrido. Había sido una estupidez besar a Kibersly. Y una estupidez mayor aún ser sorprendida con Richard. Todo se había precipitado. Y ella lo había acelerado más al elegir una boda rápida.

Si hubieran tenido más tiempo para conocerse, para hablar, quizá todo habría sido diferente. Aunque, tras la noche con Richard en los jardines de su casa tras la visita de Kibersly, y en su alcoba poco después, sí hubiera sido necesario casarse en la mayor brevedad. Pero precisamente de aquello no se arrepentía en absoluto. No iba a renegar de la experiencia más increíble de su vida. Compartir una noche con él había sido maravillosamente íntimo. Solo por aquel momento de gloria, casi valía la pena el sufrimiento que había llegado después. Casi, mas no del todo.

Sabía que Richard habría pensado que Nicole no lo consideraba lo suficientemente bueno para ella tras leer su nombre, tachado, en su lista de candidatos. La propia Nicole habría llegado a la misma conclusión de haber estado en idéntica situación. Pero la reacción de su esposo había sido desmesurada. Y muy dañina. No podía creer que hubiera podido poseer tanta crueldad. Redimir el orgullo de él había supuesto hundir la dignidad de ella.

Había dado muchas vueltas a su situación. Sabía que la alta sociedad nunca olvidaría lo ocurrido, así que tendría que aprender a vivir con esa mácula en su imagen pública. Pero lo que realmente le preocupaba era su vida privada. Podría vivir exiliada de la alta sociedad, pero no exiliada de sí misma en su propia casa.

En Boston, donde nadie sabía de ella, habían sido invitados a muchos bailes. Todas las familias pudientes de la ciudad guardaban muy buen recuerdo de Judith, y habían acudido a numerosas fiestas durante su estancia en América. Lejos de Londres, entre extraños, se había sentido cómoda. Había podido olvidar sus circunstancias. Y sabía que con el tiempo lograría encontrarse bien de nuevo entre la gente de alcurnia de Inglaterra.

Su problema residía en lo que iba a ser de su vida mientras estuviera sola, en casa, con él. No se engañaba. Podía adoptar la misma actitud que su esposo, buscar un amante y lucirlo públicamente, humillarle y humillarse a sí misma yendo de escándalo en escándalo. Pero no era su naturaleza. Y además tenía mucho que perder y nada que ganar.

Las mujeres dependían de la benevolencia de sus esposos, era un hecho sabido tan antiguo como el mundo. Y ella tendría que buscar la de Richard, le gustara o no. Sería mejor congraciarse con él y tratar de encontrar un equilibrio sobre el que sostener su vida. Si él decidía crear más escándalos, ella no podría soportarlo.

Tras pensarlo mucho, su decisión había sido regresar con él. Iría a Westin House, y trataría de arreglar las cosas. En esa resolución habían pesado muchos sus sentimientos. Estaba enamorada de él. A pesar de que la había humillado públicamente, no podía olvidar los buenos momentos que habían pasado juntos. De lo mucho que había disfrutado de su compañía durante su breve tregua, cuando se habían pinchado como iguales, divirtiéndose y admirando el ingenio del otro.

Eso no significaba, desde luego, que lo hubiera perdonado, ni que fuera a hacerlo en un futuro cercano. Richard iba a pagar por lo que le había hecho. Pero no quería abocarlo a los brazos de otra mujer mostrándole desprecio. Su infidelidad era una daga que no lograba arrancarse del corazón, y no quería que se le clavasen más.

Mostraría una actitud conciliadora, y esperaría a ver qué era lo que él pretendía de su matrimonio.

Vio acercarse a su hermano, y sonrió. Este la miraba preocupado. Judith y él habían estado muy atentos a cualquier palabra o expresión de ella, deseosos de ayudarla a recuperarse del golpe. Nicole ya había explicado a ambos sus planes de irse con Richard.

—Estamos a punto de llegar, Nick. Te lo preguntaré por última vez, y luego te dejaré hacer lo que realmente desees. ¿Estás segura?

Ella ni siquiera tuvo que pensarlo.

—Sí.

—Bien. Estoy orgulloso de tu decisión. No me gusta la idea de que sufras más de lo necesario, pero debes afrontar tu vida con valentía. Y tu vida ahora está con él. No esperaba menos de ti.

No hizo falta que le recordara su promesa de que siempre tendría un hueco a su lado si era infeliz. Ambos sabían que siempre sería así.

—Quería pedirte algo, James.

—Lo que quieras.

Ella le miró, socarrona.

—Cuidado con lo que prometes.

—Más bien cuidado con lo que deseas tú.

Ambos se pusieron serios de nuevo.

—Es la cabaña del leñador, donde Judith y tú... ya sabes.

La antigua casita del leñador a la que ella se refería había sido la sede de muchos encuentros clandestinos entre James y Judith, antes de que se casaran. Situada a mitad de distancia de las fincas de ambas familias, había sido acondicionada para servir a sus propósitos.

—¿Sí? —Carraspeó, incómodo.

—Me gustaría que se convirtiera en mi refugio. —Viendo que iba a hablar, le interrumpió—. Ya sé que Stanfort Manor siempre será mi lugar de regreso, pero quiero un lugar donde estar a solas, donde poder pensar, desahogarme o llorar si todo sale mal, donde esconderme unas horas si el ambiente se vuelve irrespirable. Necesito un sitio que sea solo mío, donde encontrarme en paz.

Su hermano asintió, solemne.

—De acuerdo.

—Gracias. Pero el favor no es ese, siempre supe que me prestarías la casa. Lo que quisiera es que llevaras un piano allí. Mi piano, el de Stanfort Manor. Nada me relaja más que tocar.

James asintió de nuevo.

—Antes de que lleguemos, y todo se torne complicado, quiero agradeceros a Judith y a ti todo lo que habéis hecho por mí. —Vio que él se emocionaba—. Y quiero pediros de nuevo que os mantengáis al margen de lo que ocurra. No toméis partido por ninguno de ambos, apoyadnos y esperad a ver si somos capaces de resolverlo solos. Y rezad por que así sea.

Fue obvio que a su hermano no le gustó su petición de no interferir, pero supo que lo que ella le pedía era razonable, incluso conveniente, así que no tuvo más remedio que sucumbir.

—De acuerdo, Nick, pero con una condición.

Ella le miró, extrañada. No esperaba condicionamientos.

—¿Cuál?

—Prométeme que se lo harás pasar mal, muy mal.

Ella rio y le empujó levemente, con camaradería.

—Eso, hermanito, creo que puedo prometértelo.

Cuando Richard vio colocar la pasarela y a los viajeros comenzar a descender, los nervios le atenazaron. Deseaba verla, y en ese momento no pudo negárselo. La había echado de menos. Se moría por volver a ver a su fierecilla de ojos verdes. Su cuerpo se mantuvo en tensión hasta que la vio aparecer, escoltada por su hermano. El sol lamía su melena y le confería un brillo cobrizo que hizo que se desentendiese de todo lo que no fuera ella. Su belleza le impactó tanto que por un momento le robó el aliento. Obligándose a no dejarse llevar por sus sentimientos, se concentró en mantener su rostro impasible y esperar a que fuera ella la que llegara hasta él.

Si alguno de ellos le vio, no mostró signo alguno de reconocerle. Nicole bajó sonriente y esperó a que lo hicieran también Judith y James. Les seguía detrás la niñera con Alexander, y un par de doncellas. Algunos marineros se afanaban con varios baúles tras ellos. Una vez abajo, los lacayos que iban en los carruajes que les esperaban comenzaron a cargar, mientras el cochero les hacía una reverencia y les indicaba adónde dirigirse.

Y se dirigían exactamente hacia donde él se encontraba, pues su carruaje estaba justo delante de los suyos. James iba al frente de la comitiva. Esperó hasta que le vieron. Por un momento todos se quedaron quietos. Una vez repuestos, reanudaron su marcha, pero en dirección a él. Cuando estuvieron frente a frente, se hizo el silencio. Nadie parecía querer decir la primera palabra, y ser quien asentara las bases de una relación que apuntaba a pésima. Fue Judith quien rompió la incomodidad del momento.

—Richard, qué detalle haber venido a recibirnos. ¿Has visto a Alexander? Él te ha echado mucho de menos.

Acto seguido puso al pequeño en sus brazos, asegurándose de que tuviera las manos ocupadas. Él miró al pequeño y se relajó. No pudo evitar exclamar lo mucho que había crecido. Eso los hizo sonreír a todos, y durante unos instantes pareció como si nada hubiera ocurrido.

—Lady Saint-Jones, ¿dónde debemos colocar su equipaje?

Aquello rompió el encanto, pues era a Nicole a quien se referían. Richard devolvió a su ahijado a los brazos de la niñera mientras contestaba.

—El equipaje de lady Illingsworth lo colocará en mi carruaje, por supuesto.

El lacayo, contrariado, miró al duque. Nicole posó el brazo sobre su hermano, con aire conciliador.

—Coloque mi equipaje en el carruaje de mi esposo, por favor, John.

Eso pareció calmar un poco a Richard, que abandonó su actitud beligerante. El silencio reinó de nuevo. Y fue Judith quien una vez más puso cordura al ambiente.

—Bueno, es obvio que no podemos quedarnos aquí como pasmarotes. Estamos llamando la atención. Richard, ¿os dirigís a Grosvenor? ¿Ah, no? Estáis en Westin House, entonces. De acuerdo. Nosotros partiremos hacia allí en una semana, más o menos, pero para quedarnos en Stanfort Manor, desde luego. Nos veremos entonces.

Besó a Nicole a modo de despedida, abrazó a su hermano, dándole un cariñoso apretón, y tomando a James por el brazo se fue hacia su carruaje, donde aguardaban listos para partir. James aceptó la orden. Besó a Nick, tendió la mano a Richard, quien la aceptó fríamente tras unos segundos de duda, y se fue.

Richard se sintió agradecido. A pesar de que se había llevado a Nicole sin pensar en él, había vuelto y la dejaba con él sin presentar batalla, y sin dañar, al menos aún, la amistad que les unía.

Ahora había que esperar a ver cómo se posicionaba su joven esposa.

Debían de llevar más de veinte minutos en el carruaje y ninguno de los dos había pronunciado palabra todavía. Suspirando, Nicole se preparó para disculparse por su huida. Odiaba tener que hacerlo, pero sabía que no había actuado correctamente, y si esperaba que él reconociera la culpa de sus actos, siendo justa sabía que ella debía hacer lo mismo. Eso sí, mantendría su orgullo intacto. Se dio ánimos y habló.

—Lamento haberme ido así, sé que no fue correcto. Y menos aún implicar en esto a nuestros hermanos.

Vio la sorpresa reflejada en la cara de él. Obviamente no esperaba encontrarla tan suave. Pero, pensó Nicole, si él creía que iba a entonar el mea culpa, no tardaría en descubrir que no iba a ser el caso.

—No pude soportar permanecer en Londres sabiendo que todo el mundo estaría despellejándome por tu comportamiento. Boston me pareció lo suficientemente lejano como para no oír los insultos.

La cara de culpabilidad de él le satisfizo muchísimo, y la ayudó a calmar su ego, aunque fuera solo una pequeña victoria. Bien, Richard no parecía estar orgulloso de sus acciones. Y eso era bueno por dos cosas. Por una parte porque significaba que su esposo sabía que había obrado mal, y le importaban las consecuencias. Y por otra, porque ella podría explotar su mala conciencia. Contenta, no dijo nada más.

Richard aún no sabía qué había ocurrido. ¿Por qué si era ella quien se disculpaba, el culpable parecía él? Ignorando el hecho de que un caballero nunca esperaba que una dama se disculpara por nada, ella reconocía que su marcha había sido un error sin que él le increpara nada, así que debía aceptarlas y dejarlo correr. Qué astuta.

Bien, en cualquier caso se alegraba de que estuviera tan calmada. Se preguntaba hasta cuándo duraría su tranquilidad. Apostó consigo mismo a que antes de cruzar Aperfield ella le estaría gritando.

Pero llegaron a Aperfield, lo atravesaron, lo dejaron atrás, y ella seguía en digna calma. Y la falta de reproches le hacía sentir peor, a pesar de saber que parte de la razón estaba con él. Prefería discutir con Nicole a que no le hablara. Intentó que reaccionara.

—Me alegra de que no trates de inventar burdas excusas para justificar lo de la carta que encontré en tu secreter.

Nicole contó hasta diez antes de contestar.

—Nada más lejos de mi intención. Por supuesto que hay una explicación al hecho de que tu nombre aparezca tachado en mi lista. Que te la creas o no ya no es cosa mía.

Él la miró, esperando que continuara.

Pues que esperara. Si quería una explicación, que la pidiera.

Al ver que ella no proseguía, Richard se enfadó. Levantando la voz, le dijo que estaba esperando. Esta vez ella contó hasta veinte.

—Solo pienso explicártelo una vez, Richard. No voy a suplicar tu perdón por algo tan infantil como lo que significó tachar tu nombre de la maldita lista de candidatos.

Otra vez Richard esperaba oír su explicación. Y otra vez se quedaría con las ganas.

—Tendrás tu respuesta, Richard. Pero cuando estés preparado para oírla. No pienso tratar de razonar con alguien que me cree culpable de todos los males de la tierra sin haberme preguntado siquiera.

Y encima se creía con derecho a juzgarle por su actitud. Sintió hervir la furia dentro de él, más aún viendo la calma de ella. Quería cogerla por los hombros y zarandearla, quería enfadarla tanto como estaba él. Algo en su interior le dijo que lo dejara correr. Era preferible no forzar la relación, hasta saber en qué punto estaban.

Pero maldita fuera la lección de dignidad que ella le estaba dando.

Permanecieron el resto del viaje en silencio, ignorándose.

Llegaron a Westin House bien entrada la noche. El servicio, a pesar de las horas, y de conocer perfectamente a Nicole, esperó hasta que llegaron para recibir a la nueva señora de la casa. Afortunadamente Richard hizo las presentaciones pertinentes. Si hubiera llegado a hacerle un desplante delante del servicio... si lo hubiera hecho toda su calma y buena voluntad se hubieran ido al traste.

El ama de llaves dijo haber preparado sus habitaciones, con lo que supo sin necesidad de preguntar que no compartiría dormitorio con él. Algo decepcionada, se dejó conducir hasta ellas. No es que quisiera compartir el lecho con su esposo... bueno tal vez sí, aunque solo fuera para asegurarse de que no lo compartía con otra mujer. Ni ella misma se creyó la débil excusa. A pesar de todo deseaba a Richard. Tantas horas con él en el carruaje, sin hablar, y rozándose en cada bache, había encendido algo en ella. ¿Y qué? A fin de cuentas era su esposo, y mientras él no lo supiera su dignidad estaría a salvo.

En su alcoba le esperaba una tina y un pequeño refrigerio.

Cuando entró se enamoró de la estancia. Era muy femenina, en tonos salmón y dorado. Supuso que debía de ser la habitación de la madre de Richard, la difunta lady Anne. Una cama con dosel presidía la estancia. A un lado había un amplio corredor, donde suponía habría varios roperos. Al otro, una puerta lateral, que debía conducir a las habitaciones del conde.

Dios, esperaba que al otro lado no durmiera lord John.

En todo aquel tiempo había estado tan centrada en su esposo que se había olvidado de su suegro. ¿Qué pensaría de ella? Nada bueno, de eso estaba casi segura.

Leyéndole el pensamiento, el ama de llaves le explicó que el conde había cambiado su dormitorio al otro lado del pasillo cuando su esposa murió, y que hacía varios años que la estancia contigua estaba ocupada por lord Richard.

Le dijo también que hacía semanas que el conde había ido a visitar a un amigo a Cambridge.

Aliviada, siguió apreciando los ricos muebles. Su secreter estaba allí también. Al parecer la duquesa viuda había mandado sus cosas a Berks. Preferiría no saber qué más cosas habría hecho su madre durante su ausencia.

Se dejó desvestir y se hundió en la tina. Le lavaron el pelo y la ayudaron a secarse. Una vez puesto el camisón, pidió cenar a solas y su nueva doncella y el ama de llaves se marcharon, reiterando su bienvenida.

Vio una licorera con lo que parecía oporto en su interior. Ojalá hubiera traído algo de bourbon de Boston. Se preguntó dónde guardaría su esposo el whisky. Su esposo. Había tenido más de dos meses para hacerse a la idea. Y aun así todo parecía tan reciente... Esperó que él no intentara visitarla esa noche. No es que sus atenciones no fueran a ser bien recibidas, es que no quería intimar con él. Bueno, sí quería, pero cuando supiera cómo iban a ser sus vidas. Era consciente de que en ese punto dependía totalmente de los deseos de él, como en tantos otros. Si él reclamaba sus derechos maritales, ella se vería obligada a prestarlos.

Estaba, reconoció, en una trampa insalvable. Si él acudía esa noche, ella se molestaría. Pero si no acudía, si la rechazaba, se molestaría también.

Fastidiada por no haberlo previsto, terminó de cenar y se metió en la cama, esperando dormirse antes de que él pudiera decidir algo. El cansancio del viaje, y el incómodo camastro de su camarote, en el que había dormido las tres últimas semanas, afortunadamente, hicieron mella en ella, y cayó rendida apenas su cabeza tocó la almohada.

En la habitación contigua Richard trataba de dormir sin éxito. De todas las reacciones que había imaginado de Nicole, y había imaginado muchas, la tranquilidad no había sido precisamente la prevista.

No estaba seguro de si le complacía o no. Durante el trayecto en carruaje ella no le había mirado ni una sola vez. Ni una sola. Pero algo le decía que eso no significaba que estuviera enfadada con él.

Le había reprochado veladamente estar en boca de todo Londres. Pero no le había amonestado. Y eso le había dolido todavía más. Ella había asumido que él era un canalla y que como esposa tendría que soportarlo. En qué mala hora se había dejado llevar por su rencor. Ella no iba a perdonarle.

Cierta desesperación le atenazó. Realmente no le perdonaría nunca. Iba a vivir el resto de su vida con su dignidad y su distanciamiento. No con su amor.

Trató de poner la situación en perspectiva, pero no pudo. Si él le hubiera lanzado la nota y se hubiera ido, pero no hubiera hecho público su malestar, ella no se hubiera marchado a América. Podrían haberlo hablado, ella podría haberle explicado eso que decía era tan infantil y revelaba que no lo hubiera tenido a bien como esposo. Y ahora estarían juntos. En la misma cama. Haciendo el amor.

«Perspectiva, Richard. Vamos, piensa algo.»

Quizá si se disculpaba... ¿Pero por qué tenía que ser él quien se disculpara? Era ella la que tenía muchas cosas que justificar. Y que no le diría hasta que no estuviera preparado para oír. ¿Qué demonios se suponía que significaba eso? Esa mujer iba a volverlo loco. En qué mala hora se habían casado.

No, se corrigió. Más bien en qué mala hora había abierto él su secreter.

Tal vez podría disculparse por eso. Ella se había disculpado por huir. Él podía disculparse por invadir su intimidad. Estarían en paz. Iría ahora mismo, de hecho. Tal vez ella le perdonaría, y en agradecimiento a su magnanimidad, le besaría y todo quedaría olvidado. Y harían el amor.

Richard se moría por volver a sentirla. En el carruaje se habían tocado en cada zarandeo, y había ardido en deseos de acariciarla. Animado, se puso en pie y abrió con suavidad la puerta que comunicaba los dormitorios de ambos.

—¿Nicole? —susurró.

No obtuvo respuesta. Se acercó a la cama y miró... ¡Estaba completamente dormida! Maldita fuera, si hasta estaría soñando con los angelitos. Él debía de llevar más de una hora tratando de solucionar su matrimonio, y ella estaba traspuesta en la cama, descansando tan plácidamente. Sintió unas ganas tremendas de despertarla para echarle en cara que pudiera dormir, dadas las circunstancias. Sabiéndose estúpido solo por el impulso, salió de la alcoba sin hacer ruido.

Muchas horas después, cuando despuntaba el alba, el cansancio le venció sin haber hallado el modo de derribar el muro de indiferencia que ella había levantado.

19

Nicole deslizaba las manos por el teclado de su piano, arrancando a las cuerdas una triste melodía. Se sentía melancólica, y apenas era consciente de lo que estaba haciendo. Conocía la partitura de memoria, y sus dedos funcionaban como autómatas. Se alegraba de que su hermano, que había regresado la víspera, hubiera dado orden desde Londres para que trasladaran su instrumento a la casita del leñador, porque necesitaba la soledad y la paz que esta le brindaba.

Hacía una semana que había vuelto de América, y nada había cambiado. Richard y ella apenas coincidían durante el día. Solo una vez habían desayunado juntos, y por primera vez en su vida, a Nicole le había molestado el silencio absoluto bien temprano. Las demás mañanas, para cuando ella llegaba a la mesa él ya se había ido a los campos, donde permanecía el resto de la jornada.

Nicole pasaba las mañanas cabalgando y tocando el piano en la casita, a falta de un entretenimiento mejor, y las tardes con el ama de llaves, la señora Growne, conociendo mejor la casa, al servicio, preparando menús, y en definitiva, adaptando su nuevo hogar a sus gustos y necesidades. Las noches, en cambio, eran largas y silenciosas.

A las siete en punto se servía la cena, y a diferencia de Stanfort Manor, en Westin House solían ser actos muy informales. En casa de su madre las comidas eran casi de etiqueta, independientemente de que hubiera o no invitados. La mesa debía estar vestida con sus mejores galas, al igual que sus comensales. Y el tablero era tan largo que dificultaba cualquier charla. Allí, en cambio, Richard bajaba incluso sin chaleco a cenar, y ella había dejado de ponerse joyas el segundo día. La mesa era redonda, y la cercanía era tal que se podía conversar sin necesidad de levantar la voz en absoluto. Si es que se quería hablar, claro.

La primera noche Nicole había preguntado por el transcurso de su día, pero él había sido muy vago en su respuesta, apenas un par de gruñidos. Ella pasó a relatarle los cambios que había planeado para la casa, deseosa de dar normalidad a su vida cotidiana, pero lo dejó a la mitad, consciente de que no la estaba escuchando. Él ni siquiera se dio cuenta de que había abandonado su explicación a medias.

Cada noche, después de la cena, Richard se retiraba a la biblioteca, donde pasaba horas. Nicole iba a una pequeña salita de color azul, donde se sentía cómoda, y leía un rato. Había conseguido una botella de whisky que escondía, todavía por abrir, en el fondo del mueble bar. Cuando subía a dormir, todavía veía luz por el resquicio de la puerta de la biblioteca, y por más que se esforzara nunca se mantenía despierta el tiempo suficiente como para oír a su esposo entrar en la habitación de al lado.

Lo único bueno de dirigirse apenas la palabra era que no discutían en absoluto. Parecía que, al menos hasta ese momento, habían acabado los reproches y las suspicacias, pero Nicole no era capaz de adaptarse a tanto silencio. Era una mujer de naturaleza alegre y espontánea, y tener que medir lo que decía o hacía en su propia casa la hacía sentirse triste. En realidad, como no dejaba de recordarse, estaba en una casa que le era ajena, con un marido al que apenas veía, y sin nadie a quien poder pedir consejo.

No sabía qué podía hacer para cambiar la situación. Se había disculpado por su precipitada marcha, había obviado el tema de su infidelidad, o al menos había renunciado a discutirlo con él, trataba de aparentar normalidad y se mostraba cordial, e incluso, interesada, en la marcha de la hacienda. Pero Richard apenas le decía nada, y para ser sincera, tampoco estaba segura de saber qué quería oír de los labios de él. Exigía una disculpa, eso seguro, pero desgraciadamente que le dijera que lamentaba haberla humillado públicamente de la forma más cruel, y que le pidiera que le perdonara por haberle sido infiel en su primera noche de casados, si bien aliviaría un poco su orgullo, no cambiaría los hechos. Él la había tratado de la peor forma posible, y eso era algo con lo que tendría que aprender a vivir durante todo su matrimonio.

Temía tener que volver a mezclarse con otras damas, temía la llegada de su madre, prevista para la semana próxima, temía la llegada de su suegro, que no tenía, al parecer, interés alguno en reconocerla, y temía sobre todas las cosas que Richard volviera a hacerle daño.

Si volvía a confiar en él, si lograba superar lo ocurrido y le entregaba de nuevo su corazón y su cuerpo, y este volvía a desdeñarla, no lo resistiría. Se iría de allí para siempre, con el alma desgarrada e insanable.

Detestaba tener que ser ella, la víctima, quien hiciera algo para que su matrimonio saliera adelante. Ella, que había soportado la peor de las vejaciones, que había confesado su amor, para que él lo ignorara. Pero no tenía otra opción, pues al parecer a su esposo le importaban bien poco las circunstancias, y no eran precisamente los hombres quienes sufrían las consecuencias de un mal matrimonio. Necesitaba que su unión funcionase, aunque solo fuera para poder seguir viviendo en paz.

Y su matrimonio iba a funcionar, estaba empeñada en ello. No podía afrontar lo que estaba por llegar si no pensaba que todo saldría bien, y no se refería únicamente a lo socialmente establecido. Superaría lo que fuera necesario para ser feliz. Quería ser feliz, y quería serlo con Richard. Tal vez si tenían un hijo...

Aunque para eso era necesario intimar, y al parecer él tampoco tenía ningún interés por ella en ese aspecto. Quizá debiera seducirlo. Ese pensamiento la animó, pero enseguida su corazón le dijo que había dos cuestiones insalvables en su plan.

Una era su orgullo. No podía tratar de embelesar a su esposo después de saber que había estado con otra. Tenía que ser él quien diera el primer paso. Nicole se merecía ser cortejada y seducida de nuevo. No era pedir demasiado, según su criterio.

El otro problema eran sus conocimientos en las artes amatorias, o más bien su falta de ellos. Si bien ya no era virgen, y tenía una ligera idea de cómo funcionaban las cosas entre un hombre y una mujer, no sabía cómo hacer que su marido la deseara. Una cosa era flirtear con otros jóvenes en un salón de baile, y otra muy distinta provocar a un hombre con la experiencia de Richard, y en su propia casa.

Bueno, pues si su esposo no hacía nada por acercarse a ella, y ella no podía hacer nada por acercarse a él, la cuestión se complicaba. Quizá debiera manifestar el deseo de ser madre. Richard no le negaría eso. Y su orgullo no saldría tan malparado si pedía hacer el amor con él para darle un heredero, ¿no?

Decidió darse unas semanas de plazo, y si no daba ningún paso hacia ella, le forzaría un poco. En su actual situación, era más fácil que la cosa mejorara que que pudiera empeorar.

Richard cabalgaba hacia el molino. Lo habían reparado un par de años atrás, tras una riada. Estaba por tanto en perfectas condiciones, pero quería hablar con el molinero y asegurarse de que todo estaría en orden para cuando llegara parte del grano. Además de servir a todos sus arrendatarios, ese molino era utilizado también, a un precio algo mayor, por los arrendatarios de las tierras de Stanfort, que eran limítrofes. Era tanto un proveedor de servicios como de ingresos, de ahí su capital importancia.

Esa mañana tampoco había coincidido con Nicole. El primer día ella durmió hasta tarde, fatigada, supuso, del largo viaje trasatlántico. Pero al siguiente había madrugado y ambos habían coincidido en la mesa del desayuno, lo que fue bastante violento. Seguía sin saber cómo tratar con ella, y hasta que no lo supiera, no pensaba hacer ningún movimiento en falso. Ella apenas le dirigió la palabra, y él había hecho lo mismo, jurándose que no volvería a coincidir con ella a esa hora.

Las cenas, en cambio, eran inevitables. Nicole le preguntaba sobre sus actividades del día, pero apenas le contaba nada de lo que hacía ella. Y eso era lo que más le importaba a él, saber de su esposa. Solo el primer día había comenzado a contarle los cambios que tenía planeados, como pidiéndole permiso, pero lo había dejado antes de terminar, intimidada, imaginó, por su falta de respuesta.

Richard sabía que pasaba las tardes en casa, familiarizándose con el servicio y la propiedad. Y por lo que la señora Growne le comentaba, estaba esforzándose mucho por ganarse a todo el mundo y por poner concierto en la casa, que tras la marcha de Judith, estaba falta de una mano femenina que la guiase. Según su ama de llaves, el funcionamiento del servicio doméstico iba a mejorar mucho, y tanto él como lord John, cuando regresara, iban a estar muy agradecidos a la nueva vizcondesa.

Pero lo que no sabía era qué hacía por las mañanas. Tomaba su caballo y salía, para no regresar hasta la hora de comer. Sabía que ella era una magnífica amazona, que gustaba de montar a diario, pero no podía creer que lo hiciera durante tantas horas. Si hubiera habido alguien en el vecindario, quizá podría haber estado visitando a sus amistades, pero todos estaban en Londres, acabando la temporada. Y tampoco estaba visitando a las esposas de los arrendatarios ni al vicario, pues él, que pasaba el día entero moviéndose por la finca, se habría enterado.

Así pues, ¿dónde se escondía? No quería pensar que estuviera con alguien. Nicole no iba a traicionarle. O al menos eso esperaba. Era una mujer que afrontaba sus problemas, no una arpía que planeaba cómo serle infiel.

A diferencia de él, se reprendió severo, que parecía no ser capaz de enfrentarse a su esposa. Desde luego que ella era mejor persona, y eso le hacía sentirse poco merecedor de tenerla.

Tras el fiasco de la primera noche, cuando fue a visitarla y la halló dormida, se había asegurado de no volver a cometer el mismo error. Después de cenar, se encerraba en su estudio, se tumbaba en el sofá y se tapaba con una manta, esperando que su cabeza dejara de analizar todo lo que estaba ocurriendo en su matrimonio para poder conciliar el sueño. Pasada la medianoche, cuando se despertaba, escondía cualquier indicio que delatara que había estado pernoctando allí y subía a su alcoba y a su cama, donde volvía a caer dormido casi al instante.

La cercanía de ella y su insomnio parecían ir parejos.

Estaba llegando al molino cuando distinguió la figura de James allí. Mierda, no tenía conocimiento de que hubiese regresado ya de Londres, y no le hacía demasiada gracia su llegada. En el muelle, la semana anterior, los duques se habían mostrado conciliadores. Bueno, era Judith quien se había mostrado conciliadora, James apenas le había dirigido la palabra, a pesar de que al irse le había tendido la mano a modo de despedida. Pero no estaba seguro de qué actitud tomarían ahora, y no quería sumar más problemas a su existencia. Con Nicole tenía más que suficiente.

Se acercó a él despacio, y atisbó a escuchar que hablaba con el molinero de la capacidad y rendimiento del molino, pensando también en la cosecha que estaba a punto de comenzar. Se colocó a su lado y escuchó las explicaciones de aquel al respecto. Dejó que fuera su cuñado quien manejara la conversación, pues era tan válido como él mismo en ese tema. Satisfechos ambos tras el informe del arrendatario, lo dejaron ir y se mantuvieron callados un rato.

Richard, más harto que James de los silencios, habló primero.

—Stanfort.

—Sunder.

—No sabía que hubieras llegado.

Su tono sonó perfectamente neutro.

—Anoche. Tu hermana se ha quedado organizando algunas cosas, yo he preferido salir a cabalgar, y dejarla a sus anchas en casa.

En circunstancias normales hubiera bromeado sobre el hecho de que hubiera huido de su esposa, pero las circunstancias no eran ni remotamente normales.

—Todo en orden con el molino, por lo que he oído. Venía hacia aquí con la misma intención. El trigo empezará a llegar en breve, y no quiero complicaciones.

James asintió, y ninguno de los dos dijo nada más. Arrancaron sus monturas al paso, dirigiéndose hacia el río. Esta vez fue James quien rompió el silencio.

—¿Y mi hermana?

—En Inglaterra, de momento. Ahora que has llegado tendré que asegurarme de que sigue en el país.

James acusó el golpe. Rebajó el tono, contrito.

—No debí interponerme entre vosotros. Pero ella estaba desolada, Sunder, debiste verla. —Bajó más la voz, y evitando cualquier matiz acusatorio prosiguió—. Quizá así te lo pensarías dos veces antes de repetir.

Afortunadamente no la había visto, pensó. Pero las palabras de su amigo no justificaban sus actos.

—Tú tampoco viste a mi hermana cuando le dijiste que la dejabas, James. Y créeme, fue dantesco. —Dejó que James recordara aquellos días antes de continuar—. Pero no por eso me la llevé lejos de tu alcance, por cierto.

De nuevo James hubo de disculparse.

—Lo sé, y de veras lo siento.

Ambos sabían que su arrepentimiento era sincero. A pesar de todo lo ocurrido, Richard había confiado más en James dos años antes, y eso le dolió.

Continuaron hasta llegar al arroyo, donde se detuvieron de nuevo. Bajaba bastante corriente para ser julio. Las lluvias de los últimos días habían aumentado el caudal considerablemente. Miraron hacia el puente, para asegurarse de que no se rompería, como ya ocurriera dos años antes. Estaba claro que la nueva construcción, más sólida que su predecesora, aguantaría sin problemas.

—Nicole nos ha pedido a tu hermana y a mí que no interfiramos, Sunder, pero si vuelves a...

—Pues haz caso a tu hermana y no te metas, Stanfort.

Su tono no admitía réplica. No iba a permitir amenazas de ningún tipo. Era su mejor amigo, comenzaron juntos en Eton, por el amor de Dios. Le conocía lo suficiente como para saber que, a pesar de su última estupidez, fruto de un arranque que ni él mismo podía justificar ya, se hacía cargo de los suyos. Y Nicole era suya. Por si acaso lo había olvidado, se lo recordó.

—Ella es mi responsabilidad ahora, James.

Su cuñado sonrió triste ante esa verdad. Siempre había sabido que Nick se casaría y se iría, pero jamás pensó que tendría que dejar de ocuparse de ella.

—Solo quiero que sea feliz, Richard.

Sonriendo tristemente también, dijo en voz baja, casi más para sí mismo que para su acompañante, lo que su corazón anhelaba.

—Yo también quiero que sea feliz.

Pero James sí le oyó. Y se quedó mucho más tranquilo. Richard lo arreglaría. Ninguna mujer se le resistía durante demasiado tiempo. Así había sido siempre. Aun así confiaba en que su hermana le presentara una fiera batalla antes de sucumbir.

Volviendo a aguas menos profundas, le advirtió de las intenciones de Judith.

—Pretende que cenemos juntos mañana por la noche. Los cuatro solos. Va a enviar una nota a tu casa. Y ya sabes que cuando a tu hermana se le mete algo entre ceja y ceja es imposible hacerla cambiar de opinión. Así que, ¿dónde crees que sería más conveniente que quedáramos, en Westin o en Stanfort?

Le gustó que le consultara. A pesar de que esas cuestiones eran cosa de mujeres, le pareció importante que se celebrara en Westin House, donde él, y Nicole, podrían tener el mando. Agradeció que su amigo, que también habría tenido en cuenta dónde estaría más cómoda su hermana, le permitiera elegir.

—Venid a casa mañana por la noche, ¿de acuerdo?

—Así será. Hasta mañana, Sunder.

—Hasta mañana, entonces, Stanfort.

Y cada uno espoleó a su caballo en dirección a su propia casa.

James volvió silbando, convencido de que Richard estaba realmente interesado en que lo suyo con Nick funcionara. En que funcionara de verdad. Y Sunder no lo sabía, pero acababa de ganar un aliado, convencido como estaba de que su hermana amaba a aquel cabeza hueca. Y de que el maldito cabeza hueca estaba enamorado de Nick, a su vez.

Cuando Richard dejó a *Fausto* en las caballerizas y llegó a la mansión, le aguardaba una desagradable sorpresa. Enfundada en una capa negra, le esperaba en la terraza su antigua amante.

¿Qué diablos estaba pasando? ¿Por qué se presentaba Marien en su casa, y más aún sin avisar? ¿Es que quería acabar de hundirle? Si Nicole se enteraba lo mataría. Peor aún, si Nicole llegaba a sospechar siquiera que la mujer con la que, en teoría, había pasado su noche de bodas, estaba en Westin House, sufriría muchísimo, y Richard ya la había hecho infeliz sin ayuda de nadie. No quería estropear sin remedio lo que fuera que tenía con ella.

Se acercó a la mujer, y le preguntó sin ambages.

—¿Qué haces aquí, Marien?

La vio dudar. Por un momento sintió que ella titubeaba, y supo que iba a mentirle, fuera lo que fuese lo que le dijera a continuación. La conocía demasiado bien.

—Richard, estoy embarazada. Vamos a tener un hijo.

En ese instante el tiempo se detuvo. Pero recordó sus vacilaciones, y supo, o quizá deseó con todas sus fuerzas, que lo que le decía no era cierto. La miró fijamente durante más de un minuto, sin hablar, esperando a que ella continuara con su embuste, y diciéndole con los ojos que no la creía. Marien era una buena persona, ¿qué la impulsaba a hacer algo así? Finalmente ella habló.

—Parece que no me crees.

Estaba más enfadada que desesperada. Eso le terminó de convencer, y respondió confiado.

—Conozco tus ciclos. No estás embarazada. No de mí.

Por supuesto no era cierto, pero uno no jugaba al póquer en el Emperor's si no sabía echarse un buen farol. Marien se derrumbó ante él, confesando:

—Lo siento, Richard. No quería, pero he dejado el teatro, y no tengo adónde ir.

Las palabras de ella, sinceras sin duda, lo desarmaron. Dubitativo, la tomó del codo y la dirigió hasta el ventanal que daba a la biblioteca. Nicole pasaba las mañanas fuera, con suerte no se enteraría de la visita. Y Marien merecía, tras tanto tiempo juntos, algo de su tiempo.

Nicole había dejado el piano y había vuelto a Westin House. La música la estaba poniendo triste, así que decidió dejarla por ese día. Encontró en la bandeja de la entrada una carta de Stanfort Manor, donde Judith le pedía que cenaran juntos los cuatro la noche siguiente. Animada por la visita, que tal vez traería una tregua a su casa, acudió a la biblioteca a buscar pluma y papel para contestarle de inmediato, invitándolos a ambos a cenar allí, pues le parecía más seguro dada su situación con Richard. Admiró el magnífico escritorio, acariciando la superficie con los dedos. Tan ensimismada estaba, imaginando allí a su esposo todas las noches, solo sin ella, que rozó la pluma, dejada de cualquier manera en el borde de la mesa, cayendo esta al suelo. Se agachó con fastidio a recogerla de debajo del escritorio, y justo en ese momento oyó las puertas de la terraza que se abrían, y vio por la rendija que había entre la tabla de sujeción y el tablero cómo Richard y una mujer rubia entraban en la estancia.

Enfadada, pero prudente, se agachó, dispuesta a escuchar lo que tuvieran que decirse aquellos dos. En más de una ocasión escuchar a escondidas, por muy reprobable que pudiera ser, le había resultado productivo. Como Richard estuviera planeando serle infiel, lo mataría ella misma, poquito a poco.

La acompañó al sofá, se sentó él en un sillón justo enfrente, y esperó a que hablara. Marien se tomó algo de tiempo para poner en orden sus pensamientos antes de comenzar. Richard se impacientó.

—¿Estás embarazada, Marien?

Nicole hubo de ponerse la mano en la boca para ahogar un grito. Afortunadamente no la oyeron, tan enfrascados estaban el uno en el otro. Así que aquella era la famosa Marien, la amante de su esposo. Tuvo que contenerse para no salir a enfrentarla.

—Ya me has dicho que sabes que no, ¿por qué preguntas, ahora?

—Sé que no estás embarazada de mí, Marien. Pero ¿lo estás?

Ella pensó antes de concederle la verdad.

—No, lo cierto es que no.

La mujer hablaba en voz baja. Nicole hubo de agudizar el oído para poder seguir sus palabras.

—Pero pensé que si te decía que estaba embarazada me ayudarías, por miedo a un escándalo mayor. La noche de la ópera...

—Aquella noche no ocurrió nada —la interrumpió—. Ambos lo sabemos bien.

—Sí, ambos lo sabemos. Pero no el resto de la sociedad, Richard. Pusiste mucho empeño en conseguir que todos pensaran que aquella noche habíamos estado juntos.

Había reproche en su voz. Él se sintió culpable por utilizarla.

—Te dije que solo iríamos a la ópera. Debiste creerme.

—Lo recuerdo —admitió ella—. Pero jamás pensé que fuera cierto.

Ambos se mantuvieron en silencio unos segundos, sumergidos en sus propios pensamientos. La cabeza de Nicole, en cambio, era un hervidero. Por un momento había creído lo peor, que su esposo iba a tener un hijo con otra mujer, y ahora no cabía en sí de euforia. ¡Él no le había sido infiel! La voz de ella la devolvió a la conversación.

—No debiste hacerlo, Richard. Los rumores que circulan en Londres son terribles.

—Me importa una mierda lo que digan.

—Pero a tu esposa sí le importará. —Calló, para medir su reacción. Ella lo conocía tan bien como él a ella—. ¿Qué te hizo, para que reaccionaras tan cruelmente? Tú solo atacas cuando algo te hiere. Supongo que debes amarla mucho, si tanto te ha hecho sufrir como para que la ridiculices de esa forma y para siempre.

Richard se encogió de hombros, consciente de su error. No quería hablar de su matrimonio con nadie, y menos con Marien.

—Dime a qué ha venido la historia del embarazo y porqué te han echado del teatro.

Ella replicó airada.

—No me han echado. Me he ido. Estaba cansada de ese mundo, y de la ciudad. Así que cuando el dueño anunció que cambiaba de representación, y me ofreció un papel menor con un salario exiguo, decidí que era el momento de buscar algo nuevo. —Su actitud cambió entonces, volviéndose suplicante—. Pero no tengo adónde ir, Richard. Busqué trabajo en varias modistas. Sabes que me encanta coser y se me da bien la aguja. Pero no me aceptaron, debido a mi anterior empleo. Hace dos semanas que no pago el alquiler, y me han echado del apartamento. Sé que no debí venir, pero no tenía otra opción.

Richard le tomó las manos, tratando de infundirle ánimo. Prosiguió, más calmada.

—Por supuesto, había otras opciones... —No hacía falta

mencionar la prostitución para saber que hablaba de ella—. Pero no quise tenerlas en cuenta. Tú nunca me trataste como una furcia, y me niego a sentirme como tal.

Richard asintió, aprobador.

—También podría vender todo lo que me regalaste. Nunca me diste nada de valor excesivo, y sé que lo hiciste porque me respetabas demasiado para comprar mis favores. —Levantó la vista, y sabiendo que a él le gustaba lo que estaba escuchando, se permitió bromear—. Ojalá hubieras sido menos caballeroso conmigo.

Él sonrió, también.

—No fui precisamente caballeroso el día que te dejé.

—No importa, tampoco yo estuve a la altura.

Aliviados ambos por haber quedado en paz, volvieron a quedarse en silencio.

Nicole, debajo del escritorio, seguía memorizando cada palabra, ávida de más. Así que Marien era, después de todo, una mujer decente. A pesar de detestar a aquella actriz, por conocer a su esposo mucho mejor que ella, en todos los sentidos, y por haber participado en su caída, no pudo dejar de sentir cierta admiración por su coraje.

—¿Por qué no has vendido lo que te regalé? No te retiraría de por vida, pero sí te podría permitir montar un modesto negocio de costura en algún pueblo.

Ella sacó de su enorme bolso una caja, y la abrió. Dentro estaban todos los presentes de él. La puso en sus manos.

—Lo sé, pero me daba pena deshacerme de ellos. Cada pieza es un recuerdo hermoso. Así que había pensado vendértelas a ti —contestó con timidez.

Richard rio, medio escandalizado.

—¿Y qué pretendes que haga con ellas? Desde luego, no puedo regalárselas a mi esposa.

«Eso, desde luego.» Nicole quiso gritar. Afortunadamente Marien pensó lo mismo.

—¡Eso, desde luego! Ni tú eres tan burro, Richard —rio—. Pero quizá podrías comprárselas a una vieja amiga necesitada, y donarlas después a algún orfanato. Bien sé la falta de fondos que tienen siempre esas instituciones.

Richard cerró el cofre con cuidado, y se lo devolvió.

—No puedo quedármelas, Marien, sabes que no puedo.

Ella le miró, destrozada, pero asintió. Richard prosiguió:

—Ve al pueblo, y hospédate en la posada de El halcón y el jabalí. Mi administrador irá a verte esta tarde. Él se encargará de la cuenta, y de buscarte un pequeño local donde establecerte y un capital para iniciar tu negocio de costura. —Los ojos de ella brillaban esperanzados—. Pero tendrá que ser lejos de aquí, Marien. Muy lejos.

Ella le abrazó, llorando. Él le acarició el pelo unos minutos, despidiéndose para siempre de la que fue una gran amiga. Poco después se separaron, y la acompañó hacia la terraza de nuevo, recordándose y recordándole que su esposa no debía saber nada de lo ocurrido. Entre lágrimas y agradecimientos, Marien se despidió.

Richard salió por la terraza, dio la vuelta a la casa, y entró por la puerta principal, sintiéndose algo mejor.

Nicole salió de debajo de la mesa. Tenía lágrimas en los ojos, y no estaba segura de por qué. Todo lo oído le daba esperanzas. La noticia del embarazo casi le provocó un desmayo. Por un momento lo vio todo negro y creyó que perdería el sentido. Pero la respuesta de Richard le había devuelto la esperanza. Salió de la biblioteca corriendo, subió las escaleras de dos en dos, en un alarde de pésima feminidad, y se encerró en su alcoba, a ordenar sus pensamientos.

Miles de ideas se agolpaban en su mente, corriendo sin sentido. ¡Él no le había sido infiel! Había tenido la oportunidad, y la había desechado. Una gran dicha se apoderó de ella. No la había engañado.

Sabía que no podría publicarlo en el *Times*, y que para toda la alta sociedad ella habría sido repudiada por su esposo en la misma noche de bodas. Pero ella sabía que no había sido el caso. La humillación seguiría allí siempre, pero en su corazón sabía que él no había sido tan cruel como hubiera podido. No había sabido cuán importante era para ella la fidelidad de Richard hasta que la había recuperado.

De repente todo parecía más fácil, menos oscuro. Conseguiría sacar adelante su matrimonio. Buscaría la forma de superar el silencio que se había erguido entre ambos.

Ella debía de importarle un poco. Si Richard la hubiera odiado, o no hubiera sentido afecto por ella, habría pasado la noche de su boda con Marien. En cambio, solo había buscado hacerle daño en público.

No es que le pareciera poco. Pero tenía que quererla un poco si tanto le había afectado creer que ella lo había rechazado como esposo, y aun así no había podido consumar su venganza plenamente. Tal vez Richard sentía algo especial por ella. Quizá lo que movió sus actos aquella noche no fue solo el orgullo, sino también un corazón, si no roto, al menos sí bastante magullado.

Las dudas la asaltaron. Ya había pensado una vez que él estaba interesado, y había sido en realidad una artimaña contra James. Quizá volvía a esperanzarse infundadamente. Pero no, esa vez incluso Marien, que tanto parecía saber de él, había supuesto que Richard la amaba.

Se obligó a ser optimista. Su esposo sentía algo por ella, estaba convencida. Y pensaba averiguar qué era exactamente. Se pasó todo el día allí arriba, intentado trazar un plan para la cena.

No quería que supiera que había escuchado a escondidas y que ahora sabía que no le había sido infiel. Ese era su as en la manga. Esperaría que fuera él quien le confesara que no había llegado tan lejos como había pretendido aparentar.

Se mostraría más que cordial esa noche. Judith y James acudirían al día siguiente a visitarles. Quizá bromeara sobre retirar cualquier objeto punzante de la mesa.

Animada, se acicaló más que los otros días, y bajó a las siete menos cinco al comedor. Desgraciadamente, él no apareció.

Richard había visto a Nicole subir las escaleras a toda prisa poco después de que la visita se fuera. Maldita fuera su suerte. Seguro que su esposa se había cruzado con Marien y estaría pensando lo peor de él.

Agobiado ante la idea de cenar a solas con ella, sin saber si le creería o no sobre lo inocente de la situación, mandó una nota diciendo que esa noche cenaría fuera, y se quedó hasta altas horas en la taberna del pueblo.

Al día siguiente llegarían Judith y James. Se alegró de poder contar con compañía, aunque quizá los refuerzos no fueran para él.

20

Nicole no vio a Richard en todo el día siguiente. Él había partido más temprano de lo habitual para visitar las tierras septentrionales. A pesar de la pequeña decepción que sintió al saber que no podría poner en marcha su plan hasta la noche, y que para entonces no estarían solos, estuvo animada durante todo el día. Mandó sacudir las alfombras del comedor, cambiar los cortinajes y mover algunos muebles de sitio, tratando de aprovechar mejor la luz del sol.

Tanta actividad la mantuvo ocupada toda la mañana y la mayor parte de la tarde. Aun así, su mente se trasladó muchas veces a sus descubrimientos del día anterior, y a esa noche. Sabía que su hermano, y sobre todo su cuñada, los mirarían con lupa, tratando de dilucidar hasta qué punto su relación andaba bien o mal. No quería preocuparles, pero estaba claro que iban a notar la tirantez con la que ambos se trataban. No sabía qué hacer para que se marcharan esa noche con la sensación de que su matrimonio mejoraba. Tal vez si parecían enamorados... eso no se lo creería nadie. No después de lo ocurrido. Pero si ella no se mostraba reacia a él, e incluso se la veía un poco cariñosa, y él hacía lo mismo, podrían superar la inspección a la que iban a someterlos.

¡Eso era! Esa noche buscaría tocarle de vez en cuando, lo miraría risueña y reiría alguna de sus bromas, siempre con moderación, claro, para no levantar sospechas. Y además advertiría a Richard de su plan. Le diría que era la forma más sencilla de evitar que sus hermanos se pasaran todo el otoño acechándoles. Quizá él se sentiría obligado a mostrarse cómodo con ella. Estaría bien permanecer relajados por una noche. Y quién sabía, quizá fuera la primera de muchas más.

Con ese pensamiento fijo en su mente, se preparó para la cena. Se bañó y pasó bastante tiempo eligiendo qué se pondría. No podía ir de gala, dado que sería algo informal, pero quería lucir bonita. Tras decidirse por un vestido dorado con un escote algo más pronunciado de los que solía utilizar en esos días, unos pendientes de diamantes y un peinado que recogía su cabello en lo alto de la cabeza, haciéndola parecer más alta, se preparó para bajar.

Sabía que Richard ya había llegado. Había oído su voz al otro lado de la puerta. Odiaba aquel pedazo de madera, que la hacía sentir tan cerca y a la vez tan lejos de él. Sabía también que debía de estar ya en la planta baja, esperando a James y Judith, pues la actividad en la habitación contigua había cesado hacía unos minutos. Dándose ánimos, salió de su alcoba y bajó las escaleras. Estaba en el vestíbulo, y le ofreció la mano, galante, cuando llegó al penúltimo escalón. Ella tomó la ayuda que le ofrecía y le sonrió, dubitativa.

—¡Me alegra encontrarte antes de que lleguen! Quisiera hablar contigo un momento a solas, por favor.

Estaba preciosa, envuelta en oro y con el pelo recogido, dejando al descubierto su grácil cuello. El escote de su vestido revelaba más que de costumbre. Su mirada se perdió en la piel cremosa que mostraba, recordando la perfección de sus pechos. No sabía de qué querría hablarle, pero la hubiera seguido al fin del mundo si se lo hubiera pedido en aquel momento.

Entraron en la salita azul. Ella pasó delante, dejó que él entrara y la rebasara, cerró la puerta y se giró a encararlo. Habló con calma, mientras se esforzaba por sonreír.

—Richard, vamos a someternos al escrutinio de tu hermana, y me temo que si no queda satisfecha con lo que ve, vendrá aquí noche tras noche hasta que se asegure de que todo va según sus deseos.

Él sonrió. Era obvio que Nicole conocía bien a Judith. Puso cara de circunstancias, pues como bien había dicho ella, poco se podía hacer al respecto.

—Me temo que estás en lo cierto, pero no se me ocurre nada para evitar su vuelta, si decide que no le gusta lo que ve.

Ella asintió, y se preparó para lo que iba a decir. Esperaba que él la escuchara, antes de negarse siquiera a considerar sus planes.

—Ya, a eso me refiero. Tu hermana es... tenaz.

La carcajada de él ante su diplomacia envolvió a ambos. Por un momento todo parecía estar en orden. No existían malentendidos, ni rencores. Solo era un matrimonio joven bromeando. Nicole se animó. Ambos sonrieron.

—Tenaz es una forma de definirla que te honra, en verdad.

Más segura, se lanzó.

—¿Y si tratamos de engañarla? Por supuesto no podemos aparecer felices y contentos...

—Por supuesto.

De nuevo se instaló un poco de tensión en la habitación, ante la aceptación de que las cosas no iban bien. Pero ninguno quería estropear el momento de paz que estaban disfrutando. A Richard, además, la idea de confabularse con su esposa le parecía encantadora, y un paso hacia delante.

—En cambio, si nos mostramos... cómodos, quizá crean que las cosas se van arreglando y nos dejen espacio.

A Nicole le pareció que Richard estaba valorando su respuesta. En realidad él se estaba lamentando por haberla oído decir, aunque de forma indirecta, que su matrimonio no avanzaba.

—¿Y cómo propones hacerlo? Mi hermana es muy lista, demasiado para su propio bien.

Ella rio, y su risa abrazó el corazón de Richard. Atento, escuchó lo que ella le proponía. Algún roce, alguna galantería, y hablarse como si lo hicieran habitualmente.

De nuevo le escoció lo que ella le decía. Efectivamente en el tiempo que llevaban casados apenas se habían dirigido la palabra, y desde luego no se habían tocado, ni mucho menos acariciado. Le pareció una buena oportunidad de estar relajado con ella, y de que su esposa estuviera a gusto con él. Quizá podía ser el principio de algo nuevo. Asintió.

Nicole, feliz al poder pasar un rato de tranquilidad, y de haber expuesto la realidad de su matrimonio con calma y sin discutir, le sonrió y se acercó, sin pensar, hacia él.

Richard la vio venir y se mantuvo quieto, casi hipnotizado, expectante ante su próximo movimiento. Pero el mayordomo avisó de la llegada de los duques de Stanfort, y el momento se evaporó.

Cogidos del brazo, como correspondía a un matrimonio bien avenido, fueron a recibirles.

Estaban instalados en el comedor, los cuatro solos. Había decidido que el servicio dejara todos los guisos sobre el aparador del comedor, cubierto con un mantel a tal efecto, y servirse ellos mismos, como hacían por las mañanas en el buffet del desayuno en Stanfort Manor.

Sin lacayos que dieran solemnidad a la cena, el ambiente era completamente distendido. Nicole y Richard estaban sentados el uno al lado del otro, bastante cerca dadas las dimensiones de la mesa, y en más de una ocasión él había rellenado su copa o su plato, y ella le había sonreído o acariciado el brazo en agradecimiento. Nicole se sentía en una nube de felicidad. Richard, por su parte, empezaba a creer que un matrimonio feliz entre ambos era posible, y que estaba cada vez más cerca.

Judith, que los vigilaba con ojo avizor, parecía estar satisfecha con lo que estaba viendo. James habló.

—Nick, madre ha intentado venir a verte ya dos veces.

La aludida puso los ojos en blanco, y Richard rio ante su fastidio. Lady Evelyn había regresado de Londres y se había instalado en la casa de la duquesa viuda, un lugar en el extremo opuesto del condado. James continuó, divertido con la reacción de todos.

—Hemos podido frenar...

—¿Hemos? —Judith le miró, severa pero sonriente.

—De acuerdo —le concedió el punto con cariño—. Mi diligente esposa ha logrado frenar sus avances, en ambas ocasiones, aduciendo que todavía es pronto para que recibáis visitas. Pero cualquier día aparece aquí sin avisar. Estate preparada.

—Richard, por favor, ¿no podrías ordenar que se retrasara la cosecha para otro momento e irnos a algún sitio? Adonde quieras, a mí cualquier lugar donde no esté mi madre me parece bien.

El fingido horror, sumado a lo absurdo de su ruego, los hizo reír de nuevo.

—Me temo que eso no será posible, cariño.

«Cariño.» Se miraron durante un segundo. A los dos les encantó cómo sonaba.

—Hablando de progenitores, Richard. ¿Qué hay de papá?

El vizconde se puso a la defensiva en el acto.

—Está en Cambridge, visitando a lord Grunterd.

Judith insistió.

—¿No te parece curioso, James, que mi padre, que nunca ha querido moverse de Westin House, decida de repente irse a Cambridge durante semanas?

James se disculpó con Richard en un gesto por la traición que iba a cometer, pero tenía que apoyar a su esposa.

—Sin duda, pequeña, es extraño.

Richard se vio obligado a explicarse.

—Quizá tuvimos una pequeña diferencia de pareceres al respecto de cómo iba a manejar yo la cosecha de este año.

Nicole bebía cada palabra, atenta. La ausencia de lord John le dolía, pues había estado convencida de que era por su causa por la que se había marchado. Tal vez, tras el escándalo de la ópera, había creído que ella no estaba a la altura de su hijo.

—Según me ha comentado la señora Growne, todos los empleados de la casa pueden asegurar que la diferencia no fue pequeña, y que desde luego no era la cosecha el asunto que según papá no habías sabido manejar correctamente.

Un alivio enorme la recorrió al saber que no era ella, sino el trato recibido por Richard, el que había forzado la marcha de su suegro. Tuvo que obligarse a no derramar ninguna lágrima.

—Quizá la señora Growne hable más de lo que debe —gruñó Richard.

—Quizá papá y tú fuisteis menos discretos de lo debido.

Rieron, ante la mordacidad de Judith. Richard cambió el rumbo de la conversación. No quería hablar de nada que pudiera alterar a Nicole, y era obvio que por un momento se había sentido angustiada. La miró de nuevo, sonriendo, tratando de infundirle ánimos.

—Bien, ¿y qué tal los negocios en Estados Unidos? ¿Cómo va el proyecto del señor Bonen?

Fue Judith quien contestó a eso. Hizo una magnífica disertación sobre riesgo financiero y beneficios esperados, habló también de los últimos movimientos de la bolsa y de los proyectos de expansión del país hacia el oeste. Nicole, que presumía de conocer bien a su cuñada, no tenía ni idea de que fuera una experta en economía. Estaba realmente impresionada.

Fue James quien se lo explicó, una vez que Judith finalizó su exposición.

—Durante su vida en Boston hubo de hacerse cargo de los negocios de Ashford. Y es obvio que lo logró con creces.

La aludida se sonrojó ante el cumplido. Nicole la miró, alzando su copa en silencio y reconociéndole el mérito.

—Bien, Richard, ya te hemos contado lo que ha ocurrido las últimas semanas en América. Cuéntanos tú qué ha sucedido en Londres durante nuestra ausencia. Seguro que nos hemos perdido muchas anécdotas interesantes.

—Poco puedo contaros, pues abandoné Londres cuando vosotros, y me vine a Westin House. —Nicole no sabía eso. Se alegró—. Sois tu esposo y tú quienes habéis estado para el final de la temporada. Decidnos a Nicole y a mí, pues, ¿ha ocurrido algo interesante?

Por supuesto había leído en el *Times* los acontecimientos sociales, pero prefería que fuera Judith quien se los contara a Nicole, mientras él la observaba a placer.

—Quizá no sepas entonces, Nick —dijo su hermana, contenta de poder cotillear un poco— que las hermanas Sutherly se han casado. ¡Las tres a la vez! Y ¿a que no adivinas con quién?

Nicole podía suponerlo, pero ella parecía tan feliz de desvelarlo, que no quiso fastidiarla. James, en cambio, no pensó lo mismo.

—Con los sosos del reino.

—¡James!

Richard rio ante el enfado de su hermana, no sabía si por el apodo, o por chafarle el final de la historia. Su cuñado puso cara de inocente.

Nicole aplaudió la noticia. Estaba radiante esa noche. Ojalá consiguiera él que ella siempre se viera así de feliz. Se prometió que lo intentaría, olvidaría el pasado y lograría que ella también lo hiciera. Esa misma noche empezaban de cero. Posó su mano sobre la de ella. Esta le miró, sobresaltada por el gesto, pero no apartó la mano, sino que le sonrió con afecto.

James siguió hablando, ajeno a ambos.

—¿Sabéis cuál ha sido el otro gran matrimonio de la temporada? ¡Lady Elisabeth Thorny y el marqués de Kibersly!

—¡James!

Judith miró admonitoria a su marido, y le señaló con disimulo a Nicole. Ella había estado cerca de casarse con él, quizá no le gustara la noticia.

—¡Venga ya, pequeña! A mi hermana ese petimetre le da completamente igual. No se habría casado con él de haber podido. Además, al final salió ganando. ¡Logró atrapar a Richard!

Se hizo un pesado silencio de repente. James era consciente de que se había propasado, pero quería ver la reacción de ambos ante una alusión tan directa a su matrimonio. Judith estaba espantada, y Richard, que conocía bien a James, optó por la callada.

Nicole, en cambio, aceptó el reto.

—Eso es cierto. ¿Quién querría a un marqués que me adulara a todas horas, pudiendo tener a un vizconde que se pasa el día haciéndome la puñeta?

Pestañeó exageradamente a Richard, coqueta, haciendo reír a todos. Richard alzó su copa.

—Por el marqués de Kibersly, que ha sido quien más ha perdido con el cambio.

—¡Por el marqués!

Todos brindaron, divertidos.

Siguieron contando cotilleos de salón durante un rato más. Acabada la cena, Nicole propuso jugar una partida de naipes. James se excusó.

—Me temo que Judith tiene que descansar. Ha estado algo... indispuesta últimamente.

No necesitó decir más, Nicole y Richard entendieron la alusión perfectamente. Llovieron los abrazos, los besos y las felicitaciones. Un nuevo bebé. Era una noticia maravillosa.

Poco después, despedían a los duques, todavía sonriendo, y se quedaban solos de nuevo.

Permanecieron quietos en la entrada una vez que se cerró la puerta. Ninguno quería dar por finalizada la velada.

—¿Te apetece un oporto, Nicole? —dijo, ofreciéndole su brazo.

Ella sonrió, y le tomó de la mano.

—Bien, Richard, si vamos a pasar juntos el resto de nuestras vidas, hay algo que debes saber sobre mí. —Esperó hasta que él la mirara, intrigado—. No me gusta el oporto. Prefiero el whisky.

La carcajada de Richard reverberó por todo el *hall*.

—Whisky, entonces.

Cinco minutos después estaban sentados en el salón azul. Ella, ante la sorpresa de él, que no sabía que en esa sala hubiera más alcohol que un poco de oporto, había sacado del mueble bar una botella de whisky escocés y había servido dos copas. Se mantenían en cómodo silencio, uno al lado del otro, rememorando los detalles de la velada y saboreándolos. Al rato, Richard dejó el vaso en la mesita auxiliar y la miró fijamente.

—¿Adónde vas por las mañanas?

La pregunta fue suave. Ella supo que se refería a sus largas ausencias matinales. Dejó también el vaso, pero no contestó.

—Hace días que me lo pregunto —continuó él. Apartó un mechón de su mejilla—. Podría haberte seguido, pero en esto consiste la confianza, ¿no? Preguntar cuando se duda y creer en la respuesta.

Ella asintió, hipnotizada. Él la miraba con intensidad, casi le quemaba.

Richard vio deseo en los ojos de ella, y no pudo desaprovechar la ocasión. Se acercó despacio, por miedo a asustarla si hacía un movimiento brusco, y cerró su boca sobre la de ella.

Fue un beso suave, destinado a tentar más que a conquistar. Ella respondió también, con ligereza. Subió su mano hacia la mejilla bien rasurada de Richard, y le acarició levemente.

De repente algo húmedo los interrumpió. Nicole estaba llorando, pero ninguno de los dos se había dado cuenta. Se separaron. Richard se asustó al verla afligida. Se temía que las lágrimas de ella eran de tristeza. Oyó el sollozo que a ella le salió desde lo más profundo del alma, la vio taparse con las manos la boca que poco antes había estado besando, y salir corriendo de la sala, rumbo a su habitación.

No la siguió.

Nicole se lanzó en la cama, llorando. No sabía muy bien por qué lloraba, solo sabía que no podía detener el torrente de lágrimas. Había sido una noche preciosa, el principio de algo. Él la había besado, y había hablado de confianza. Y ella lo había estropeado todo echándose a llorar.

No podía evitarlo. No era tristeza lo que sentía, pero tampoco alegría. Se sentía... vulnerable. Sentía que todo lo que conocía, todo lo que sabía, se tambaleaba a su alrededor, y que tendría que tomar una decisión.

Pero estaba asustada. Era consciente de que toda su vida dependía de él, y no estaba segura de poder confiársela. Él era un buen hombre, y esperaba que no volviera a hacerle daño. Había hablado de preguntar y confiar, refiriéndose tal vez a la lista de candidatos a esposo, y a su reacción. Algo en su interior afirmaba que él no volvería a cometer el mismo error. No con ella. Pero aun así estaba asustada. Estaba muerta de miedo, en realidad.

Siguió llorando un rato más, esperando que la calma llegara sola. Cuando cesó el llanto, se lavó la cara, se puso un camisón limpio y comenzó a peinarse, delante del espejo. Se la veía ajena, con los ojos ligeramente hinchados, y desorientada.

Parecía como si todos los cambios en su vida, la inseguridad sobre su situación, el miedo a la sociedad, y la intensidad de sus sentimientos hacia él, se hubieran volcado sobre ella de repente. No había sido capaz de soportarlo.

Ahora se sentía estúpida. Siguió ocupándose de su cabello, a falta de algo mejor que hacer. Había sido una noche de ensueño. Los cuatro juntos, y felices. Se habían divertido, y ella había disfrutado muchísimo de las atenciones de su esposo. Y en la salita azul lo había deseado, y estaba segura de que él también la había deseado a ella. Parecía que sus cuerpos no entendían de miedos ni traiciones. Si siempre pudiera ser así.

Pero ese era el tema. Podía ser siempre así. Solo tenía que creerlo, y confiar en que él también lo quisiera. De nuevo sintió vértigo, y un par de lágrimas rodaron por sus mejillas. Se las secó con el dorso de la mano, impaciente. Parecía que todos sus buenos propósitos, sus planes de conquistar a su esposo, se debilitaban cuando se volvían espantosamente reales.

Necesitaba pensar, ordenar sus sentimientos. En ese momento estaba confundida. Ojalá pudiera hablarlo con alguien, pero no había nadie. Se sintió sola como nunca, y la desazón volvió a embargarla. Todo parecía tan complicado, ahora. Esa mañana las cosas eran sencillas, su plan era sencillo. En ese momento, en cambio, nada parecía fácil.

Desesperanzada, descorchó la botella de whisky escondida al fondo de su armario, traída directamente desde la bodega de Stanfort Manor, se sirvió una copa y se metió en la cama, a sabiendas de que el sueño tardaría bastante en llegar.

Mientras, un Richard confuso paseaba a lo largo y ancho de la salita azul, donde hasta instantes antes había estado besando a Nicole. ¿Qué había ocurrido? Creía que todo iba bien. La velada había transcurrido a las mil maravillas. No había necesitado fingir que estaba feliz al lado de ella, y hubiera jurado que ella tampoco simulaba su alegría. Ambos habían querido prolongar la velada tomando una copa más, y sabía que ella le había deseado cuando la había besado. Pero en un momento todo estaba bien, y al siguiente todo era un desastre.

Supo instintivamente que tenían que hablar de lo que acababa de ocurrir, y que tal vez al día siguiente fuera demasiado tarde.

Cogió las dos copas, que habían quedado relegadas al olvido en la mesa, y subió hacia la planta alta, hacia la habitación de ella.

21

Dos golpes suaves en la puerta la sacaron de su ensimismamiento.

—Nicole, ¿puedo pasar?

No esperaba que la buscara, no después de lo que acababa de ocurrir. Sin saber cómo interpretar su visita, lo invitó a entrar.

Richard asomó por la puerta con una pequeña sonrisa, que sus hoyuelos remarcaban, y ambos vasos de whisky en la mano. Le devolvió la sonrisa tímidamente, y le enseñó el que portaba ella. El gesto de Richard se ensanchó, y se acercó a la cama, donde Nicole estaba reclinada, con un sencillo camisón de batista blanco puesto.

—¿Puedo? —Señalaba el otro extremo de la cama.

Ella asintió de nuevo, y vio cómo se acomodaba enfrente. Tomó los vasos que él le ofrecía, y los dejó en la mesita de noche, donde se encontraba también el suyo. Él la miró largamente. Vio sus ojos enrojecidos por el llanto, y alargó la mano para rozarle las mejillas, en un ligero toque que ella casi hubo de imaginar.

—¿Qué te pasa?

La preocupación en la voz de él la emocionó. Se encogió

de hombros, incapaz de hablar o de explicarle lo que sentía. Richard esperó paciente a que ella respondiera. Al ver que eso no sucedería, pero que no huía del contacto de su caricia, presionó un poco más.

—Cariño, si no sé cómo te sientes, si no lo hablamos, no podremos solucionarlo. Y yo quiero superar esto, Nicole. De veras que quiero.

La delicadeza de sus palabras y sus sutiles caricias la animaron a declararle sus anhelos.

—Me siento vulnerable, Richard.

Volvió a callar. Esta vez él no presionó. Esperó con calma a que ella supiera cómo continuar.

—Lo que ocurrió la noche que nos casamos fue horrible. —Hizo acopio de voluntad para no llorar—. Y no quiero volver a pasar por algo así.

Richard apartó la mano de su mejilla. Sabía que le había hecho daño con sus acciones, pero oírselo decir así, con la voz rota, le afectó en lo más profundo de su corazón.

—Ojalá pudiera cambiar lo que ocurrió, Nicole. Actué como un estúpido. Me sentí dolido y no pensé en nada que no fuera hacer que tú te sintieras igual. Lo siento.

La disculpa, que por fin llegaba, la consoló un poco.

—Puedo garantizarte que lograste tu objetivo. Dolió.

Él se encogió ante sus palabras.

—Solo puedo decirte, aunque sirva de poco, y rogándote que me creas, que no te fui infiel. Aquella noche llevé a Marien a la ópera y luego la dejé en casa, pero no ocurrió nada. Desde aquella noche en los jardines contigo, cuando subimos juntos a tu alcoba, no he vuelto a estar con una mujer, no he deseado estar con ninguna mujer.

Richard no esperaba que la creyera. Sabía que no merecía su confianza, pero era imprescindible para él que ella supiera que solo deseaba estar con ella. Nicole lo miró directamente a los ojos.

—Lo sé.

La aseveración le sorprendió. No había dicho que le creyera, sino que lo sabía.

—¿Lo sabes? —repitió tontamente.

Ella se lo confirmó de nuevo.

—Marien. —Vio que él la miraba intrigado—. Estaba en la biblioteca, recogiendo tu pluma de debajo del escritorio, cuando os vi entrar.

Él profirió una risotada, en parte de alivio, en parte al imaginarla allí, agazapada. Ella le dirigió una mirada seria, justificándose.

—Ya te he dicho en más de una ocasión que escuchar a escondidas tiene sus ventajas.

Él tomó una mano entre las suyas, y se la besó con ternura.

—Ya te di la razón una vez sobre eso. Me reafirmo.

Entonces fue a ella a quien le tocó reír.

Se mantuvieron sin hablar otro ratito.

—Richard, sé que no volverás a hacerme daño, sé que no me herirías de nuevo a propósito. Pero no logro alejar de mi mente la certeza de que dependo enteramente de tu voluntad, de tus arranques, de tus sentimientos. Y eso me hace sentir débil.

Él comprendió a qué se refería. Desgraciadamente tenía razón, y no sabía cómo tranquilizar sus reparos. La sinceridad era sin duda la mejor vía.

—Ojalá pudiera prometerte que no volveré a enojarme contigo, Nicole, que no volveré a dudar. Pero soy de naturaleza impulsiva, y sé que ocurrirá. —Hizo una pausa, buscando cómo continuar—. Lo que sí puedo prometerte es que trataré de confiar en ti, que hablaré contigo cuando eso ocurra, en vez de huir como un toro en estampida. Quiero ser digno de tu confianza, Nicole.

Era exactamente lo que estaba haciendo ahora, pensó Nicole. Ella se había ido espantada, y él la había seguido, con genuina preocupación y buscando aliviar el sufrimiento de ambos. Eso la animó.

—De tu confianza, y del amor que una vez me ofreciste —prosiguió él.

Apartó la mirada, sonrojada. No quería recordar que le había dicho que le amaba. Su esposo la había ignorado entonces, y su reacción había sido, también, un insulto hacia ella.

Richard vio que sufría, y no insistió. Siguió con la conversación, con tiento. Tenía la sensación de que todo estaba yendo bien, que se hallaba ante una oportunidad única de mejorar lo que había entre ellos de forma sustancial.

—¿Cómo acabó mi nombre tachado en aquella lista?

Ella lo taladró con la mirada. No estaba segura de que fuera el momento de hablar sobre eso. Le había dicho que solo se lo explicaría una vez. Atenta, estudió su rostro. Parecía abierto a escuchar lo que fuera, incluso deseoso de creerla y pasar página. Esperanzada, decidió contárselo.

—Redacté aquella lista justo antes de que empezara la temporada. —Su mente se trasladó a aquellos días, en que todo estaba por ocurrir—. Hablé con James y le prometí que antes de que acabara la temporada encontraría un marido, aunque no tenía ni idea de quién sería. Fue el día que tú y yo discutimos durante la comida.

Él sonrió, recordando cómo le había espetado que no eran familia. Ahora entendía el estallido de furia. Si había prometido casarse, sin tener un candidato claro, debía de estar irascible. Él lo estaría en su misma situación, eso seguro.

Sin reparar qué pensaba él, continuó.

—Cuando llegué a casa esa noche, decidí ordenar mis ideas sobre mi futuro esposo en una lista. Fue esa una de las páginas que encontraste.

No pensaba contarle que él había sido su parangón. Eso sería humillante.

—Luego decidí redactar otra lista con todos los hombres

que pudieran buscar esposa. Esa fue la segunda página. Y no te incluí en ella, por cierto. Entenderás que en aquel momento tú no eras precisamente mi persona favorita.

Él sonrió. Desde luego, por aquel entonces ella tampoco era la persona favorita de él.

—Pero la noche de la terraza, cuando me dijiste que lamentabas haberme cortejado hasta que me enamorara de ti... —vio con satisfacción que él se ponía rojo como la grana—. Bien, cuando llegué a casa me di cuenta de que efectivamente jamás entrarías en mi lista de candidatos, y no solo por todo lo que había sucedido entre nosotros el año anterior. La razón principal por la que jamás podría considerarte un candidato era que tú nunca me tendrías en cuenta como esposa.

Él asintió, siguiendo la línea de su lógica. Lo cierto era que él había pensado exactamente lo mismo en aquellos días.

—Bueno. Pues ante tal evidencia me sentí ninguneada. Y me molestó que, después de tu engaño del año anterior —de nuevo él se sonrojaba— fueras tú, además, quien me rechazara. Así que añadí tu nombre solo para darme el gusto de tacharlo.

Él rio, imaginando perfectamente a su pequeña fiera anotando su nombre completo, y el placer que debía de haber experimentado al tacharlo. Le guiñó el ojo.

Nicole se sintió más tranquila al ver que él no se molestaba con su historia.

—Por eso tu nombre estaba el último en mi lista. Y por eso estaba diligentemente tachado. Las explicaciones que seguían...

Divertido como jamás pensó que lo estaría sobre nada que se refiriera a aquella condenada lista, la tomó por las mejillas y le dio un sonoro beso en la boca. No quería saber nada sobre poner cara de besugo.

Ella rio ante su reacción.

—Ojalá hubiera preguntado aquel día —dijo impulsivamente.

—Aquel día no hubieras creído nada de lo que te hubiera podido decir.

Él asintió, contrito.

—Eso es cierto. Y probablemente en el futuro ante una situación similar, tampoco creeré nada. —Ella le miró, decepcionada—. Pero he prometido que esperaré hasta calmarme, y que te preguntaré antes de cometer otra estupidez. Y eso sí sé que puedo hacerlo.

Ella no se atrevió a besarle, aunque le apeteciera más que ninguna otra cosa en ese momento. Sentía que, a pesar de la gravedad de todo lo ocurrido, acababa de pasar página. El tiempo, y lo que construyeran a partir de entonces, haría el resto. Tímida, cogió el vaso de la mesilla de noche, tratando de mantener su mente entretenida con cualquier otra cosa. Al ver que ella se retraía de nuevo, se arriesgó.

—¿Podrás perdonarme algún día, Nicole?

La preocupación de él, la súplica en su mirada, le infundieron seguridad. De repente se sintió importante para él, casi imprescindible. Valiente, bromeó.

—Hummm, tendrás que convencerme de que lo haga. Creo recordar que en el jardín de Londres fuiste muy... convincente.

Él no esperó más insinuaciones. Se acercó a ella hasta casi tocarla con su propio cuerpo, le arrancó el vaso de las manos, lo colocó de nuevo en la mesita con un golpe seco, y la besó.

Abrió la boca para recibirle, ansiosa. Él aceptó su invitación y se sumergió en la boca de ella con pasión. Nicole le rodeó con los brazos y se pegó completamente a él, deseosa de recibir todo lo que quisiera darle, segura como nunca de lo que deseaba.

Richard quería ir despacio, pero había cierta urgencia en las maneras de su esposa que le impulsaban a acelerar sus movimientos, a ir más rápido de lo que quisiera. La tomó por la espalda y terminó de pegarla contra su pecho. Sintió cómo le aplastaba los pechos contra su duro torso, buscando instintivamente aliviar la necesidad de su cuerpo.

La soltó por un momento y se separó. Nicole abrió los ojos y protestó, sintiéndose perdida sin su cercanía. Él apartó con impaciencia las sábanas que la cubrían y volvió a cerrar el espacio que los separaba, casi con violencia. Ella se movió, tratando de sentarse sobre su regazo. Richard la asió por las caderas y buscó que nada los separara. Ella se sentía arder, sabía lo que quería, y toda la ropa de él era una barrera entre lo que tenía y lo que necesitaba. Tiró con fuerza de la chaqueta, y la lanzó con descuido. El chaleco corrió la misma suerte. Siguió con la camisa, pero se atascó con los botones. Sus dedos temblaban y era incapaz de separar la pieza del ojal.

Deseoso él también de sentir las delicadas manos de ella sobre su piel, se separó momentáneamente y se la sacó por encima de la cabeza. Trató de arrojarse de nuevo sobre la joven, pero Nicole se lo impidió con la mano. Aquella noche, en su alcoba, apenas había habido luz y habían permanecido prácticamente en la penumbra. Quería verle, satisfacer su curiosidad y disfrutar de su cuerpo con todos los sentidos. Pasó la palma de la mano por su pecho, sus hombros, sus abdominales, cada vez con mayor presión, fruto de la urgencia que la apremiaba, del calor que amenazaba con hacerla arder por completo. Fue ella misma quien volvió a pegar la boca contra la de él.

Richard, de nuevo con ella entre sus brazos, bajó las manos hasta sus pechos. Los pezones estaban ya enhiestos, y la sintió enloquecer ante la presión de sus dedos. Nicole gimió, suplicando más, y la complació al punto. Le sacó el camisón por la cabeza, tal como hiciera con su propia camisa, y la tuvo desvestida frente a él. Quería también mirarla, gozar de su gloriosa desnudez, pero ella no se lo permitió. Le cogió de las muñecas y volvió a dirigirlo hasta sus pechos, que exigían la atención de sus manos.

Richard mantuvo una allí, pero bajó la otra hasta los delicados rizos de entre sus piernas. Jugó un poco con el botón que escondían, antes de sumergir un dedo en el interior de ella, y sentirla preparada. Las caderas de ella ondularon sus movimientos hacia su mano, que la estaba transportando, como aquella noche en Londres, hacia las sensaciones más deliciosas.

Él tuvo que separarse. Quería desnudarse. Quería tumbarla y hacerle el amor con pasión. No quería amarla a medio desnudar y con ella encima, donde no tuviera ningún control sobre la situación. Y si no se detenía en ese momento y se quitaba la ropa, ya no podría hacerlo.

Nicole sollozó, frustrada. Richard lanzó sus zapatos, y en un solo movimiento se quitó medias, pantalones y calzones, dejando al descubierto su deseo, coronado por su erección. Ella absorbió todo lo que veía, y gimió de nuevo, pidiendo a su esposo que la tomara.

Richard la tumbó sobre la cama, abrió sus piernas, que colocó rodeando sus caderas, y la penetró. En su segunda embestida ella seguía los movimientos en sentido contrario, buscando acompasar su cuerpo al de él. Richard gimió de placer, temblando, sintiéndose al borde del abismo.

—Nicole —no reconocía su propia voz—, no podré soportar esto mucho más tiempo.

Ella sabía a qué se refería, sentía también su propia desesperación.

—Perfecto —su voz, ronca, sonó divertida—, porque yo tampoco aguantaré mucho más este tormento.

Aquellas palabras fueron la perdición de él. Se apuntaló sobre uno de sus brazos, mientras con el otro levantaba las caderas de ella, y se enterró con fuerza en su interior. Apenas dos acometidas después ambos alcanzaron el clímax.

Richard cayó sobre Nicole, quien recibió su cuerpo encantada.

Cuando, minutos después, ambos recobraron la conciencia, y a ella comenzó a molestarle el peso de él, este se retiró y se quedó de lado, apoyándose sobre el codo, y mirándola, satisfecho.

Ella se estiró, presumida, ante él. Se sentía en paz, como nunca antes.

—Te amo.

Las palabras de él sonaron seguras. Ella le miró, incapaz de articular palabra. Sus sentimientos se quedaron atascados en su garganta, del júbilo que sentía. Richard, a pesar de su silencio, reconoció los sentimientos de ella en sus ojos, y sintió la felicidad más pura estallar en su pecho.

—Sé que no merezco tu perdón, y menos aún tu amor, Nicole. Pero lo recuperaré, y nunca te arrepentirás de habérmelo entregado.

Dos lágrimas acariciaron las mejillas de ella. Con voz entrecortada, se declaró:

—Ya lo tienes, esposo mío, es todo tuyo. Solo tienes que tomarlo, tomar todo lo que soy. Te amo, Richard.

Se besaron de nuevo, más reposados esta vez. Fue un beso sin reservas, sincero.

Se separaron de nuevo.

—Aquella noche fue más que orgullo herido, Nicole. Cuando creí que no me considerabas lo suficientemente bueno para ti, me estalló el corazón. Entonces ya te amaba, y fue el desgarrador dolor el que me impulsó a actuar como lo hice.

A Nicole le gustó saber que, cuando ella le declaró que le amaba aquella primera vez, aunque no lo hubiera reconocido, él también estaba enamorado de ella.

Se miraron otro rato, como si se conocieran por primera vez. Nicole cambió de tema.

—Me gustaría pedirte algo, como regalo de bodas.

Él sonrió, animado.

—Tú tampoco me has hecho a mí un regalo de bodas. ¿Podré pedirte algo yo después?

Ella le dio una palmada en el hombro.

—Tú no te mereces un regalo nupcial, Richard.

«Está bromeando», pensó maravillado. Su tono era indudablemente de chanza. Que ella pudiera hacer una pequeña burla sobre lo ocurrido era sin duda un gran paso. Dio gracias al cielo por haber sido bendecido con una mujer como ella.

—Ya hablaremos de eso. —Sonrió, feliz—. Bueno, dime qué es lo que quieres, mi pequeña fiera.

Ignorando el calificativo, prosiguió con su petición.

—Quiero algo confeccionado por Marien.

Él habría esperado joyas, muebles nuevos para la casa, cualquier cosa excepto eso. Sentía que era él quien recibía un presente. Emocionado, no atinó a decir nada.

—Me impresionó la fortaleza de esa mujer —explicó—. No creo que vaya a pasarlo bien exiliada en el campo, dada la vida a la que ha estado acostumbrada, y desde luego no quiero volver a verla. Pero tal vez si llevo ropa de ella, podré ayudar a arrancar su negocio.

—Eres una mujer maravillosa, Nicole. Siempre daré gracias por ello.

—Y yo te lo recordaré, te lo aseguro.

Sabía que era absurdo, pero la suerte de Marien, de las mujeres como ella, que no habían tenido la fortuna de nacer en el seno de una familia adinerada que velara por ellas, se le había hecho muy real la tarde que ella acudió a la finca. Debía de ser terrible no tener adónde ir. Y siendo justa, no era Marien quien la había traicionado.

Sería su expiación definitiva, su abandono total del rencor.

Richard la besó con cariño un par de veces, hasta que recordó cierta historia de Londres. Se apartó para poder mirarla.

—En realidad, mi amor, sí te hice un regalo de bodas.

Ella se incorporó, dubitativa.

—El matrimonio de Thorny y Kibersly.

Nicole seguía sin entender. Él sonrió, orgulloso.

—Encontré a Kibersly una noche, en White's.

Y le relató con todo lujo de detalles lo ocurrido. Las finanzas de él, su necesidad de una heredera, y la nota que le había enviado. Cuando hubo finalizado ella seguía sin entender.

—Richard, ella es marquesa ahora. Tendré que hacerle una reverencia cada vez que la vea.

—Ya, cariño, pero ella va a tener que medir lo que gasta durante el resto de su vida, mientras que tú podrás gastar a placer y presumir de ello frente a ella, mientras la reverencias.

Ella lo pensó, y le gustó la idea de que ella no pudiera concederse todos los caprichos que se le antojaran. Satisfecha, se volvió a tumbar.

—¿Crees que somos muy malvados por regodearnos de sus estrecheces?

Él sonrió malévolo.

—Muy malvados. Pero, ¿sabes? De repente me apetece ser muy, muy malvado.

Dicho esto, se dedicó a portarse mal, entre enredos de sábanas y susurros de amor.

22

Pasaron los días, las semanas, y los meses. El verano llegaba a su fin.

Los duques acudían con regularidad a Westin House, y también ellos se acercaban a Stanfort Manor de visita. Pero esta era la única compañía que Nicole toleraba.

Habían llegado invitaciones del vecindario, y solicitudes de recepción para felicitar al nuevo matrimonio, pues la nobleza rural quería acudir a Westin House a honrar a la vizcondesa de Sunder, pero las había rechazado de plano. Richard, que sabía cuál era el motivo de ella, prefería no hablarlo todavía. Cuando su esposa estuviera preparada, habría visitas. No antes.

El conde sí había estado unos días en casa. A pesar del temor inicial de la joven a ser rechazada por las circunstancias que incitaron el matrimonio, lord John se mostró encantado con ella. La conocía desde siempre, y no hubiera deseado una nuera mejor, según le dijo en varias ocasiones.

Para sorpresa de Judith y Richard, su padre se afanó en regresar a Cambridge. Hablaba de la posibilidad de comprar allí una pequeña propiedad, e instalarse de forma permanente. Para ser un hombre de arraigadas costumbres, que se había negado a relacionarse con otras personas durante años, tantos cambios resultaban extraños. Lord John decía haber desarrollado en poco tiempo un apego importante a la vida académica. Algunos de sus compañeros de estudios de la juventud habían vuelto allí, a escribir o investigar sobre cualquier cosa. Y él quería hacer lo mismo.

Los hermanos Illingsworth se mostraron encantados con la idea, y desearon que con el tiempo alguna mujer tentara también a su padre y cambiara su arraigada costumbre de permanecer viudo.

Por lo demás, la vida transcurría tranquila para ambos. Nicole era ya una más en la casa, tratada con cariño y respeto por el personal. Todo el servicio la conocía y se había adaptado sin problemas a sus costumbres. Richard, por su parte, se encargaba de administrar las propiedades. Ella le había pedido que le enseñara cómo funcionaba el entresijo de su patrimonio. Había quedado muy impresionada con los conocimientos de Judith, y quería aprender también ella lo básico. Además, era otra forma de pasar más tiempo juntos.

Hubo una pequeña crisis el día que lady Evelyn, harta de las renuencias de su hija a recibirla, apareció por sorpresa a tomar el té. Richard, y la propia Nicole, sabían que era cuestión de tiempo que algo así ocurriera, pero fue todavía peor de lo que hubieran podido imaginar.

Durante el té la duquesa viuda se mostró encantadora con su yerno, pero no así con su hija. A pesar del buen ambiente reinante entre ambos, perceptible para cualquiera que pasara más de cinco minutos en presencia de los cónyuges, la madre de Nicole no estaba satisfecha con su hija, y no tenía ningún reparo en demostrarlo, aun sin atacarla verbalmente.

Acabado el té, Richard se vio despedido por su suegra.

—Imagino que tendrá asuntos que atender, lord Richard. No se quede por mi causa, por favor.

Nicole le lanzó una mirada implorante, pero debía dejarlas a solas, ambos lo sabían. Lady Evelyn insistiría, y lo sacaría a rastras si era necesario.

Una vez que se cerró la puerta, su madre no se anduvo con rodeos.

—Y bien, señorita, ¿se puede saber en qué estabas pensando cuando permitiste que tu esposo se fuera con otra la noche de bodas, y te embarcaste rumbo a América al día siguiente? ¿Acaso pensabas que encerrándote aquí el resto del mundo lo dejaríamos correr?

Sí, eso era exactamente lo que había pensado. Pero la duquesa viuda acababa de enviarlo todo al traste.

Oír de la boca de su propia madre los reproches la puso en lo peor. Si ella la culpaba de lo ocurrido, y se lo echaba en cara a la primera ocasión, el resto de la sociedad sería mucho más cruel. Así se lo confirmó al momento, impenitentemente, su madre.

—¿Sabes lo que se dice en Londres de ti, Nicole? —Lady Evelyn estaba enfadada, odiaba el escándalo—. Se dice que todo es culpa tuya, que atrapaste un esposo para dejarlo marchar el mismo día de la boda. Que no estuviste a la altura, que...

Su madre siguió reprochándole su calidad, o su falta de ella más bien, como esposa. Con cada palabra, con cada frase, iba hundiéndola un poco más. Nicole supo que no podría resistirlo, que jamás podría volver a enfrentarse a todos ellos sabiendo que siempre hablarían de aquello.

—Basta.

Fue más una imploración que una orden. Su madre, que hasta entonces había estado increpándole sin misericordia todas las crueldades que se le ocurrían, se detuvo, indignada ante la interrupción de ella.

Pero la indignación le duró lo poco que le costó ver el rostro de su hija.

—Oh, cariño.

Trató de abrazarla, pero Nicole rehuyó cualquier contacto. La compasión era igual de dolorosa.

Salió corriendo del salón, y se encerró en su habitación.

Richard, que se había quedado en el vestíbulo por si acaso, miró su reloj cuando vio pasar a su esposa huyendo hacia la planta alta. «Cuatro minutos», reflexionó. En menos de cinco minutos la madre de su esposa, su madre, por el amor de Dios, había conseguido acobardar a alguien tan fuerte como su Nicole.

Maldita fuera su suegra, y maldito fuera él por haber propiciado toda la maldita situación.

Entró de nuevo en la sala, donde la mujer estaba sentada en el sofá, insegura todavía de lo que acababa de ocurrir.

—Oh, lord Richard, me temo que...

—Creo que será mejor que dé la visita por concluida, excelencia.

La estaba echando. Sabía que eso le traería problemas en el futuro, pero era necesario que esa mujer saliera de la casa cuanto antes.

—Me temo que —continuó ella con arrogancia como si él no hubiera dicho nada— mi hija se ha disgustado un poco, creo que subiré a hablar con ella.

—Debo insistir en que dé la visita por concluida, señora.

Ofendida como jamás la habían hecho sentir, recogió sus cosas y se marchó, directa a casa de su hijo James.

En cuanto estuvo seguro de que la dama se había ido, subió a la segunda planta, entró en su habitación y la encontró en la cama, echada y llorando.

Se sentó a su lado y le acarició la espalda. Ella no hizo ademán de volverse siquiera.

—Cariño, he pedido a tu madre que se marche.

Ella se levantó como un resorte, con los ojos iracundos.

—¿En eso va a consistir tu plan, Richard? ¿Echarás a todo

el que me diga que fui repudiada por mi esposo el día de mi casamiento por no ser siquiera aceptable para él? —Aplaudió con desgana—. Pues los salones de Londres quedarán vacíos cuando lleguemos pues todo el mundo, y oye bien, Richard, todo el mundo —gritaba— opina lo mismo que mi madre.

Volvió a echarse en la cama, y siguió llorando.

Richard se sintió un inútil. No podía hacer absolutamente nada. Solo esperar a que pasara. Pero ella todavía no había acabado de escupir todo su veneno.

—Todo esto es culpa tuya. ¿Y me dices que lo hiciste porque me amabas? Eso no es amor, Richard, es odio. Tu odio, y tu dichoso orgullo, van a convertirme en el maldito hazmerreír de la sociedad. Muchas gracias, esposo.

Al menos mientras le reprochaba sus errores no lloraba.

—Cariño, yo...

—¿Tú, qué, Richard? ¿Lo solucionarás? Ilumíname, y dime cómo vas a hacer que todo el mundo olvide que el día de nuestra boda, en nuestra noche de bodas, en lugar de estar conmigo en la cama, consumando nuestra unión, te hallabas en el estreno de una ópera, con la mitad de la nobleza allí, y acompañado por una actriz de tres al cuarto.

Sabía todo eso. Y sabía que ella pensaba todo eso. Pero le dolía igualmente. La culpabilidad, y el patente dolor de ella, le estaban matando. Mas ella estaba en lo cierto. Poco se podía hacer.

—Lárgate, Richard, y déjame sola.

Eso sí que no lo haría. Haría todo por ella, excepto eso. No la abandonaría en su peor momento. Se levantó, se cruzó de brazos, y la encaró.

—No.

Ella se puso en pie, y trató de empujarlo.

—Lárgate, te digo —chillaba sin control.

—Lo lamento, cariño, pero no.

Se estaba poniendo histérica, pero se negaba a estar con él, se negaba a que la viera desesperarse por algo que él había propiciado. Empujó con más fuerza, pero no lo movió de su sitio.

—Una vez te dije que no huiría en las malas situaciones, que me quedaría contigo y lo hablaría. Y eso es lo que pienso hacer. Empújame, trata de golpearme, si quieres, pero no me moveré de aquí. No sin ti.

Ella hizo exactamente lo que él le indicaba. Trató de empujarle una vez más, y después intentó golpearle. Richard, pugilista de calidad, bloqueó todos sus golpes, pero dejó que siguiera intentándolo hasta que se agotara.

Unos diez minutos después Nicole se rindió. Richard la abrazó entonces, y ella estuvo sollozando sobre su hombro un buen rato. Cuando se calmó del todo, se apoderó de su cuerpo el cansancio. Él la acercó a la cama, la tumbó y se recostó a su lado.

—¿Qué haremos, Richard?

—Los ignoraremos, querida.

Ella suspiró. No tenían otro remedio, pero era más fácil decirlo que hacerlo.

—Me harán picadillo.

—Solo si les dejas. Ignórales. Tú eres la élite de esta sociedad. Eres una mujer respetada, con grandes amigas que estarán encantadas de ser tus aliadas. Haz tu propio círculo. Sí, tal vez en él hablen de ti, pero no lo harán en tu presencia. Y los que estén fuera del círculo, que te critiquen a sus anchas, si quieren. La realidad es que se sentirán inferiores por no poder estar contigo.

La idea era tan vigorizante como absurda. Efectivamente recibiría apoyos, había gente que la apreciaba de veras y no la juzgaría cruelmente, que le quitaría hierro al asunto cuando surgiera en boca de algún malintencionado.

Pero la inmensa mayoría, aunque no fuera bien recibida en la casa de Stanfort ni en la de Westin, se regodearía con la caída en desgracia de ella.

Cansada de pensar en ello, y sabiendo que no encontraría una buena solución, dejó de lado cualquier cosa que estuviera relacionada con lo ocurrido.

—Mi madre no te perdonará. —En parte le divertía saber que su madre martirizaría a Richard durante algún tiempo. «Justicia divina», pensó con sorna.

—Tú me has perdonado. Me basta.

Ella le besó, agradecida y enamorada.

—Lamento lo que te he dicho, Richard.

—Lamento haber hecho todas las cosas de las que me has acusado, Nicole.

Él se estaba comportando como un caballero, y ella no pudo dejar de apreciarlo. Se besaron de nuevo, e hicieron el amor lentamente, alargando la dicha de ese momento todo el tiempo que fuera posible.

A una milla de allí, lady Evelyn entró en la biblioteca donde se encontraba su hijo, enfurecida.

—¡Me ha echado de su casa! ¿Te lo puedes creer? ¡A mí! A la duquesa viuda de Stanfort.

James alzó la vista de los papales que tenía delante, y pidió al señor Croche que se marchara y regresara dos días después, según era su costumbre.

Una vez a solas, le preguntó.

—¿Nicole te ha echado? Ya te dije que no debías ir a verla, que no era buena idea. Judith y yo te lo advertimos en más de una ocasión.

—Siempre —enfatizó— es buena idea que una madre visite a su hija. Y no ha sido ella quien me ha echado, sino él. El vizconde de Sunder me ha pedido que me fuera. ¡Dos veces!

Richard había echado a su suegra de casa. Le reconoció el coraje. Y la estupidez. Su madre era, después de todo, rencorosa.

—¿Por qué?

Frente a su hijo James era de los pocos momentos en que lady Evelyn refrenaba su mal genio, temerosa de sacar a relucir el de él.

—Disgusté a Nicole.

Su madre no quería decir más, pero James, que sospechaba la dureza con la que la habría tratado, insistió.

—¿Por qué? —su ceja se elevó, a la espera de una respuesta concreta.

—Le dije que todo era culpa suya.

Su madre estaba avergonzaba. Ahora se daba cuenta del innecesario sufrimiento al que había sometido a su hija.

A James solo le preocupaba el alcance de la crueldad de su madre.

—¿Le contaste lo que se dice de ella en Londres?

Esta vez Lady Evelyn se ofendió.

—¡Por supuesto que no! Sería incapaz de repetir toda esa bazofia. —Arrepentida de su conversación con Nicole, sollozó—. Oh, James, me temo que tu hermana me odiará para siempre. No me permitirá volver a poner un pie en su casa.

James se levantó y se acercó a su madre. Estaba desconsolada. Pasando un brazo alrededor de los hombros de ella, la besó en la cabeza en señal de cariño.

—Sí lo hará. Entre otras cosas porque su esposo, el hombre que hoy te ha echado de Westin House, insistirá en que hagáis las paces.

Levantó la vista, esperanzada.

Richard le debía una. Ya se lo haría saber, y encontraría un modo divertido de cobrársela.

—Pero James, la gente se está ensañando especialmente. Lo que ocurrió...

—Nadie sabe qué ocurrió realmente, madre, solo Richard y Nicole lo saben. Y ellos lo han superado. Son felices ahora. La gente hablará, hablará durante años, de hecho. Pero ellos están hechos de una pasta bien fuerte, y lo superarán. Juntos.

Lady Evelyn se vio obligada a justificarse.

—Solo quiero lo mejor para ella.

—Siempre has querido lo mejor para nosotros, madre —la consoló— pero a veces eres un poco excesiva en tus deseos.

Vio cómo se puso colorada, y cómo pareció prometerse no repetir sus errores.

—¿Sabes lo que se dice de ella en la ciudad? —preguntó en un susurro.

James asintió, cabizbajo.

—Es terrible, hijo, están diciendo...

La interrumpió. No quería oír de boca de nadie, y menos de su madre, las barbaridades que se habían dicho, y que seguirían circulando. Nicole, por fuerte que fuera, no iba a superarlo. Sería casi imposible que volviera a pisar la ciudad si se enteraba.

—No lo digas, madre. Y no se lo digas a ella. Nunca.

—Se enterará, James. Y no lo soportará.

Ese era el gran temor de ambos. Y su peor certeza.

Poco después, la duquesa viuda salía de Stanfort Manor hacia su casita, con la promesa de apoyar a su hija cuando regresaran a Londres.

En fin, quizá algo bueno saliera de aquello, si su madre se replanteaba verdaderamente sus intromisiones.

Fue a buscar a su esposa y al pequeño Alexander. Eso le animaría seguro. No quería pensar en cómo estarían las cosas ahora mismo en Westin House.

Nicole yacía en sus brazos, completamente dormida. Habían hecho el amor, habían imaginado las venganzas más ridículas para aquellos que les criticaran, como una plaga de almorranas, o costuras que se rompían en los peores momentos, y finalmente ella se había quedado dormida.

Él llevaba más de una hora acariciándole el cabello.

Nunca le perdonaría del todo. Sí, le amaba, y sí, aceptaba lo ocurrido. Pero siempre le culparía por su caída en desgracia. Y no era por su arrepentimiento, que era mayúsculo, por lo que no podía dormir. Merecía el rencor de ella. Era porque no quería que ella sufriera. E iban a ser las culpas de él las que ella pagara.

Escribir en el *Times* lo sucedido realmente solo aumentaría los rumores, y reafirmaría a los escépticos en los defectos de ella como amante.

Precisamente Nicole, que era la mujer más apasionada, curiosa, desinhibida, sincera en sus afectos, y generosa que jamás hubiera tenido el placer de conocer. Si incluso él a veces dudaba de estar a la altura de ella. Afortunadamente sabía que ella disfrutaba tanto como él.

La sociedad era injusta, realmente. Admiraba el deseo de Nicole de ayudar a Marien, a pesar de ser quien era, y que sintiera empatía hacia otra mujer que sería tratada injustamente también solo por no seguir las normas sociales establecidas por los hombres.

Siguió acariciándole el cabello hasta el amanecer, tratando de encontrar una manera de resolver el embrollo. Desgraciadamente, ninguna idea le llegó.

Dos semanas después todo parecía normalizado. Lady Evelyn había acudido a comer con Richard y Nicole un día, a instancias de su yerno, y todo había transcurrido en perfecta armonía. La madre se había mostrado satisfecha con todo lo que su hija había hecho en la casa. Había alabado sus gustos, sus ideas, y cualquier cosa que a ella se le ocurriera decir. Era obvio que sabía que había cometido un error, y trataba, a su manera, de arreglarlo. Cuando se fueron, Nicole la abrazó con cariño. Lady Evelyn le dijo.

—Me gusta tu esposo. Parece un buen hombre, y es obvio que te ama. Enhorabuena, hija, yo misma no hubiera elegido mejor.

Nicole estuvo radiante el resto del día. Y de la noche, recordó Richard con regocijo.

Tal vez un hijo pondría las prioridades en otro punto. Tal vez la maternidad hiciera que Nicole desechara los comentarios banales. Judith y April, desde que eran madres, ignoraban cualquier cosa, o persona, que las importunara. Y a pesar de ello cada vez que acudían a algún evento todo el mundo las elogiaba, tratando de conseguir sus favores.

Pensar en tener hijos con ella le llenó de gozo. No sabía si tenía derecho a ser tan feliz, pero sin duda lo era.

Estaba en su despacho, después de cenar, revisando el correo cuando una carta, recién llegada, llamó su atención, pues llevaba el sello de los Bensters lacrado.

La abrió, preocupado. Pero eran noticias maravillosas, las que llegaban desde las tierras del norte.

April había dado a luz a una niña, tal y como había sido su deseo más íntimo. Tras el heredero, la condesa tendría una mujercita a la que mimar. Explicaba Julian también en la misiva que dado que su boda había sido, como la de James y la de Richard, poco concurrida, y que a su hijo Julian lo habían bautizado con apenas una docena de invitados presentes, habían decidido, emulando a los duques de Stanfort cuando bautizaron al pequeño Alexander, hacer una multitudinaria ceremonia, que amenizara la pequeña temporada. En noviembre se celebraría el cristianar, en la catedral de Londres.

Pero fue el final de la carta lo que le llegó al corazón.

A April y a mí nos llenaría de orgullo que tú, nuestro estimado amigo, quisieras ser el padrino de nuestra hija, May.

Una oleada de amor y vanidad le recorrió el alma. Julian tenía dos hijos, uno apadrinado por James y otro por él mismo. El primer hijo de James lo había apadrinado él, y Julian sería, seguro, el padrino del que venía en camino. Nicole y él deberían tener dos hijos, al menos, para que se cerrara el círculo.

Salió de la biblioteca con la carta en la mano, en busca de Nicole, deseoso de mostrarle las buenas nuevas. La encontró en el salón azul, y le tendió la carta. Conforme ella fue leyéndola su rostro se fue demacrando. Al acabar, dejó caer el papel y le miró, lívida.

—No puedo hacerlo, Richard. No puedo ir a Saint Paul y sentarme allí, a la espera de que trescientas personas me despellejen. Lo siento pero no puedo. —La cara de él estaba tan blanca como la de ella—. Ve tú, cariño, y di que yo estaba indispuesta, pero no me pidas que vaya.

No pudo decir nada. Ni ella tampoco. Se puso en pie y salió de la habitación despacio, como si su cuerpo pesara tanto que los pies apenas tuvieran fuerza suficiente para desplazarle.

Aquella noche, por primera vez en mucho tiempo, los vizcondes de Sunder durmieron en habitaciones separadas.

A la mañana siguiente Nicole se sintió estúpida. Antes o después tendría que enfrentarse a toda esa gente. No iba a pasar el resto de su vida exiliada en Westin House. Si tenía que ser en algún momento, el bautizo de la niña de los condes de Bensters era una ocasión tan mala como cualquier otra, con la diferencia de que a su esposo le haría feliz tenerla allí.

Lo encontró en su despacho, ya desayunado. Pidió que le trajeran té y pastas, se acercó a besarle la mejilla, y se sentó en una mesa contigua, a observarle mientras él trabajaba y ella esperaba su desayuno. Él la miró, tratando de evaluar su estado de ánimo. Como fuera, era mejor hablar con ella una vez que tuviera el estómago lleno. Sabía de sobras que su esposa odiaba las conversaciones antes de rendir cuentas a su desayuno.

Una doncella trajo la comida solicitada y salió. Debía de llevar ya cuatro o cinco pastelitos y un par de tazas de té cuando le habló.

—Dile a Julian que cuente con nosotros. Iremos.

Richard la amó más por eso.

—Estarás siempre custodiada por James, Julian, o por mí. Nadie se atreverá a insultarte.

—No directamente, Richard. Pero ¿qué más da? Que digan lo que quieran. Tú y yo sabemos qué pasó, y eso tendrá que bastar.

Él le agradeció su esfuerzo con los ojos, y se dispuso a escribir a Julian. Nicole le interrumpió una vez más.

—Anoche te eché de menos.

Bueno, tal vez la carta no era tan urgente, después de todo.

Se levantó, cerró con llave, y le demostró a Nicole lo mucho que él también la había añorado.

Mucho después, un Richard inspirado escribió a Julian confirmando la asistencia, agradeciendo y aceptando con orgullo apadrinar a la pequeña, y pidiéndole un pequeño favor. Necesitaba hacer una trasgresión en el brindis que haría como padrino, y esperaba poder contar con su permiso. Le pidió, también, que bautizara a la niña por la tarde y organizara un baile, donde todo el mundo tuviera que circular de un lado para otro, y las noticias se propagaran más rápido.

23

El día más temido de Nicole había llegado. Estaba en la catedral de Saint Paul, esperando que llegaran los condes de Bensters para el bautizo de la recién nacida.

Richard acudiría con los padres y la madrina, una amiga de April del internado prusiano donde estudió, y que la ayudó a huir a Inglaterra.

Nicole había llegado con tiempo de sobra. Iba con Judith y James, quienes en ese momento la custodiaban. A su izquierda estaba su hermano, que colocaba el brazo posesivamente sobre sus hombros, mostrando a todos a quién protegía. A su derecha estaba Judith, cuyo embarazo era ya patente, y que no le había soltado la mano desde que llegaran a las puertas de la catedral. Dejaban muy claro que cualquier comentario desafortunado sobre lady Nicole Illingsworth no ofendería únicamente a la casa de Westin.

Y así iba a ser durante toda la jornada, según le había prometido Richard. Estaría escoltada en todo momento por los duques, los condes, o él mismo, evitando de ese modo cualquier insulto directo. Los cuchicheos, en cambio, iban a ser inevitables.

A pesar de que habían llegado media hora antes de lo previsto, ya encontraron gente congregada en la entrada. Se había hecho un silencio casi fúnebre al verla llegar. Una vez que había traspasado a la multitud, los zumbidos de las lenguas malintencionadas se estaban sucediendo sin piedad.

Estaban sentados en la primera fila, y el banco de detrás quedaría vacío, por deferencia a los invitados más importantes. Desde luego la familia de April no aparecería, y el padre de Julian, el marqués de Woodward, no había sido invitado, como ya no lo fuera a la boda de los condes ni al bautizo del heredero.

Así, ellos tres eran las personas más próximas al matrimonio. Lo que les daba un banco de protección ante las burlas de todos.

A pesar de sus miedos, Nicole supo que había hecho bien en acudir. Era obvio que para Richard aquello era importante, y a tenor de las vestimentas de su hermano y su cuñada, ataviados con lujo, también para los duques era una ocasión muy señalada.

Ella misma, siguiendo las instrucciones de Judith, se había engalanado con especial cuidado.

Pero ni con sus mejores joyas y vestidos podía sentirse bien. Notaba cientos de ojos taladrándole la nuca. La catedral se había ido llenando, y sabía que la mayoría de las miradas iban dirigidas a ella. No se había girado en ningún momento, a pesar de ser consciente de que varias mujeres la habían señalado antes de hablar a escondidas tras sus abanicos.

Trató de abstraerse sin éxito. Los treinta minutos que estuvo allí, plantada, se le hicieron eternos. Por fin, sonó el órgano de la catedral y entraron Julian y April, con la pequeña en brazos, seguidos de Richard y una distinguida dama. Al pasar por su lado Richard la miró, inquieto. Ella le sonrió, pues no quería estropearle el día. Su esposo había estado muy emocionado toda la semana con el bautizo, y transmitirle su desesperación no serviría de nada.

Ya lo habían hablado. Incluso Judith le había dicho lo mismo que el resto. Era cuestión de tiempo. Debía estar por encima de ellos, y no permitir que le afectara.

Pero era más fácil decirlo que hacerlo. Se sentía empequeñecida. Ella siempre había sido adulada, imitada por muchas otras jóvenes, y en apenas unos meses todo el mundo parecía reírse a su costa.

Concentró sus esfuerzos en no llorar. Sabía que tenía que demostrar fortaleza. Así que se mantuvo quieta toda la ceremonia, mirando al frente, y haciendo como que no oía las risitas tontas en que otras damas prorrumpían de vez en cuando.

No supo cuánto tiempo había pasado cuando se dio cuenta de que todo había acabado. No podría haber contado qué había ocurrido, pues no se había enterado de nada. Aun así, felicitaría a los condes por la hermosa ceremonia.

Llegaba el momento de salir. Si lo hacían justo detrás de los padres y padrinos, tal como debía ser, estaría expuesta a todo el mundo. Pero si esperaban a que el resto de los invitados saliera, corrían el riesgo de que alguien se acercara a saludarles.

James ofreció un brazo a cada una. Judith dijo que quería felicitar al párroco por el sermón, y los dejó solos. De ese modo, ambos hermanos salieron majestuosamente de la catedral, rodeados de silencio.

Fueron los primeros en felicitar a los orgullosos padres, y acto seguido James la acompañó al carruaje, antes de volver a entrar en busca de Judith, que se había quedado dentro esperando que los dragones acudieran a ella, y no a Nicole.

Una vez oculta, sollozó. Se obligó a serenarse, no iba a montar un espectáculo por la cura de humildad a la que estaba siendo sometida, no cuando era un día para celebrar la felicidad de los condes de Bensters.

Para cuando James y Judith subieron al carruaje, ella ya estaba recompuesta. Hicieron el trayecto hasta Hyde Park Corner en silencio.

James había pedido a su cochero que diera un rodeo, de modo que cuando llegaran la fiesta estuviera ya comenzada.

Era un evento concebido para estar de pie. Había sillas, pero no las suficientes para todos los invitados. Varias mesas, distribuidas en el salón y en algunas salitas, estaban a rebosar de ricas exquisiteces. Lacayos, engalanados con la librea del condado de Bensters, cargaban pesadas bandejas, mientras se aseguraban de que todo el mundo tuviera algo de beber.

Los invitados iban de aquí para allá, saludándose y comentando algún acontecimiento ocurrido durante el verano, y chismorreando sobre las pocas veladas que se habían celebrado desde que se iniciara esa segunda temporada del año.

Nicole seguía pegada a su hermano, que hablaba con un miembro del parlamento sobre la petición de Jorge IV de ver aumentada su partida presupuestaria. Judith se había acercado a saludar a la condesa viuda de Relsborough, lady Anne, con quien mantenía una hermosa amistad.

Creyó que todo iba bien, que sería capaz de superar la noche, hasta que vio, a lo lejos, al marqués de Kibersly y su nueva esposa, lady Elisabeth. Eran familia lejana de Julian, y habían sido inevitablemente invitados. Se quedó observándolos fijamente, como una presa encogida ante la mirada asesina de una serpiente de cascabel. Entonces lady Elisabeth la miró con malicia, hizo un comentario al oído de su esposo, señalándola, y este soltó una risotada.

La humillación fue insoportable. Necesitaba salir de allí. Sin mediar palabra, se soltó del brazo de su hermano, que la miró extrañado, y salió rápidamente en dirección al tocador de las damas. Entró como una exhalación y se resguardó en uno de los reservados, cerrando la cortina. Se concentró en respirar y en mantener las lágrimas a raya.

Varias mujeres entraron en ese momento. Rezó en silencio para que no se acercaran donde ella estaba.

—¿La habéis visto? —El tono de quien hablaba era virulento—. Tan digna que se creía, y allí estaba, en pie, alejada de su esposo, mientras todo el mundo la insultaba. Por un momento esperé que se echara a llorar allí mismo, delante de todo el mundo.

Oyó un coro de risas. Quiso desaparecer para siempre en ese mismo instante.

—Sé de buena tinta que, a pesar de lo hermoso de su rostro, tiene el cuerpo deformado. Al parecer hubo un incendio en su finca mientras estaba de luto por su padre, y se le quemó el pecho, la espalda, y las piernas. Sunder no lo supo hasta la noche de bodas, y le resultó tan repulsiva que hubo de huir y buscarse una amante.

Más risitas, que la seguían hundiendo. Podía oír cómo se retocaban el peinado y comprobaban el estado de sus ropas.

—Yo tengo entendido que ella podría ser... fría con los hombres. Según dicen —bajó la voz— él llevó a la actriz directamente de la ópera a casa, a ver si así ella se animaba...

Dejó la frase inconclusa, y un montón de grititos atónitos seguidos de risotadas pusieron fin a la conversación. Una tras otra abandonaron la estancia.

Dios, era peor de lo que imaginaba. Tuvo que meterse el puño en la boca para no gritar. Se dejó caer en el suelo, inmóvil, esperando a ver si todo se desvanecía.

Judith vio salir a Nicole casi corriendo del salón, y supo que algo iba muy mal. Había buscado a James con la mirada, pero se había encontrado con la de April, que también había presenciado la huida de ella, y le señalaba con la cabeza que salieran a buscarla. Se excusó con lady Anne Spencer y se reunió con la condesa en el corredor. Preocupadas ambas, se dirigieron al tocador.

Salían en ese momento un grupo de señoritas soltando risitas agudas y ridículas. Las dejaron pasar y entraron. Hubieron de agacharse para ver las zapatillas de raso de ella tras uno de los cubículos.

April pidió a la doncella que se encargaba de reponer las toallas que saliera y dirigiera a cualquiera que quisiera entrar a los excusados de la planta de arriba. Con la intimidad asegurada, cerró con llave.

—¿Nick?

El sollozo desgarrado de esta las hizo actuar. Abrieron la cortina y la encontraron aovillada en el suelo, con el puño en la boca ahogando el torrente incontenible de su llanto.

La recogieron y la sentaron en una de las sillas, abrazándola mientras esperaban a que se calmara. Cuando Nicole pudo hablar, pidió su carruaje para marcharse a casa.

Sonó la puerta y se oyó la voz de James, exigiendo entrar. Judith abrió apenas y encontró a su esposo y a su hermano con cara de preocupación. Les pidió que volvieran al salón y dijeran a quien preguntara que las tres debían de haber salido a los jardines a pasear.

Cerró de nuevo.

—No sabéis lo que dicen de mí...

—Nick...

—Judith, dicen que soy deforme, que no me gustan los hombres. Dicen...

No pudo continuar, rompió en llanto de nuevo.

April tomó una toalla, la empapó en agua fría y la colocó sobre la cara de ella. Se calmó al instante. Judith la miró, intrigada.

—El internado era muy duro, y no había que mostrar debilidades.

Nicole, más calmada tras el brusco cambio de temperatura, se levantó y se miró en el espejo.

Ida, comenzó a colocarse los mechones de cabello que se habían descolocado por el efecto de la toalla, y a lavarse la cara para borrar cualquier rastro de lágrimas, como si no estuviera encerrada en un baño, muerta de miedo. Adecentada de nuevo, repitió su petición, con la arrogancia digna de la hija de un duque.

—Mi carruaje. Quiero irme. Ahora.

Judith intentó convencerla, pero ella se mostró inamovible. No pensaba soportar aquello nunca más. Se encerraría en el campo para siempre.

Fue April quien la encaró.

—Me temo que no puedes irte. Richard tiene que pronunciar un discurso.

Nicole se enfadó muchísimo.

—Si no estuviera su hermana delante, te diría lo que pienso ahora mismo sobre mi esposo.

April sonrió. Mejor enfadada que llorosa.

—Ya, pero es que tu esposo ha pedido al mío hacer una pequeña trasgresión durante ese discurso. Al parecer hablará poco de mi hija y mucho de otras cosas.

Nicole seguía sin querer saber nada.

—April —la tuteó por primera vez—, te lo agradezco, pero de veras no puedo seguir aquí.

La condesa se cruzó de brazos.

—Bien, obviando el hecho de que le debo una a Richard, que convenció a mi marido para que se casara conmigo, de que he organizado un baile en vez de una comida porque él así me lo ha pedido, para que los rumores que sea que va a extender corran más rápido, y de que huir es de cobardes —la miró fijamente—, está el obstáculo insalvable de que soy más fuerte que tú. Así que, sintiéndolo mucho, no saldrás de aquí si no es para ir a oír lo que sea que Richard tiene que decir.

Nicole la taladró con la mirada. Buscó apoyo en Judith, pero esta se encogió de hombros y le dijo.

—¡Que les jodan, Nick!

April aplaudió, repitiéndolo.

—Eso mismo, que les jodan.

Escuchar semejante vocabulario de la boca de tan grandes damas la impresionó, y la animó. De acuerdo, peor ya no podía ir. Pero más le valía a Richard tener en mente algo grande.

—¡Que les jodan! —gritó ella a pleno pulmón, desahogándose—. ¡Que les jodan mucho!

Y riendo, salieron las tres hacia el salón.

Tal y como entraron, Julian, atento, subió a la escalera y golpeando su copa con una cucharilla reclamó la atención de todos los allí presentes. April se colocó a su lado, con Richard escoltándola. Judith y Nicole se posicionaron a un extremo de la escalera, al lado de James, en un lugar privilegiado donde escuchar y ver sin que nadie les molestara.

Tras agradecer a los invitados su presencia, y brindar por su hija, dio la palabra al padrino. Se hizo el silencio. Cualquier cosa que dijera sería evaluada y comentada los siguientes días.

Richard habló alto y con claridad. Su hermosa voz hipnotizó a la congregación desde la primera palabra. Alzando la copa, comenzó.

—Quiero agradecer a mis estimados amigos, los condes de Bensters, el honor que me han concedido dejándome apadrinar a la pequeña May. Tengo grandes expectativas puestas en esta señorita. Estoy convencido que cuando tenga dieciocho años y debute, va a dar muchos quebraderos de cabeza a su padre. —El público rio—. Y créanme, el duque de Stanfort y yo mismo, lo celebraremos. Así que, por May, porque tenga una vida llena de felicidad y el debut más sonado que nadie recuerde en décadas.

Todos corearon el nombre de la niña y brindaron también.

Richard prosiguió, una vez que tuvo de nuevo la atención de todos. Se dirigió a la niña.

—Mi querida May, si entonces tienes dudas con los hombres, habla con tu madre. Ella sabe mucho de caballeros alérgicos al compromiso.

Julian alzó su copa hacia Richard, sonriendo. Este correspondió su gesto.

—Y si April no sabe solucionar tus dudas, pequeña, acude entonces a tu tía Judith, que también entiende algo de hombres cabezotas que no atienden a razones.

De nuevo hubo risas, y James y Richard brindaron en silencio, a la vista de todos.

April y Judith reían abiertamente. Incluso Nicole sonreía.

—Pero, preciosa May, si tus problemas son tan complicados que dos mujeres tan sabias como tu madre y tu tía Judith no pueden resolverlos, acude entonces a la dulce Nicole.

El silencio fue instantáneo. Había cierta exaltación muda en la sala.

—Ella entiende mejor que nadie de hombres que no saben reconocer el amor cuando lo tienen delante.

Se acercó a Nicole, la tomó de la mano y la obligó a subir un par de escalones, hasta colocarla a su lado para tomarla de la cintura.

—Tu tía Nicole te enseñará a perdonar los errores más graves, a ser fuerte por dos personas. Créeme, pequeña May, no hay nada que tu tía Nicole no pueda arreglar. Yo, en un momento de ira, la puse en ridículo delante de la alta sociedad, haciendo creer a todos los presentes que le fui infiel en nuestra noche de bodas. Y ella, en lugar de envenenarme con arsénico, encontró la forma de perdonarme, y de que yo mismo me redimiera por mis faltas. Ha conseguido que yo, el hombre más estúpido sobre la faz de la tierra, me rinda a sus pies. Y me ha hecho prometerle que pasaré el resto de mis días compensándole lo que la he hecho sufrir.

Judith y April lloraban emocionadas. Nicole reflejaba, en la miraba que posaba en Richard, todo su amor.

—¿Pero sabes qué, May? No se me ocurre un plan mejor para el resto de mis días que amarla y honrarla hasta que la muerte nos separe.

Dicho esto, lanzó su copa hacia atrás, tomó a Nicole entre sus brazos y la besó con pasión, para pasmo de todos los presentes. No se dejó nada en aquel beso.

Ella le correspondió al instante, con la misma pasión.

«Que les jodan», se repitió en silencio.

Fue Julian quien puso fin a la escena poco después, acercándose y golpeando a Richard en la espalda, y hablando a los invitados, que miraban la escena estupefactos.

—Y ahora creo que puede comenzar el baile. Aunque creo que los vizcondes de Sunder no se quedarán a disfrutarlo.

Así fue. Richard tomó a Nicole de la mano, y se fueron hacia la puerta de salida, sonrientes, al tiempo que el público les abría paso.

Ya fuera, mientras esperaban el carruaje, Nicole no podía parar de reír.

—Dios, Richard, esta vez la has hecho buena. Van a hablar de esto durante meses.

—¿Solo durante meses? Después de lo mucho que me he esforzado para escandalizar a más de trescientas personas, confío en que hablen de ello durante décadas.

—No tenías que hacerlo. No era necesario. —Él se había humillado—. Pero gracias.

Miró a su esposa con pasión.

—Te amo, fierecilla.

Ella le respondió con otro beso, sellando su amor sin palabras. Sin rencores, sin miedos. Para siempre.

Richard acertó de pleno en su predicción. Por supuesto nadie olvidó lo ocurrido la noche de bodas de los vizcondes de Sunder. Pero prefirieron recordar año tras año el discurso de lord Richard Illingsworth durante el bautizo de su ahijada.

Básicamente porque era de infinito peor gusto.

Un miembro de la nobleza, ¿enamorado de su esposa? Rozaba la vulgaridad. Y para colmo, tenía la desfachatez de declararlo públicamente.

¡Hasta ahí podíamos llegar!